翻牆覓良人 3

風文創 1187

琉文心 著

風 文創 1187

目錄

第二十一章

不以反攻為目標，只以逃跑為目的。

金吾衛的騎兵與王玄瑰斷後；最前方是蔡奴探路、領路，鴻臚寺的人緊緊跟隨；中間則是大部隊拚命奔跑。

沈文戈與安沛兒最開始與蔡奴處於同一位置，待沈文戈整個人冷靜下來後，她一勒韁繩，在兩人與鴻臚寺官員各種「娘子、七娘」的叫喊聲中調轉馬頭。

她吩咐道：「公公你帶著他們繼續往前跑，我去接應後方的人！我們跑出去太遠了，他們容易迷路！」說完，她往下衝去。

安沛兒見狀，趕緊跟著調轉馬頭跟了上去。

騎出去沒多遠，她們就看見柳梨川與張彥身下的馬在原地不動，兩人急得一腦門子汗。逃跑時，兩人還說自己會騎馬，金吾衛們自然優先照顧年長的鴻臚寺官員，兩人便共騎一匹馬逃跑，可惜馬術不精，半途將兩人撂這兒了。現在見著她，兩人就跟見著親人似的。

沈文戈乾脆俐落地朝兩人伸手。「換馬！」

危機之時，考慮不了那麼多，柳梨川坐上她的馬，緊張地抓著她的寬袖，張彥則上了安沛兒的馬。

沈文戈吹了聲口哨，原本待在原地不動的馬兒，在沈文戈她們的馬跑起來時，也跟著跑了起來，看得柳梨川和張彥那個恨啊！

有柳梨川指路，她們很快就找到了拚命往前跑的金吾衛們。一身明光甲跑起來真是重得要命，好在他們平日有訓練到位，這才支撐得住。

她將空出來的馬交給他們，讓傷兵上去，然後便護在他們身旁，看誰掉隊了就去撿一下。也來不及數有多少人，等再也看不見後面有人影，她又往前衝了一段路，找到十來名掉隊的，趕緊接應上，再次確認沒有跑的人了，才重新追了回去，和安沛兒兩人一前一後地守在他們身側。

柳梨川與張彥本還想下去跟著一起跑，被沈文戈一句「你們的腳程跑不過他們」給堵了回去，想想也確實是，就別扯後腿了。

大家便這樣連停都不敢停地一直跑著，終於看見前方等著他們的蔡奴了。

蔡奴上前，先將柳梨川接下馬，才對著沈文戈道：「七娘，後面騎兵追上來快，我們邊歇息邊往前走著。」

沈文戈問：「我們如今跑出去多遠了？可安全？」

「放心吧，娘子，至少跑出來十里地了。」

聽聞他這話，所有的金吾衛們紛紛沒有形象地躺在地上，又被隊長們喝斥起來，不能休息。大家撐著，緩慢地往前行走。

沈文戈清點人數，才二百多人。她也下馬拉著馬兒走，邊走邊往後面看。

安沛兒安慰道：「娘子安心，您別看阿郎渾身沒有二兩肉似的，但奴敢保證，那些婆娑士兵都不夠阿郎玩的。」

還玩？沈文戈覺得這是嬤嬤在寬慰她，不料就見聽到這話的金吾衛們紛紛點頭附和，當即哭笑不得。

他們拖著疲憊不堪的身體，翻了一座又一座的山，兩眼都要發直了，終於聽見了後方騎兵們馬蹄的踢踏聲，一個個都興奮起來。

沈文戈更是為了看得遠些而上了馬，放遠望去，煙塵四起。

騎兵們瞧見半山腰的他們，也來了勁，一鼓作氣地衝了上來。

也幸好他們這次出使帶的都是戰馬，不然馬上了披甲，再加上穿著明光甲的金吾衛一人的重量，有的一匹馬上還坐了兩個人——非要將牠們累死在半途不可。

騎兵們紛紛下馬，心疼地將馬身上的披甲卸去，又帶著牠們踢踏漫步。

他們有的身上還帶著傷，現下也沒心情管，還是沈文戈指揮著讓他們先將盔甲卸了，將傷包上，西北軍出身的才依言照做了。

馬兒嘶鳴，除了聽話的戰馬，他們還帶走了婆娑士兵的馬兒，此時牠們就跟在戰馬旁邊，悠哉地吃草。

沈文戈找了一圈又一圈，又向後看了半天，也沒發現王玄瑰與岑將軍的身影。

一心尋找王玄瑰的鴻臚寺等人，也紛紛開口詢問。「王爺呢？」

「王爺和將軍在斷後！」

有那騎兵頓時神采奕奕地講述起來，說王爺和岑將軍，一人舞動鐵鞭，鞭過之處，但凡被他碰到的血肉都能撕下一塊肉來，若是不巧被甩到脖子往上，不好意思，只能倒地了；另一人搶回自己的武器，一雙流星錘密布尖刺，重達百斤，可他就是能捶得虎虎生風，一捶一個婆娑士兵，與王爺殺得不遑多讓。

他們和重甲騎兵拖著婆娑士兵，還真讓他們這不足百人的人數給拖住了。

不得不說，一是因為大家都是精銳，武力十分高強；二是裝備齊全，單就一身明光甲，刀槍不入，就能讓婆娑士兵無可奈何。不然當時婆娑士兵為什麼想將他們的盔甲給扒了去？

再就是，婆娑士兵毫無準備，一心要生篝火、吃晚宴，精神鬆懈，讓他們抓住了空子。

總之，他們在拖了半天，身後已經看不見同袍身影後，王爺便下令讓他們先撤，他自己斷後。岑將軍如何肯？一錘過去，爆了個頭，便和王爺雙雙留了下來，給他們爭取時間。

沈文戈聽到這兒，再也待不住了，她攥著韁繩，看向安沛兒。「嬤嬤，我不放心，想去迎迎他們。」

安沛兒攔住她。「娘子，且就再等半個時辰可好？」

沈文戈長長呼出一口氣。「好，那便再等半個時辰。」

這半個時辰，難熬得很，她頻頻看向山下，大部隊已經又開始往前挪動了，眼見著快要到山頂了，視線裡終於出現了一人，在發現那人穿著明光甲時，沈文戈稍稍失望了下。

等人終於到了，沈文戈焦急地問：「岑將軍，王爺呢？」

岑將軍的明光甲簡直快成了血甲，聞言一邊下馬、一邊道：「王爺還在後面，我走時，王爺尚在那兒。」

聽到這兒，巨大的恐慌襲上沈文戈，她耳邊好似又聽見了兄姊悉數戰死的慘烈消息，她太害怕他也會像過去的兄姊那般，再也等不到了！

一雙眼紅著看向安沛兒。「嬤嬤，我必須去接他！」說完，不給安沛兒拒絕的機會，徑直跑了下去。

「娘子！」

蔡奴和安沛兒對視一眼，雙雙上馬，對岑將軍道：「將軍，你帶著大家先往前走著，我們去跟著娘子。」

沈文戈一路往回，拽著韁繩的手都在抖，淚珠像線一般朝後飛去，生怕他真的出點什麼事。王爺，你在哪兒呢？

翻過一座山，遠遠就瞧見一個小黑點朝她這裡奔來，她當即便是一喜，身子壓低伏在馬背上跑去。越來越近了，小黑點在視線範圍內慢慢放大，直到出現他整張清晰的臉。

他身上煞氣未消，瞧見她過來，當即喝道：「沈文戈，妳回來做甚！」

馬兒雙雙停下，互相識得的馬兒湊到一起。

回答他的是沈文戈紅腫的眸子，和一個她撲過來的擁抱。他愕然地張開雙臂，任由她撞了過來，一句「身子全是血，該把妳的衣裳染髒了」，被她帶著哭腔的話給擊忘了。

「我還以為王爺如兄姊那般出事了呢！」

他手臂彎起，將人抱住，一手拍了拍她的頭，一手撫著她的背安撫。「本王沒事，本王能有什麼事？」擁著她，劇烈跳動的心好像都平緩了下來，他將下巴擱在她的肩窩，閉上了眸，不太想分析此時複雜的情緒，只想將她擁住。她緊緊摟著他的脖子，彷彿用上了全身力氣，熱淚滴落，落於頸上，燙得他的心都在顫。「剛才怕不怕？」

沈文戈搖頭道：「不怕，只怕你出事。你跟我說了一堆亂我心的話，結果大家都回來了，你卻遲遲不歸。萬一出了事，你讓我惦記著你的話，怎麼辦？」

他低笑一聲。「本王最後送了他們一個禮物，將那篝火撞翻，點燃了他們的領主府。話說，難道妳也跟本王一樣得了心疾？」

「王爺送得好。」她從他懷中出來，雙手捧住他的臉，這回他不閃不避，直勾勾地看著她，她輕聲說：「王爺。」

「嗯？」

「我沒有心疾。王爺現在可想明白了？」

王玄瑰挑眉。「想明白什麼？」

她眼裡霧氣湧動，水眸裡倒映著他的身影，彷彿全世界只有他一人，問道：「王爺想明白，為什麼對我好了嗎？」

又是這個致命問題！王玄瑰「嘖」了一聲。上次沒答好，她險些就此和他分道揚鑣，這次他……咳嗽兩聲，避而不答。

沈文戈眸中水霧凝結成水，落了下來。她學他的樣子，也晃了晃他的臉。「王爺剛剛在牢中同我說的話，這麼快就忘了？你說，你對我不光是報恩，還有發自內心的，這話可是真的？」

王玄瑰謹慎地眯起丹鳳眼，在腦中斟詞酌句，最後肯定道：「是。」說得越少，錯得越少。

沈文戈嘴角揚起，笑了起來，她貼近他，瞧見了他眸中的震顫。「王爺都說了是，還想不明白？王爺為什麼一路相護？王爺的手為什麼因我而傷？王爺為什麼處處都在為我考慮？」

王玄瑰被問得頭都要大了，她離得又太近，呼吸時不時吹在臉上，他鴉羽揮動，想讓她離自己遠點兒，又捨不得，糾結中，瞳孔中倒映的人影離他越發近了起來。直到她捧著他的臉，將他拉下，紅唇印在他眼下小痣上，他眼眸驟縮，轟隆一聲似冰山裂縫坍塌，又似海嘯拍岸。

她稍稍離開，抵著他的鼻梁問：「王爺現在懂了嗎？」

王玄瑰心中說是驚濤駭浪也不為過，他色厲內荏，聲音極小地道：「妳閉嘴！」而後他盯著她的紅唇，鴉羽飛快搧動，突然俯身攬住她的腰吻了下去。

她閉上眸子，雙臂環住他，緊緊和他貼在一起。

沈文戈半分想躲的心思都沒有，她仰著頭，熱烈又大膽地回吻著王玄瑰。

她如沙漠中行走至快要筋疲力盡的旅人終於瞧見了綠洲般，付出全力奔向水源，她的心一下一下地跳著，雖快卻充滿了安穩感。

炙熱的氣息交換，他黏著她的唇不鬆開，她亦然。

也不知什麼時候，他穿過她的寬袖，掐住了她的纖腰，抱著她離開了她那匹馬，將她箍到懷中。

她手攀著他的肩膀，腰間的掌熱得驚人。口中的空氣被奪走後，又會得到他的氣息，滾燙的，灼得她四肢百骸都酥了。

周圍的光線暗了下來，除了拂過兩人的清風，再無他物，親吻聲清晰可聞，讓能聽清的她，整個人都要羞得變粉了。

睫毛輕顫，兩人睜開眼，雙雙喘著氣，互相對望著。

她突然笑了起來，如陽春三月的暖光，又如破除萬難的山間小草。「王爺，我很開心。」

王玄瑰眸子幽深，攝人心魄，一聲帶著點疑問的「嗯」都能讓她再度紅了耳。

她躲了躲他的目光，躲不過，最後鑽進他懷中，趴在了他胸膛之上，攥著他的衣領，自顧自又笑了起來。「王爺，現在想明白了嗎？」

王玄瑰喉結滾動，抱著她，也跟著低笑出聲。「妳對本王來說，本就不一樣。」

「嗯？王爺在逃避我的問題。」嘴上說著，可她臉上的笑卻不是這樣解釋的。

他的手從她的背上移到她的脖頸處來回捏著，腰上的掌則牢牢黏在那兒，胸膛依舊起伏，氣息不定。「是，本王想明白了。」

沈文戈這回是從心底發出笑來，她的心動落在實處，有了回音，一如二姊所說，試一試，怕什麼？枕著他的胸膛，她微微晃動著腿，曾經的徬徨、傷心，如今都變成了擁有的幸福，哪裡還有往日的沈靜模樣？

他略略低下眸子就能瞧見剛才碾過的紅唇、她鼻尖上的汗珠、她耳上細軟透明的茸毛。突然，她的頸被他掐住，隨著他的動作直起身，疑惑相望，險些溺死在他灼灼目光中。

他忍無可忍道：「本王還想再親妳。」

沒能抿住唇，她展顏，他就俯身又親了下來，唇瓣廝磨，又向上而去，將那滴鼻尖汗珠含進嘴中，一路親到她的眼睫，落下重重一吻。

身下的馬兒往前走動吃草，驚醒沈溺在親吻中的兩人，他抱著她，又在唇上輕啄兩下，方才放開。

她勾著他的脖子，心裡像是有煙花在放，見他唇瓣上沾了她的唇脂，她不自覺抿了抿唇，抽出袖子細心為他擦去。

他低頭瞧去，她那嫣紅的唇脂自然也花了。

手指刮過她的唇瓣，他目光深邃，讓她的心也跟著戰慄著。

在他還想俯身時，她伸出手指橫在二人唇瓣中間，說道：「王爺，嬤嬤他們還等著呢。」

他難耐地閉上眸子，她靠上前來，在他筆挺的鼻梁上落下輕吻，他啞著聲音道：「莫招惹本王。」

她的笑聲響在他耳側，他直起身，果不其然瞧見了跟在沈文戈後面下來的蔡奴和安沛兒，他們正在山頂上等候。

「王爺，鬆開我吧。」王玄瑰的手掌還箝著她的腰不鬆，她起身在他下巴處輕輕印下一個紅唇。「王爺？」

他睨了她一眼，「嘖」了一聲。「礙事！」便也只能戀戀不捨地將人鬆開，看人騎上另一匹馬。倏而，他朝她伸出手，修長有力的手上還有著黑灰，他道：「放上來。」

她低頭笑了一下，將自己的手放進了他的掌心，被他牢牢攥住，一路慢悠悠地騎著馬爬上了山頂。

即將出現在蔡奴和安沛兒的視線範圍內時，她輕輕掙扎了一下。

他立刻攥得極緊。「妳躲什麼？」

「嬤嬤他們都看著呢！」

「看著就看著，他們是本王的家人。」他執起兩人交握的手，說出了沈文戈拒絕不出的話。「本王想讓他們看見，祝福妳我二人。」

兩人到了跟前，安沛兒打趣地用袖子遮眼。「嬤嬤我什麼都沒看見！」

蔡奴則拱手道：「恭喜阿郎和娘子。」

沈文戈微微低下頭，又很快抬起，大大方方應了一聲。手被他緊緊攥住，她偏頭看向他，說道：「王爺，我們去追他們吧？」

他握緊手。「好。」

身後婆娑士兵只怕都在忙著滅火，加之他們已經跑出很遠，因此一行四人便不急地慢慢追著。

安沛兒和蔡奴隨在兩人身後不遠不近的地方，看著夕陽下騎在馬上牽著手的兩人，光暈打在兩人身上，青澀又美好。

安沛兒感嘆出聲。「太好了，真的太好了，阿郎也有人陪了！我真怕，我要是先走了，阿郎怎麼辦？」

蔡奴也道：「是啊，阿郎終於也有了喜歡之人，哎喲，我也放心嘍！」

兩人對視一笑，眉眼裡全是欣喜。他們都是從王玄瑰很小就開始照顧他的，轉瞬間，小團子就抽條了，如今已經是一位可靠的郎君，還有了能與他親昵的小娘子，真好啊！

橘紅色的夕陽半掛在天邊，他們終於瞧見了走出很遠的眾人。

蔡奴在兩人身後咳嗽兩聲。「阿郎，該放手了。」在他們面前親近也就罷了，可不興讓金吾衛和鴻臚寺的人看見的，娘子還是鴻臚寺的譯者。

王玄瑰面色不善，不僅沒放，反而握得更緊了。「我和她就這麼見不得人？」他恨不得昭告天下，讓大家都知道，他與沈文戈兩情相悅，他剛剛還親了她，讓那些眼睛都黏在她身上的傢伙不敢再看她！

「娘子，您管管阿郎啊！」安沛兒笑著對沈文戈說。

沈文戈臉頰爬上緋紅，往日裡管束王玄瑰的不都是嬤嬤嗎？她輕輕晃動他的手，可憐巴巴地道：「王爺，我還不想讓大家那麼快知道，王爺給我個面子？」

王玄瑰只是稍稍放鬆，依舊沒有放開。

沈文戈出其不意地拉過兩人的手，在他手背上落下一吻。「這樣行了嗎？」

「行吧，看在妳這麼有誠意的分上，本王暫且不讓他們知道。」

「好。」

「妳不許離那個柳梨川還有張彥太近！」

「好。」

他提的要求，她一一應了，他才鬆開手。

「哎喲！」蔡奴和安沛兒齊齊用手遮臉，簡直沒眼看。

王玄瑰睨了他們一下，忽地對沈文戈道：「我們快走！」

「駕！」兩人的馬匹朝前方奔去。

突然被留在原地的蔡奴和安沛兒，急忙追了上去。「阿郎、七娘，慢點！」

橘黃的陽光傾灑在綠地上，將草葉都給染了黃，四人一前一後奔過，在這裡留下了濃墨重彩的一筆。

四人一回歸，大家就圍了上前。

金吾衛們近乎瞠目結舌地看著鴻臚寺的官員們硬生生地將他們擠出包圍圈，自己湊了上去！這個時候，他們倒是不柔弱了，一個個七嘴八舌地獻殷勤！

一個說：「王爺、七娘，你們可回來了！我們都快擔心死了！」

一個體貼地替兩人牽馬。

還有人問：「還以為你們出什麼事了，怎麼回來得這麼晚？王爺你們都做什麼了？」

被問的王玄瑰飛快掃過沈文戈的唇。

沈文戈避過他的視線，怕他語出驚人，搶先答道：「王爺同我說，他將篝火散到領主府上，給點燃了。」

「好！」

金吾衛們大聲叫著，搶占王玄瑰的注意。

他們一個個灰頭土臉的，還有的人身上帶著傷，此時紛紛咧開嘴叫好，只露出一口白牙，反倒叫王玄瑰臉上那點子笑意淡去了。

見王玄瑰冷肅著一張臉，大家的叫好聲就一點點地消了下去，一個個默默站好了隊，就連鴻臚寺的人都不敢圍著沈文戈說話了，悄悄地看著他。

所有人靜下來後，王玄瑰環顧一圈，說道：「岑將軍，匯報傷亡及損失情況。」

岑將軍抱拳出列，語氣沈重地說：「回王爺，三百金吾衛，戰亡三十六人，重傷四人，輕傷七十八人，損失十輛牛車的物品、糧食及白銅馬車一輛，獲婆娑馬匹六匹。」

王玄瑰陰沈沈地盯著他們。「還笑得出來嗎？本王燒了他們的領主府就滿意了？」

無人說話，只餘風聲在曠野間呼嘯著。

「本王問你們話呢！本王燒了他們的領主府就滿意了？」

眾人齊喝。「不滿意！」

「既不滿意，那要如何做？」

自然是殺回去！可要如何殺？他們就這麼些人。

空氣冷凝，蔣少卿提議道：「我們無法返回，只能繞道吐蕃。不如從吐蕃回長安，也算是出使了吐蕃。待回去後，將此事上報聖上。」

王玄瑰冷笑道：「誰說我們要回長安？我們改道吐蕃求援，借兵攻打婆娑！」

「大漠孤煙直，長河落日圓。」柳梨川吟了句前人所作之詩。

雖說如今他們不在沙漠上，可放眼望去，稀稀疏疏的草平鋪而下，連下面黃褐色的地皮都能瞧得見。又大又圓的孤月掛在天際，每一個在月色下行走的人都疲憊不堪。馬兒好歹還能吃草，他們只能餓著肚子。

傷者們騎馬而行，他們這些人則用兩條腿走路，走得腳底板都彷彿不是自己的一樣。便連王玄瑰胯下之馬都讓了出去，七娘和安嬤嬤也一樣要跟著走。這趟出使，可真是遭了大罪，也算是應景了。

思維放空發散，直到聽見岑將軍中氣十足的聲音傳來——

「停下休息！」

所有人力竭地坐下，沒有吃的，便只能蜷縮一下，忍著饑餓、渴意和疲憊，圍成圈，沈沈睡下。

也不知是距離多遠的地方傳來狼嚎聲，他們翻了身，繼續睡。太累了，管他有沒有狼。

王玄瑰、岑將軍及鴻臚寺官員們還不能休息，他們每個人嘴上都爆著乾皮，一說話甚至有血滲出，可沒人說苦，聚在一起商量路線。

他們當務之急，是先要找到水源。奈何他們從來沒有走過這條路，使團以往都是從阿爾曼戒領地直入神女城，再前往吐蕃，或是直接從長安去吐蕃。這條路是新路，連地形圖都沒有，若是走錯，他們只怕走不出這片草原，就要渴死在這兒了。

張彥聽著柳梨川的話，拿撿來的樹枝在地上畫輿圖，他們雖不知具體路線，但能畫出他們走過的婆娑與吐蕃各自的輿圖，而後在兩個輿圖中，尋找相似的地貌。

「這條河！」柳梨川興奮地拍著張彥的肩膀。「你看是不是貫穿婆娑與吐蕃的？這處山脈，好似是我們剛才走出的地方！」

兩人將發現告訴王玄瑰，得到蔣少卿欣慰讚許的眼神。

鴻臚寺中，他們兩人能脫穎而出跟隨出使，蓋因兩人一個過目不忘，一個落筆成畫，都是不可多得的人才。

此時兩位人才勾肩搭背，似乎已經看見明日尋到河喝水的美景了。

蔣少卿也激動地看向王玄瑰。「王爺？」

王玄瑰頷首，接過張彥手裡的樹枝，畫出一條通向河流的路徑。「我們明日走這條路。」

「好！」

有了路就不怕了！

所有人都陸續睡下後，王玄瑰起身，目光剛一在人群中搜尋，蔡奴就輕聲在他耳邊稟報——

「娘子和嬤嬤就在那巨石後。」

唯一一塊可以遮風的巨石，被大家有默契地讓給了身為女子的沈文戈與安沛兒。

巨石後，安沛兒扶著沈文戈坐下，問道：「娘子可累？我給娘子看看腳？」

沈文戈搖搖頭。她雖不嬌氣，可這幾年都在後宅之中，哪曾走過這麼長的距離？小腿隱隱作疼，只怕腿疾都要給走犯了，便也感覺不出腳疼了。

可安沛兒掏出火摺子生火，堅持地將她的鞋襪脫下。兩、三個紫紅的血泡在白嫩的腳掌上分外明顯，再一翻看，連腳趾上都頂出泡了，看得安沛兒心疼極了。

「沒事，嬤嬤，我都沒感覺到疼。」

「我給娘子挑一下。」安沛兒放輕聲音，好像這樣就不會讓沈文戈太痛。她將沈文戈的鞋襪放在火堆不遠處烤著，拔下頭上簪子，在火上過了一遍，便開始給她挑血泡。

沈文戈縮在巨石上，終於感受到安沛兒給她擠膿血的疼痛，頓時整張臉都皺在了一起。

「娘子忍著些。」

她悶聲「嗯」著，忍了一會兒，安沛兒終於擠好，她胸腔裡憋著的那口氣方才吐了出去，眉目都舒展了。

將她的腳對著火烤著，安沛兒道：「娘子在這兒烤一會兒，左右這裡也無人過來，最好今晚就不穿鞋了。奴去外面看看，給他們生上火。」

安沛兒走出去，叫醒幾人跟著她一起。好在他們一路過來時，碰見枯枝就給撿拾了起來，不然在這片草原上，如何生火都是個問題。

給圍在一起睡著的士兵們點上火，將所有人叫醒，驅散蟲蟻，讓他們輪流守夜，忙活完她才返回巨石後，便見蔡奴背對著巨石，在旁邊不遠處烤火。

她走近便瞧見阿郎的背影，娘子小小的，只露出橘色衣角。她會心一笑，同蔡奴並肩背對著二人坐下了。

蔡奴伸著手烤火，見她過來說道：「嬤嬤先睡，我守夜。也多虧嬤嬤身上還帶著火摺子，不然今晚可難熬嘍！」

安沛兒打趣道：「嬤嬤身上的年齡也不是白長的！」她伸手攏披帛攏了個空，這才想起她身上的披帛都給士兵們固定傷腿了，便閉著眸子，在被火烘烤後溫暖的地上側身躺下了。

火堆發出燃燒的噼啪聲，蔡奴不敢向後看，只默默又離遠了些。

沈文戈縮著腳，用小到幾乎是氣音的聲音說：「快放開我，我沒事，不過幾個血泡。」又不是受了多嚴重的傷，何至於此？

在她面前半跪著的王玄瑰，一手捏著她的腳踝，看著在他掌心的腳上那些被挑破了皮的血泡，眼裡一片陰霾。才剛剛認清自己的心意，便發現沒能保護好她，讓她沒吃沒喝不說，還累得走出了血泡，這滋味讓他堵得難受。

他皺著眉，也壓低聲音，忍著氣道：「給本王看看另一隻。」

感覺到手一鬆，沈文戈俐落地收回腳，哪裡肯再將另一隻腳伸出來？將兩隻腳藏在裙襬中，用手壓住，她才帶著點求饒的意味道：「王爺，我腳不疼。」她可沒說假話，都疼過勁了，現在是腿疼，不是腳疼。

王玄瑰妖冶的容顏沈下，身上煞氣顯露，看著便有些嚇人。可沈文戈見過他更嚇人的一幕，也知他是因為什麼而生氣，因此非但不怕，還笑說：「王爺心疼我了？」丹鳳眼睨了她一眼，在她以為自己的調侃不光得不到回答，還可能看見他惱羞成怒的一面時，他開口了。

「嗯，本王心疼了。」

心被他的話擊中，她悄然攥住自己的裙襬。瞧，他總這樣，讓她怎麼收起自己的心意？只能丟棄種種顧慮，想和他親近。

王玄瑰伸手。

她以為他又要捉自己的腳，急忙後躲時，他卻徑直扶上她的臉頰，身子前傾。

王玄瑰輕聲道：「明日本王抱妳走。」

「王爺！」沈文戈顧忌著他身後的蔡奴，趕緊降低自己的聲音。「你抱我成什麼樣子？只是幾個血泡，讓二姊他們知道，都該笑話我了！」

他久久地凝視著她，手掌下的臉頰一如既往光滑，臉小到他一掌就能罩住，可這張臉上，不再有以往的淡然，現在因著急而染上薄紅，看著生動又鮮活。

似是因為依賴他，所以表現出真實的情緒，令人著迷。

他輕輕吻了上去，這是一個極盡繾綣溫柔的吻，和之前激烈得要用盡生命去親的吻不一樣，輕柔得似羽毛，一點聲音都沒發出。只是單純的觸碰，甚至沒有描繪她的唇形，小心翼翼，怕將她的唇親出血來，所以一觸即分。

她的呼吸亂了幾分，很輕，額頭又被他輕輕印上一吻。

他說：「好，下不為例。」

她想要笑起來，臉蛋突然被他掐住。「王爺？」

王玄瑰看著她乾裂的唇，沒好氣道：「還笑？不怕將唇扯裂了！」

她抑制不住，即使被他捏著也笑了起來，眉眼彎彎，說出的字不在音上，可卻讓他的耳倏地紅了，她說：「王爺，我想抱你。」

他扭頭向後看去，瞧見了離他們恨不得八百丈遠的蔡奴，和已經睡下的安沛兒，又轉過身來，眼下小痣活泛了起來，矜持道：「那便抱吧，本王讓妳抱。」說完，他將火堆旁她的鞋找回來，手鑽進了她的裙襬中。

她微微睜大眼，心一下就提了起來，說出的話都帶著顫音。「王爺？」

他將她按住自己的手拂去，從裙襬中掏出她的腳，放在她的鞋上翹著。「挑了血泡後不能捂著。」而後和她一起靠在巨石上，盯著她白嫩嫩的小腳，目光深了起來，強迫自己移開視線，只盯著燃起的火堆，說道：「行了，抱吧！」

沈文戈伸出一隻手，捂住了自己的臉，倒在他肩膀上，無聲地吃吃笑了起來，危險的聲音立即從頭頂傳了下來——

「沈文戈！」

她立即正經起來，憋住笑，順從自己的心意，帶著忐忑和期待地環住他的腰，將自己靠在他胸膛上，聽著他的心跳聲，閉上眸子。擁住他，便好像所有的苦都是浮雲，不重要了。這是尚滕塵從沒帶給過她的安全感……咕嚕咕嚕，沈文戈未進食的肚子響起聲來，她有些不好意思，將臉埋在他懷中。

他伸手攬過她，將人往自己懷中帶了帶，而後灼熱的手掌扣在她的肚子上，微微用力，十分有經驗地說：「按著肚子就不那麼餓了。睡吧，明早醒來，本王一定能給妳找到吃的。」

也不知他這個王爺是在什麼情況下，竟還餓過肚子？沈文戈想著。

他調整了一下姿勢，拽出被她壓得亂七八糟的寬袖。她這身衣裳寬袖極長，若是站直身子，幾乎要拖地，層層疊疊的，看著華麗精美，重量可不輕，但此時正適合保暖。

將寬袖給她蓋在腿上，又解下自己的護臂，放出他的寬袖，將之搭在她的身上，確定將人都包嚴實了，才放心地將她攬住。

一直以來被人照顧著，出行用度皆上品的宣王爺，何時也會這麼細心地照顧起人來了？沈文戈在他發現前，趕緊閉上眼，小貓般依賴地蹭了蹭他的胸。累壞了的她，很快就沈沈睡去了。

王玄瑰聽著她均勻的呼吸，滿足地低頭看她，卻見因長時間行走，頗有重量的裙子下墜，裙頭下滑，從正面看還看不出什麼，可從他這個角度，能看見那一抹細膩和微露的溝壑起伏。他伸出手，想為她提一下裙子，在他的手指要碰到裙頭時，他突地蜷起手指，挑了下眉，仰頭靠在巨石上，深深呼出口氣，然後堪稱粗暴地用自己的寬袖將之遮了起來。

就沒睡過幾個整覺的王玄瑰，還以為這晚的自己照舊會睡不著，可不知什麼時候起，他被她越發平緩的呼吸帶著，感受著懷中人兒身上傳來的暖意，自己也漸漸睡了過去……

待王玄瑰睜眼時，火堆中的火都近乎滅了。他從未在野外睡得這樣沈過，剛一睜眼就感覺沈文戈壓著自己的四肢，睡得正熟。

他輕輕抽出手腳，發麻的感覺遍布全身。將她放好，伸個懶腰後，他招呼一聲，就帶著岑將軍等一隊人，上馬探路去了。

沈文戈是被金吾衛們的歡呼聲給吵醒的。

王玄瑰回來的時候，掏了兩個兔子窩，帶了十多隻肥兔子，還告訴他們，他尋到了野外動物的蹤跡，跟著牠們的腳印，定能尋到河水。

十多隻肥兔子不夠近三百人塞牙縫的，但牠們有血啊！王玄瑰只留了一隻最小的兔子供他們四人和鴻臚寺的官員們飲血，剩下的都交給了岑將軍。

他先趕來巨石這兒，看著沈文戈剛睡醒，還有些茫然的神情，笑了一聲，乘機敲暈兔子，剝乾淨脖子上的毛，放了個口子對到她嘴上。

腥臭味湧進來，沈文戈猛地乾嘔，被他一把勾住下巴仰起頭，迫使她嚥了下去。腥味直衝腦頂，她下意識伸手去推他，只推到了一手毛。

「嚥下去！」他半點掙扎的機會都不給她，繼續扣著她的下巴，看她眼中沁出淚珠來都沒放過她。直到她喝下三口，第四口死活吞不下去，差點要吐出來才放過她，自己對準口子，連喝許多口。看她順過勁兒，他拍了拍她的背，讓她嚥下嘴裡的最後一口血。

沈文戈「啪」地揮開他的手，趴到另一邊乾嘔後，這才擦去眼角不自覺流出的淚，長長地喘著氣。

理智上她知道自己該喝，但她控制不住本能反胃。

王玄瑰喝完後，就將兔子遞給蔡奴，自己則蹲下身，擦乾淨她唇邊的鮮血。見她委屈地看著他，他就心軟了。「我們還不知何時能尋到河流，萬一今日尋不到，不喝血，妳想渴死不成？」

他一說話，牙齒上的血就映入眼簾。沈文戈悄悄地一顆顆舔乾淨自己牙齒上的血，才開口道：「長安都傳王爺飲人血、吃人肉，王爺你再說話，就要坐實謠言了。」

早就看見她舔牙的小動作了，王玄瑰伸手捏住她的臉，看她回過神來，還能有閒心諷刺自己，這才放下心來。只捏了一會兒，他便走出巨石，去看鴻臚寺的人喝的情況。

蔡奴在接過兔子後，讓安沛兒先喝。

安沛兒只是蹙著眉，反應卻沒那麼大，略略喝過幾口後，就催促蔡奴快喝。

蔡奴一邊喝，一邊尋著鴻臚寺的官員們，示意他們過來準備接兔子，可不能浪費兔血。

鴻臚寺官員們看他們茹毛飲血，渾身汗毛都立起來了！秉持著尊老敬賢的傳統美德，年輕的官員們紛紛拱手示意前輩們先喝。

前輩們也是臉都要皺一起了，甚至想要推辭。要不就別喝了，讓給金吾衛們？他們人多，可能都不夠喝呢！

這時，王玄瑰涼颼颼的聲音傳來——

「你們是自己喝，還是本王灌你們喝？」

他的牙上還沾著鮮血，一說話衝擊力極強，鴻臚寺官員們渾身一抖，駭得簡直連頭髮絲都要豎起來了！

蔣少卿伸手道：「老夫先來吧。」

官員們看蔣少卿的目光如同看壯士般，可緊接著想到，他們一會兒也要當壯士了！嗚呼哀哉。

皺著一張臉，他們同沈文戈一樣，又嘔又吐，終於將血給費勁嚥下去了。

喝完兔血的他們坐在地上，直愣愣地看著天空。

沈文戈避過王玄瑰，混入他們的隊伍，和他們一起憂傷望天。身旁是愉快的烤兔肉聲音，就連嬤嬤喝兔血，眼都不眨一下的，顯得自己格格不入，果然還是要同類人才能尋求安慰。

柳梨川傷感道：「我會將這件事記一輩子的，兔血滑過喉嚨時的感受，它殘留在我嘴中久不散去的腥味……」

沈文戈和張彥齊刷刷地看過去，同情不已。過目不忘、記性極好的人，慘，真慘！

「我喝了兩口。」張彥說。見沈文戈和柳梨川目光譴責地看著他，他又在兩人心上扎了一刀。「我最後喝的，當時王爺見我上了口，就離去了。」

柳梨川捧著胸口說：「我喝了三口……七娘妳喝了幾口？」

沈文戈幽幽地回答。「……四口。」

張彥和柳梨川齊齊扭頭看她，異口同聲道：「我快樂了。」

收穫了沈文戈的眼刀後，柳梨川嘆道：「可惜紙筆都丟在領地了，真想抒發一下當下的心境。出使之路所經歷的，恐怕這輩子都不會再有第二次了。」

「我也想將這一路走過的地方畫下來，那便這樣好了，柳兄你記，回長安後，我畫。」

「大善！」

他們兩人有商有量，沈文戈仰頭看著藍得不真實的天，出神想著，回到長安後，她是不是也可以將一路出使的見聞寫出來？

之前只在一畝三分地的後宅當深閨怨婦，如今出來才知道，天地之廣袤，她是如此渺小，就連她當初的憂愁都顯得那麼不值一提。

她當年愛上尚滕塵，不就是愛他身上來去如風的自由氣？而現在，她已經自己擁有了。

張開五指，有風帶著食物的香氣吹過來，她順著看去，能看見離她不遠的王玄瑰正在烤兔肉，時不時就瞥她一眼，她便給了他一個燦爛的笑容，讓他險些忘記給兔子翻面。

短暫休整後，即使只吃了一、兩口兔肉，也足夠他們積蓄力量繼續上路。沿途，他們又如法炮製，找了幾個兔子窩，補足了體力。

就這樣一直跟著王玄瑰往前走著，沈文戈看著他的背影想，倘若帶隊的人不是王玄瑰會怎麼樣？還能震懾住這些金吾衛精銳嗎？還能從領地跑出來嗎？答案可能是否定的。

柳梨川走得兩眼發直，喃喃道：「我好像聽到了流水聲。」

「是真的有水！」

在他們前方，一條在陽光下波光粼粼的河，簡直散發著清甜的氣息，整條河彷彿都在說快來飲我啊！

王玄瑰喝住就要奔過去的大家，令岑將軍先派幾人上前，確保河流附近沒有大型猛獸，又叮囑他們不許下水，只能在岸邊喝上幾口後，才讓大家靠近。

嗚嗷嗷地，不管是金吾衛還是鴻臚寺的，一齊衝了過去，痛痛快快地在河邊喝飽了水。

見了河就代表他們方向沒錯，他們用自己的兜鍪、盔甲、兔皮，各種能盛水的東西，舀了水後沿著河流往上游走去。

越往上游走去，草的長勢便越好。

「咩……咩……咩……」綠色的草地上，悠哉悠哉的白羊正吃著草。

「羊！有羊！我們抓了吃肉！」

也不知道是誰吼出了大家的心聲，頓時就叫岑將軍給訓斥了。

「都住嘴！在這裡出現的羊，定是牧民放的，我看誰敢捉牠們！」

有人反應過來。「牧民？」他們能見到人了！屆時就可以向他們問路，管他們借水吃飯！可隨即，大家又沈默了下來。他們是近三百人的隊伍，誰會借給他們糧？

「怕什麼？我們這一路沒吃沒喝的也走到這兒了，只要問好了路，遲早能走出去。」

「可我們還有傷兵，他們身上的傷得上藥。」

「而且我們沒有水袋，水都存不下來……」

大家越說越愁，王玄瑰也沒制止他們，眼神掃過氣定神閒的安沛兒，道了句。「嬤嬤，別折磨他們了。」

安沛兒按住沈文戈想摘下自己鑲嵌著寶石髮簪的手，待大家都看向她時，她緩緩擼起自己的胳膊，露出套著金鐲的手臂——

兩隻手，二十多只金鐲瞬間閃瞎了眾人的眼！

安沛兒笑著說：「別怕，嬤嬤有錢，我們買！」

「嬤嬤！」所有人歡呼起來，奮力拍著手掌。「嬤嬤！」

安沛兒在一聲聲的「嬤嬤」聲中，向下壓了壓手，說：「好了，等嬤嬤給你們買吃的。」

「好！還要衣裳！」

「對！還要餅子！」

「嬤嬤，我們還想吃肉！」

突然，一道弱弱的聲音插了進來——

「嬤嬤……我們想要紙筆。」

安沛兒噗哧一笑。

所有人看著柳梨川，都善意地笑了出來。

「好、好、好！」安沛兒道：「都買都買！」

她將金鐲一一摘了下來，這些金鐲，無一不是造型優美、工藝精巧，都是出使時選取的精品。有纏絲的、金鑲玉的、嵌各色寶石的，還有四周雕刻各種動物的金鐲，就連最普通的金鐲，上面都遍布花紋，每一只都讓人捨不得拿出去換東西。

大家直勾勾地看著安沛兒選了半天，最後挑了一只樣式普通的繪紋金鐲，又挑了一只最閃的寶石金鐲，其餘重新戴回了手上。

她嫌棄地對他們道：「別看了，嬤嬤身上沒別的東西了，就這些金鐲！」

有金吾衛的士兵道：「嬤嬤身上還有火摺子！」

亦有鴻臚寺的官員說：「嬤嬤身上還有針線！」

所以，嬤嬤身上還藏著什麼好東西？

就連沈文戈都忍不住悄悄看了安沛兒幾眼，被她逮到，趕緊乖巧地收回目光。

有了這些金鐲，他們就有了盤纏，發現羊兒開始走去別的地方吃草，趕緊追了上去，不遠不近地跟著，終於等到了要來趕羊歸家的少女。

讓他們停留在原地等待，岑將軍負責看管，王玄瑰帶著沈文戈、蔣少卿，蔡奴與安沛兒在後面跟隨，他們騎馬趕了過去。

少女騎在馬上，臉上有著被風吹日曬弄出的兩坨紅，斑點調皮地隨陽光在她臉上蹦來蹦去，三條粗辮子，兩條垂在胸下，一條垂在腦後，此時一臉警戒地看著他們。

沈文戈和安沛兒最先上前，她們都是女子，且沈文戈衣著服飾華貴，更能引人信服，最重要的是，她會說吐蕃語。

沈文戈說著大家事先商量好的說辭。「可愛的少女，我們是陶梁來的商人，路過婆娑時，被他們領地居民打劫了，因此想向你們求買些糧食、水及一些衣裳。」見少女不為所動，她發現少女脖間銀飾上的獅子，又道：「我向你們的雪原雄獅起誓，我們對你們絕無惡意。」

聽到雄獅，少女警戒的神情終於緩和下來了，看看她，又看看她身後的人，這才說道：「如果你們只是要吃的，那不用買，我回家取來送你們。」

真是個可愛單純的少女！沈文戈心下感嘆，說出的話就更加誠懇溫柔了。她雙手托起那只普通的金鐲，對少女道：「感謝妳的慷慨，但我們人數眾多，所求之量巨大。我知你們馬上就要過冬了，需要積攢糧食，所以向你們部落提出購買之事，恐怕妳並不能作主，我們想跟妳回家問問妳家裡人。」許是說了要回去問家裡人，少女看起來明顯不開心了。少年人都是這樣，他們覺得自己已經頂天立地了，不喜歡受父母管束。

少女用鼻孔哼了一聲，虛張聲勢地剜了沈文戈一眼，又見她溫溫柔柔的樣子，便撇撇嘴道：「那好吧，我帶你們回家見阿媽、阿爸。」而後她又抽出自己的匕首威脅道：「你們不許打什麼歪主意，海日的匕首可是殺過狼的！」

沈文戈笑道：「妳叫海日嗎？真是好聽的名字。」

海日重重哼了一聲後，活潑地驅著羊群往部落裡趕。

像是故意的，海日的馬騎得飛快。

可大家全都跟上了，就連蔣少卿都出乎大家意料之外，擁有一身好騎術。

第二十二章

到了部落，海日先趕著羊衝了進去，他們則停在外圍打量著。
蔡奴說道：「看規模，千人左右，是個不小的部落。」
王玄瑰頷首，鐵鞭已經握上。
不消片刻，海日就帶著自己的阿爸，和阿爸的兄弟們出來了。
原來海日是部落主的女兒，怪不得養出如此天真的性情。
部落主名叫貝巴德，身材魁梧，脖子上戴著狼牙項鏈，打量了一圈眾人後，將目光定在了王玄瑰的身上，竟是直接看出誰是主事人了。
王玄瑰下馬拱手，看向沈文戈。
沈文戈立刻上前，將剛才跟海日說的話又重複了一遍。她拿出金鐲子，示意他看他們的誠意，又道：「我們商隊人數眾多，需要一百水袋、兩石的糧食以及三百身衣裳，或者皮毛也行。」
「那這個鐲子可不夠！」
貝巴德舉手，讓自家兄弟先別插嘴。
沈文戈當即點頭。「當然，這只是訂金。」她又拿出另一只鑲著各色寶石的金鐲放在手上。「再加上這只。」這個鐲子一出，果然讓他們動搖了。陶梁的金鐲可以在邏耶換上十隻羊，這金鐲上面還帶寶石，肯定能換更多。

但三百人份的東西可不少，貝巴德沒先應下，而是問道：「你們拿了糧食之後，打算去哪裡？」三百人的隊伍，對他們部落來說可是個不小的威脅。

王玄瑰能聽懂吐蕃語，開口道：「跟他們說，我們要前往吐蕃王城邏耶，不會在此過多停留，請他們放心，並向他們請教路線。」

不待沈文戈翻譯，貝巴德竟然直接用吐蕃話跟王玄瑰交流了起來。

海日掐腰，驕傲道：「我阿爸可是會陶梁語的！」

如此，兩人一個聽得懂吐蕃語，一個聽得懂陶梁話，就這麼你說你的話、我說我的話，毫無障礙地交流了起來。

要不是沈文戈吐蕃語水準到家，準會被兩人搞懵，且看貝巴德身旁的兄弟們和海日，聽得兩眼茫然就知道了。

兩人確定好要交換的東西後，貝巴德又提醒一句。「這裡夜晚有狼，你們要多加小心。」

王玄瑰抬手扶額，昨夜便聽見了狼嚎聲，倒是沒料到，越走離狼還越近了。他偏頭看了一眼沈文戈還有身旁的蔣少卿後，說了個不情之請。「可否讓我們在你們部落借住幾晚？我讓他們睡在最外圍的地方，要是同意，我們便再給一只金鐲。」他拿出自己的路引，用以證明己方無害。

貝巴德猶豫了，和他的幾個兄弟湊到一起商議。一只金鐲不光可以換羊羔，還可以換鹽，三百人雖多，可他們部落的男子也不差，他們可以晚上不睡覺，看住他們。但是住一、兩晚還行，住久了可不成。

他們每年這個時候也會派人前往邏耶交換些過冬的物品，不如就和他們一路吧，三百個男兒，再弱也是一股不小的勢力。一方保護安全，一方引路，兩全其美。

貝巴德當即將這個提議說了出來，王玄瑰拱手答應，但這價錢，定要再漲的，他們不能平白帶路。

於是兩人又你來我往地說了半天，在海日這個小姑娘不耐煩地踢著腳下草兒，不知道踢了多少下的時候，終於達成了共識。

沈文戈已經讓安沛兒背著人又摘下了五只金鐲，見王玄瑰側頭挑眉看來，顧忌著這裡還有蔣少卿在，只向他隱秘地笑了一下。

貝巴德的目光在兩人身上轉了一下，一晃神的工夫，王玄瑰已將七只金鐲子全部遞給了他。他取走四只，最貴重的寶石金鐲沒拿，推了回去。「先給四個，剩下三個到邏耶再給。」

王玄瑰看了眼沈文戈，沈文戈就會意地從他掌心取走金鐲子，塞進了海日的手上。

海日欣喜地將鐲子戴在手上晃了晃。

貝巴德摸了摸女兒的頭頂，爽朗道：「那好，我這就派人去接應你們的人。」

「不必，請先給我們拿些衣服，我折回去帶他們過來。」

「好說！」

將全部談好的金鐲給了貝巴德，果然他就更歡迎他們了。王玄瑰願意在這種事情上給他們安心，畢竟他們的人可都是氣勢非凡的金吾衛。

不過現在氣勢已經不剩什麼了，一個個正翹首以盼地等著他們回去。

見到馬背上馱著東西，所有人眼睛都亮了起來。

可當發現全是衣服，一口吃的都沒有後，又全蔫了下來，哀怨地頻頻看向王玄瑰，甚至有那與鴻臚寺相熟的金吾衛，還推了推柳梨川等人，示意他們去問問。

柳梨川他們哪敢在王玄瑰手裡拿著鐵鞭的時候吱聲啊？他們在鴻臚寺那麼久，可太了解王爺了，只能默默脫下衣裳換起來。

鐵鞭揚起，金吾衛們立刻俐落地卸甲換衣，將明光甲藏在脫下的裡衣中裹起來，揹在身上。

換完衣裳一看，沒了盔甲撐著氣勢，一個個臉頰凹陷，嘴上爆皮，風一吹，身上還有喝兔血殘留的腥臭味兒……

這個時候，岑將軍說道：「都打起精神來，一鼓作氣抵達部落！王爺已為我們說好，讓我們在部落休整兩日！誰也不許說漏了嘴，我們就是商隊的人，聽清楚了嗎？」

「聽清楚了！」

大家興致高昂地往部落而去。

柳梨川好奇地問：「王爺怎會想到讓我們在部落住兩晚？不怕……再遇上領地的事情？」

蔣少卿不想理他。

見他巴巴地看過來，沈文戈給予解釋。「部落首領說，這裡晚上有狼，只怕不安全，加上我們受傷的人需要休息，便用金鐲和部落的人商議住在那兒，不僅如此，他們還會帶我們去邏耶。」

「那可太好了！」終於能睡個安穩覺，吃口正經飯了！

一行人以最快的速度趕到部落，部落已經為他們騰出了五十頂帳篷，畢竟都是交了金鐲的。

這些帳篷在部落最外圍，另有兩頂靠近貝巴德，一頂歸了王玄瑰，一頂給了蔣少卿，而岑將軍則要和金吾衛們同住。

分好人，安頓好後，貝巴德的夫人帶著海日就來給傷兵們送藥。

沈文戈接過道謝，在她們提出讓部落裡的人過來幫忙處理傷口時，笑著拒絕了。他們的傷多是砍傷，還有陳年舊傷，不宜讓人發現。

有了藥就好辦了，給所有的傷兵煮藥、割去腐肉、重新包紮傷口，一行人又喝到了部落給煮的肉湯，真叫一個心滿意足。

謹記著王玄瑰說的不讓他們在部落裡走動的話，他們就幾個人一頂帳篷，將明光甲和武器藏好，枕著睡下了，呼嚕聲此起彼伏。

沈文戈身上的橘衣也該換了，海日給她拿來了一套她的衣裳，道過謝後，安沛兒便幫她穿上了。

海日畢竟還是個年輕少女，她的衣裳沈文戈穿著稍小，但也可以穿，就是緊緊貼在身上，讓穿慣了鬆散襦裙的她稍有不適。

她輕輕揉著頭皮，盤了幾天的髮髻終於解下來了，一頭烏髮，被安沛兒入鄉隨俗地給編成三條辮子，最後為她戴上用綠松石、銀片等物點綴的紗茹帽，一個俏生生的吐蕃小娘子便出現了。

沈文戈有些不習慣地晃了晃頭，說道：「這顏色是不是太豔了些？」

「不豔，藍綠相間的，娘子穿正好。」

聽見兩人的動靜，問了一嘴，蔡奴先探頭進來看了一眼後，就飛快退了出去，去尋他家阿郎了。

王玄瑰剛換上貝巴德從長安帶回的袍子，深藍色的，他穿上略微寬鬆，卻是顯得正好。

彎腰一掀帳簾，他便愣了一下，沈文戈被腰帶勒出的美胸、細腰，讓他一覽無遺。他以前只攬過她的腰，知她腰細得自己兩隻手就能掐住，但往常被衣衫遮擋，從不知她除了纖腰，身段比例也是一絕，那被齊胸破裙的裙頭遮擋之處，竟也是高高隆起的。

何況她現在又戴著吐蕃頭飾，渾身充滿了異域風情。

他眸裡似是蘊藏著風暴，半晌才緩過勁來，進了帳。

安沛兒已經藉口要給沈文戈洗衣裳，躲出去了，此時帳內就他們兩人。

沈文戈大膽地問道：「好看嗎？我還是第一次穿吐蕃的衣裳，之前二姊讓我幫她買婆娑裙子，沒來得及買，我想著等我們到邏耶後，為二姊多買幾身。也不知二姊和大兄如今怎麼樣了？戰事……」

後面的話王玄瑰通通都沒聽進去，他喉頭輕輕滾動。「嗯，好看。」他走上前去，手掌扣在她的腰間，比之以往只是用來固定她，這回，沈文戈能清楚感受到他的手掌在她腰上來回摩挲。在他就要吻上來時，帳外響起了海日的聲音——

「文戈姊姊，妳在嗎？我想跟你們一起去邏耶城，妳幫我勸勸我阿爸嘛！我長這麼大還沒去過呢！文戈姊姊？」

沈文戈連忙睜眼應了一句，告訴她自己一會兒出去。

王玄瑰難耐地滾動喉結，深深望了她一眼，低聲說：「今晚我和蔡奴睡另一個帳。」

沈文戈拽住他。「王爺今晚不和我一起睡了？」

知道她這話沒其他意思，出使路上，一直以來都是他們四人一起睡，但今日……不成！

她穿著這身衣裳，讓他怎麼睡得著？

王玄瑰在鴻臚寺帳內休息了，據柳梨川所說，他們本想熬到王爺睡熟了之後再睡的，結果這一等，天都快亮了也不見王爺睡著，把他們睏得眼睛一閉就睡死了過去，連王爺什麼時候帶著休息好的金吾衛和貝巴德部落裡的漢子們一起去打獵的都不知道。

一聽王玄瑰沒能睡好覺，沈文戈就擰了眉。她自然知道王玄瑰夜晚不易入睡，不過是這一路來，白銅馬車上他都睡得極好，讓她一時將這點忘記了。想問問嬤嬤，卻見安沛兒一副習以為常、該幹什麼就幹什麼的姿態，忙著將大家換洗下的衣裳給收起來。

安沛兒自然發現她欲言又止的模樣，邊疊著衣服邊道：「娘子不必憂心，阿郎這是老毛病了，入睡困難，夜裡又易驚醒。上次娘子說給阿郎換成軟枕睡覺，別說，還真有點效果。這次估計是不習慣和陌生人一起睡，身體警覺，自然睡不著，白日讓他補個眠就好。」

瞧她說得這般輕巧的模樣，可見王玄瑰睡不好覺，發生得多麼頻繁。

她坐到安沛兒身旁，幫著一起整理東西。韈上的夜明珠只剩下一顆，放在一起看著還怪醜的，索性把另一顆也摘了下來。

在瞄了安沛兒多次後，終於被準確捕捉到，兩人對上視線，沈文戈終是忍不住問道：

「嬤嬤，王爺為何會睡不著？是認床嗎？我看在白銅馬車上，他倒是睡得極熟。」

安沛兒沈默了。

沈文戈從沒見過會將難受表現出來的嬷嬷，便也跟著將心提了起來，只見嬷嬷嘆了口氣，這才開口。

「阿郎這是小時候過於驚恐，留下的一些小問題。」

睡不好覺都只是小問題？那他小時候到底怎麼了？「嬷嬷，能跟我說說嗎？」

安沛兒問道：「娘子可還記得，阿郎上次與娘子發脾氣的事？」

自然是記得的，她當時跪下求王玄瑰做靠山，結果反將他惹生了氣，駭到了她。

「阿郎那日是因為陸國太妃而壞了心情，才會對娘子惡言相向。事實上，不光對娘子，只要阿郎碰到與陸國太妃有關的事情，就會像變了個人一樣。」她沈浸在不好的回憶中，緩緩道：「阿郎出生時，先皇年紀已經大了，沒幾年就逝去，而後當今聖上登基，陸國太妃她……做了一些事情，導致被禁足，阿郎自然要跟隨她一起。那小小的宮殿，抬頭就只能見到巴掌大的天，陸國太妃便將氣全撒在了阿郎身上。阿郎那時候還小，又是戀母的年紀，想靠近陸國太妃，只會迎來打罵，還常常挨罰，有時飯都沒得吃，看得奴和蔡奴心疼極了。而陸國太妃最喜歡幹的事情，就是在阿郎睡著之後，用各種方法將他弄醒、懲罰他，直到他哭為止，方才讓他睡覺……」有些說不下去，安沛兒側頭喘了兩下，揩乾淨眼角的淚，平復了下心情才繼續說：「奴們當時，為了讓阿郎睡個覺、吃頓飽飯，經常抱著他躲在各種地方，至此，阿郎就留下了陰影，他恐懼睡覺。還是後來，大家湊在一起想辦法，將聖上引來院子，讓聖上發現明明十一歲了卻小得只有六、七歲模樣的可憐阿郎後，震怒地訓斥了陸國太妃，將阿郎接走親自教養，不然，奴都不知道，阿郎還能否活過那個夏天。」看沈文戈已經聽得眸中含淚，她笑道：「都過去了，阿郎如今還有了娘子。」她又感慨道：「已經比奴預想中好很多了。」

沈文戈啞著聲音喚道：「嬤嬤……」

安沛兒眼中也帶著層淚光，她說：「娘子剛才問阿郎為何在白銅馬車上睡得熟，不如問，為何有娘子在的地方，阿郎睡得著？因為娘子救過阿郎啊！所以在阿郎心裡，有娘子在的地方，就是安全的，娘子保護過阿郎呢！」

淚珠先後墜下，沈文戈哭著笑了一下，原來她這麼重要嗎？

她救了當時不知姓名的他，可全部心思都放在尚滕塵身上，不知他竟一直記掛著自己，默默報著恩。更不知自己對他如此重要，就連睡覺靠著她都能睡著。

可為什麼更心疼他了？是因為他所獲得的善意太少了嗎？是因為對他好的人太少了嗎？長安城的人怕他、懼他，覺得他脾氣乖戾，可他也從來沒有傷害過不該傷害的人。

他不該受到如此對待的。

用袖子擦擦眼睛，她水洗後的明眸定定地看著安沛兒道：「嬤嬤，我去尋海日，王爺回來後，告訴我一聲。」說完，沈文戈一掀帳簾走了出去。

自然，她因為衣裳受到了部落裡的男子若有似無的打量。與她同行之人都是被她變著法兒教訓過的，初時覺得她這個小娘子厲害，後來就是真心欽佩，十分尊重她。這回換成部落之人，她也沒置之不理，反而直接回看過去，誰看她，她就看過去，將人一個個看得不好意思地撓撓頭、不敢再看，方才罷休。

她進到海日的帳篷，小少女因為得了阿爸讓跟著去邏耶城的話，正興奮地挑著衣裳。

「文戈姊姊，快來看！妳覺得哪身好看？粉的好看嗎？」

海日被曬得皮膚有些黑，穿粉的，只會襯得更黑，沈文戈給她挑了一身藍紅的搭配，這才說出了目的。

「我知道了，妳要和妳阿哥單獨出去！妳過來，我告訴妳一個只有我們當地人知道的地方，妳帶妳阿哥去！」聽完沈文戈的話，海日擠眉弄眼，給她詳細說了路，而後拍著自己沒發育的胸脯說：「不去羊措，你們絕對會後悔的！」

沈文戈笑著應了。她們一行人同貝巴德介紹時，說的就是她和王玄瑰是兄妹，其餘人都是商行夥計。如今他們花錢在部落住宿，又有部落的人跟著一起去邏耶，壓力驟減，那她就可以帶著王玄瑰出去轉一圈了。

打獵的眾人歸來，金吾衛們大顯身手，向部落中的人表現了實力，又為部落增添了諸多食物。

王玄瑰回來後，進了帳篷沒瞧見沈文戈，本是想膩一會兒的，可安沛兒卻說，娘子有事找他，他當即又翻身坐了起來，去尋沈文戈。

縱使前面都是穿得差不多的小娘子，可他還是能從人群中一眼就瞧見沈文戈。

見他過來，其餘人都散了開來，沈文戈朝他走過去。

他上下打量她。「怎麼換衣裳了？」

可不是，沈文戈現在身上穿的已不是剛才那身了，她請海日幫忙，尋了個和她體型相似的女子，買了人家的新衣裳。

衣裳在部落裡是極昂貴的東西，何況這是人家準備成婚特意做的新衣，沈文戈是用自己的耳墜同她交換的。與昨日那身相同的配色，可上身卻多添了一件藍色馬褂。

她聞言想著：再不換，你晚間豈不是又不回帳篷睡了？她沒回答他，反而上前拉住他的衣袖。「王……不是，兄長，我們出去探探路？」

王玄瑰挑起眉梢，連眼下小痣都跟著動了起來，也不知是因為她這一聲兄長，還是因為她突然要去探路。有部落中的人帶他們去邏耶，他們根本不用去探路的。

「我雖是鴻臚寺的譯者，可也是使團的一分子，到了新地方，怎可不走走看看呢？」

她拉他，他就順從地跟在她身後走，上了馬，兩人便一起出了部落。

身後的柳梨川見狀，問道：「七娘，你們做什麼去？」

風聲中傳來她的回答——

「我們去探路！」

天上的白雲迎面飄著，地上的草兒被甩在身後，越縱深前往，景色越開闊。

湖鳥「呀呀」叫著盤旋，一面彷彿墜落人間的湖泊，出現在他們面前。

「措」在吐蕃語中是「湖」的意思，羊措便是羊湖。海日說的就是這個湖了，真沒想到這個地方還會有湖。

帶著水氣的風吹拂在臉上，沈文戈閉上眸子深深吸了一口，是濕潤的自然之氣。她扭頭，撞進王玄瑰注視著她的深邃目光中。

有人在看風景，有人則在看看風景的人。

她喜歡他的眼睛，尤其喜愛他眼下小痣，便也灼灼回望著他。

他翻身下馬，走到她身邊伸出手，她便由著他將自己抱了下去，問道：「王爺，喜歡嗎？」

「喜歡。」他額頭抵著她的。「妳是特意帶我來此的？」

「是啊，從長安出使以來，我們都還沒有休息過呢，不妨趁著現下有閒情，走一走、看一看。」她主動牽起他的手，十指交叉緊握。「王爺，我們沿湖繞一圈。」

王玄瑰的目光垂落在兩人交叉的手上，胸膛中的一顆心，又在不受控制的亂跳著。

「嗯」了一聲，與她肩並肩朝前走去，兩匹馬乖順地跟在他們身後，邊走邊吃草。

兩人轉過一個彎，再出現在眼前的，就不是碧藍透澈的湖水了，而是晶瑩剔透的紫，美得像是異族少女靈動的眸子。

「王爺，快看！」她晃著他的手。「竟還有紫色的湖水！」

聽她的話往前看去，一瞬後，便又收回視線，落在她身上。看她眸裡都泛著紫，喉結滾動，只能捏著她的指骨，轉移注意力。「嗯，很美。」

明明湖泊是連著的，可顏色卻不大相同，變幻多姿，又一塵不染，聖潔得讓人覺得不該打擾它。

漸漸地，他們都不再說話，就這樣牽著手慢慢在湖邊走著。

走過了藍中透綠的湖水、瞧見了如秋天落葉落在碧水上的湖水、摸過了染著紅的湖水，還駐足觀賞了如裴翠般透亮的湖水。

而後他們停在了水天相接之處，深藍色的湖水與澄藍的天空互相交融，朵朵白雲從湖面飄過。有湖鳥俯衝下，啄起一條魚又展翅飛去，湖面蕩起層層漣漪，白雲散去又合攏。

王玄瑰尋了處乾淨平整的湖邊沙地，拉著沈文戈坐了下來，手自然而然地攬過她的腰。

她將頭靠在他的肩膀上，盡情地望著波光粼粼的湖面，欣賞著難得一見的美景，輕輕出聲道：「怎麼會有那麼多顏色呢？」

他用下巴碰了碰她。「應是湖水時深時淺導致的。」

「原來如此。」

「冷不冷？」他將她又往自己懷中攬了攬，湖水附近的溫度要稍低些，便連湖風都是帶著涼意的。

怎麼會冷呢？他的身體就像一個暖爐，源源不斷地散發著熱度，且本就日光灼熱，有些許涼風，正好。

詢問她的人，突然沒了聲音，她抬眼看去，卻見他已經合上了眸子，往日的疲憊、夜晚的失眠，在這一刻襲上了他。

她輕輕一動，他立刻睜開惺忪的眼，她往外側挪了挪，將他的頭放在自己腿上，輕柔道：「睡吧，我在呢。」

他倒在她腿上，身體前所未有的放鬆，睏意洶湧而來，便又閉上了眸子。

她撐著臉低頭望他，又隔空描繪著他的鼻眼，淺淺笑了起來。

兩匹馬兒湊到她身邊，周邊沒有草，牠們就去飲了水，而後撒歡地跑遠，又噠噠地跑回來。

「噓！」

牠們便站在她身邊，好似也睡著了般。

被太陽烘烤得渾身都暖洋洋的，她舉起兩隻手放在王玄瑰頭頂為他遮陽，想俯身親親他，可惜這個姿勢做不到。

仰頭望天，看雲卷雲舒，在這裡，時間彷彿都被定住了……

不知過了多久，王玄瑰睜開眼，眼下小痣便被發現他醒來的人給捉住了。

她剛才看著他，想摸許久了。

冰涼的指尖停在眼下，來回反覆地揉搓著那顆小痣，直將它周圍皮膚都摸紅了。

他握住她的指尖，起身輕輕親上了她的唇。

湖鳥盤旋在王玄瑰與沈文戈的上空，他們之間的呼吸不分彼此，沒有打破羊措的寧靜，吻得克制。

分開後，他用拇指為她擦去唇瓣上的水漬，柔軟的唇瓣在他手中微微變形。

她又羞，又覺得有點癢，向後躲了去。

他發出愉悅的低笑聲，在她伸手推他時，一把將她從沙地上拉起來，為她拍去了沙土，然後抱起她放在馬兒上，緊接著自己翻身上馬，貼在她的身後。

馬兒識途，載著兩人噠噠地往回走著，另一匹就跟在旁邊，時不時甩一下馬尾，美麗多姿的羊措便漸漸消失在兩人身後。

沈文戈將頭仰在他寬厚的肩膀上，閉上眸子，嗅著青草香，閒適地把玩著他放在自己腰間的手指。骨節分明又修長，自己的手放上去，都顯得嬌小了。

他反握住她的手，用頭頂了一下她的，她就又回蹭回來，兩人就這麼你碰我一下、我蹭你一下，幼稚得很。

她笑起來，他也跟著笑出聲。

飛鳥遠去，她按住他的胳膊，問道：「從我救了王爺之後，王爺便一直關注我嗎？王爺還為我做了什麼我不知道的事情？」

王玄瑰最怕的就是她問恩情，上次的事情弄得他對涉及恩情的事情都敬謝不敏。

他腳下一動，馬兒加速噠噠地小跑了起來，而後他突然道：「說到相救一事，我也想問妳，妳與尚滕塵也曾這樣嗎？」

沈文戈身子一僵，睜開一隻眸子悄悄看他，手指都不敢搭實了，扶在他的胳膊上，在一聲催促下，這才反問道：「王爺說的是什麼事？」

「沈文戈，莫要轉移話題，妳知道本王在問什麼！」

「我……咳！」她睜開眸子，先說了句。「我與他從未共乘過一匹馬。」也從沒有被他溫柔地、像此時般擁在懷裡過。

他的手捏住了她的臉頰，沒捨得用勁，只捏了一下，又低聲問：「其他的呢？」

親吻嗎？沒有的。前世僅有的幾次房事，也是為了懷上嫡子。當時她與齊映雨鬧得不可開交，跟尚滕塵之間更是敷衍。男歡女愛的歡愉，是從沒享受過的，對每每都是像完成任務一樣交差的事，反而覺得有些不適。想到這兒，她臉上不自覺地顯露出抗拒。

一直低頭瞧她的王玄瑰瞧了個正著，臉色倏地陰沈下去。「算了，不用回答，本王不問了！」

「王爺？」沈文戈怕他誤會，趕緊解釋。「我不是不想回答，但我要是說的話，王爺會不高興嗎？」

他讓馬兒放緩速度，直至停下，周邊是高到膝的茂盛野草，不知名的黃花開得正豔，間或有朵朵紫花點綴其中。

想看她的臉，注視著她的眼睛回答，他將她抱下馬，認真地說：「妳與他親近，我心裡不舒服；妳與他沒有，我更不高興。他尚滕塵確實眼瞎，連妳都能認錯，不過也幸好，他給了我機會。」

聞言，沈文戈怕他會嫌棄的心，便如這漫山遍野的野花般燦爛了起來，她抬臂攬住他的脖子。「王爺真不問了？」

王玄瑰感覺自己就是找罪受，偏著頭惡狠狠道：「不問了！」

她笑著踮腳親在他唇邊。「沒有。」見他眉梢輕動，她又道：「從沒有。我和他成婚後，他便去了西北，待他歸來時，就帶回來了齊娘子，我生氣之下，就與他和離了。所以，沒有。」她這可不算撒謊，這一世的她與尚滕塵之間確實是清清白白的。「王爺，可還生氣？」

「本王沒生氣。」他睨著她，突然將她騰空抱起，把她放在了草叢之上，草兒被壓彎，厚實地墊在身下。

在她緊張地注視著他，手都不知該放在何處時，他躺了下來，就在她旁邊，她張張唇，倏而扭頭看他。

他伸出長臂搭在她腦後，自己枕著另一隻手，對她道：「看。」

躺下之後，身邊的草兒都變得高大起來了，黃花近在咫尺，她伸手彈過。天邊一聲鷹鳴，是老鷹正在搜尋牠的獵物，她望去，就見那鷹在瞳孔中越來越大，而後消失在了另一片天空中。

垂下眸子，她突地翻身，在王玄瑰身旁撐起身子，這樣便可以俯身瞧他。

他放鬆下來後，妖冶的容顏更為突出，是讓沈文戈越看越喜歡的相貌。

她伸手點在他的鼻梁之上，又劃過他的眼下小痣，最後停留在他的唇上，學著他的樣子，在其上摩擦，手感確實很好。

「嗯？」

熱氣拂過指尖，她蜷了蜷手指，而後撫著他的臉，俯身親了下去，還用牙齒輕輕咬了下他的唇瓣。

被她親吻的地方，都變得酥麻了，這是她第一次主動親吻他的唇，他腦中懵了一瞬，緊接著是更為熱烈的回應。他伸手扣在她的腦後，想要起身，卻被她按了下去，因此又順從地躺回原地，仰著頭和她唇齒相依。

她扶著他臉頰的手慢慢下移，來到了他的喉結上，描繪著它的形狀，用手指捏了起來，又學他用拇指抵住。

呼吸聲逐漸變得重了起來，自己思考時用手抵著喉結，和被她觸碰，這是兩個完全不同的概念。他難耐地滾動著喉結，而後迎來更為強烈的感覺，腦中已經沒有任何理智可言，只剩慾望在心底燃燒。伸手穿過她的馬褂，扶上她的腰，他不輕不重地擾著她。腰部敏感的沈文戈身子一軟，他立刻感受到，忽略她貓兒似的反抗，起身將人扣住，擁在懷中，重新放回草上。

她按著他的喉結表達不滿，只得到他更加猛烈的、想將她吞進肚中的親吻，手指在她腰間打轉，一寸一寸丈量。她只覺得口中空氣都不夠用了，腦子暈乎乎的，攀著他肩膀的手想制止住他，卻被他握住，扣在了耳側。

腰上得到解放，嘴裡也湧入了新鮮空氣，她仰著脖子呼吸著，緊接著便是一頓。脖間軟肉被他叼住，彷彿是為了懲罰她剛才碰了喉結，他也在她的脖間找尋著。密密麻麻的親吻覆上，沈文戈難以忍受地抬起軟綿綿的手臂，用手背遮住了眼。他不准，便又將親吻移了回去，將她那隻手也拿走，十指相扣按在耳側。

這是一個漫長到沈文戈覺得自己要溺死在他親吻裡的吻。

他翻身將她抱在身上，她便趴在他胸膛上，和他一起平復著紊亂的呼吸。呼吸漸漸變得平緩，直到此時，周圍蟲鳴才能再次入耳，她摟住他的脖子，用有些沙啞的聲音說：「該回了。」

他拍著她的背，將她抱了起來，在她鼻尖上輕吻，而後將人放回馬背上。這回他不能再和她共騎一匹馬了，金烏已有下落之勢，他們得趕緊回去了。

他目光繾綣，望著她道：「比一場？」

「好啊！」沈文戈揚著下巴，眼中突然升出鬥志，她已經許久沒有暢快地騎過馬了。話音剛落，她就一聲「駕」，率先衝了出去，徒留王玄瑰在原地。

「小騙子！」他笑罵一聲，而後追了上去。

兩匹馬時而她在前，時而他更快，或並駕齊驅。

部落裡的人遠遠瞧見他們兩個，海日衝他們揮手，對著急找人的柳梨川等人道：「快看，他們回來了！啊——」她一聲尖叫，整個人蹦了起來。「他們馬術真好！不行，路上的時候，我一定要和他們賽一回馬！」

柳梨川等人差點被她嚇死，又看向越來越近的兩人，問道：「這是在比賽馬？」

海日興奮地說：「當然了！」

他們便趕緊將話翻譯給險些要出發去尋找兩人的岑將軍。

在大家的注視下，沈文戈一揚馬鞭，快過王玄瑰半個馬頭，朝部落衝去，在大家紛紛避讓開道之時勒住馬，馬兒揚蹄，幾近直立身子，可她仍穩穩坐於馬背之上。待馬蹄落地時，她才道了句。「痛快！」

在她身旁的王玄瑰也與她一樣，寵溺地看了她一眼，而後又恢復成往日的樣子，任由岑將軍過來牽馬，翻身下去。

再看另一邊，柳梨川等人已經巴巴地圍了上去。

「七娘可以啊！」

「七娘有空也教教我們騎馬吧？」

「就是！我們就是單純會騎而已，可玩不了花樣，稍一著急，還有跌下馬的風險。」

沈文戈下了馬，對他們說：「行，等去邏耶路上，我便教你們。」

大家紛紛應了。

蔣少卿伸手點了一下柳梨川。

柳梨川渾身一抖，趕緊問：「七娘妳說去探路，有什麼發現嗎？」

沈文戈今日玩得盡興，也和王玄瑰相處得甜蜜，下意識看了他被岑將軍和金吾衛簇擁的背影，這才開口道：「確實有發現！是一處你們不去，絕對會後悔一生的地方。」好心情地賣著關子。

「什麼？什麼地方？」

「哎呀，七娘，快說快說！」

「嬤嬤已經幫我們買紙筆了，就等著開始記錄了。」

身為出使使團，怎能不進行書寫？買紙筆是跟吃食一樣重要的東西，所以安沛兒都不用王玄瑰同意，自己就作主給買了一箱來。

沈文戈聽聞後當即招呼海日，問她同行之人可能一起去羊措，得到海日肯定的答覆後，她才道：「是一處美輪美奐，湖水顏色變化多端的靜湖，名叫羊措，明日我便領你們去。」

「不著急。」說話的人是貝巴德，因沈文戈和王玄瑰兩人說要探路去，結果遲遲未歸，人都找到了他這裡來。他問清自己的女兒，得知是她給指了羊措，還以為二人迷路了，要不是他們身邊那兩人一直攔著，他都要帶著人手去尋了。「後日出發，我帶著你們一起去。正好經過羊措，讓它祝福我們此行順利。」

沈文戈和王玄瑰的目光在空中交匯一瞬，又趕緊分開，聽著身邊人興奮地連連說好的聲音，便笑著跟大家一起往裡走去。

在帳門口，她深呼吸一口氣才走了進去。

王玄瑰正和蔣少卿、岑將軍一起商量事情，見她進來，他也不避著，讓她坐下一起聽。一路走來，沈文戈的能耐蔣少卿和岑將軍也都是看在眼裡的，因此沒有半分她不該在此的念頭，甚至蔣少卿還頗為自豪地向她點了點頭。

她尋了個邊邊角角的位置坐下。

蔡奴臉上的笑遮都遮不住，殷勤地給她倒了部落裡特有的油酥茶。今日要不是他和嬤嬤攔得快，娘子和阿郎怎麼會有時間獨處？

沈文戈臉上升起羞粉，藉著喝茶的工夫給遮擋了去，待事情商議完，蔣少卿和岑將軍離開後，她握著茶碗，直勾勾地盯著王玄瑰。

王玄瑰看著她道：「今日不走。」

掌中的沙順著指縫滑落，時間也往前極快地推進著。
他們一行人去了羊措，感嘆著造物主的神奇，將路線、感受、畫面謄於紙上，而後跟隨貝巴德帶了二百人的隊伍往邏耶城而去。
越往邏耶走，便越覺得冷，連吹在身上的風都跟刀子似的，混著砂礫直往臉上刮。
算一算，他們於夏季從長安出發，期間去三國交匯處接應了沈舒航和沈婕瑤，又為了等王玄瑰與沈文戈歸隊而放慢了速度。
因婆娑四季常青，所以沒感受到秋，可實打實的，現在是在秋季的尾巴上，他們已經出來快半年了啊！而邏耶是一個四季分明的城池，所以越往那走，便越能感受到秋季的威力。
「呸呸呸！」柳梨川吐出嘴裡的沙子，人已經被風吹麻了。
部落條件自然不如使團，馬車？沒有。至於他們自己的戰馬，正充當馬車拉著傷員呢！牛車？這個有，但不好意思，人不配坐。
是的，人家牛車上拉的全是東西，人只能跟在旁邊走，等晚上的時候，再將東西卸下，換人上去睡。唯一值得慶幸的是，牛車上拉的皮毛非常多，一人可分兩、三件在晚上蓋著。
要不是婆娑，他們何至於如此落魄！在心裡罵罵咧咧的，腳下還不能停。
風吹得人左搖右晃，都要走不動了。「風太大，我們得找地方避風！」貝巴德招呼著王玄瑰，他得吼著才能讓人聽清他在說什麼。

王玄瑰向他點頭，給蔡奴打手勢，讓他守在沈文戈身邊，自己和岑將軍縱馬出去溜了一圈，尋到了一處岩石，趕緊讓大部隊的人過去。

大家在岩石後擠擠挨挨，總算能喘口氣，說說話了。

沈文戈腦袋上還戴著紗茹帽，用嬤嬤的話說，風太硬，別把頭皮吹壞了。此時看著柳梨川等人捂耳朵的捂耳朵、搓手的搓手，不禁慶幸自己聽嬤嬤的話。

而安沛兒正在粗暴地裁著皮子，也不管什麼好看不好看了，一頂頂長耳帽子給做了出來，雖醜，勝在保暖。

這個時候，誰還嫌棄？柳梨川率先搶了兩頂，餘光瞧見蔣少卿，又多搶了一頂。

雖是白天，可風吹得到處都是黃沙，漫天遍野，視線範圍內全是黃濛濛的。

王玄瑰讓人蒙著臉，出去搜了一圈樹枝，分了貝巴德他們一半，還教了他們如何堆四角火堆，可以讓柴火燒的時間更久些。

如今看來，縱使是白天，也無法再行進了，他們決定在此休息一晚，待風沙退去，再重新出發。

張彥感興趣地問貝巴德，以往有沒有碰見過這麼大的風沙？

不待他回答，他身邊的海日就搶先道：「有的有的！」

她一個從來沒去過邏耶的人，跳著腳說有？

貝巴德在她頭上敲了一記，警告她安靜點，這才道：「確實有的，一進入這個季節，便愛颳黃沙，不礙事，只要等風沙退去便好。」

有了他的話，大家便也不擔心了。

鴻臚寺的人將紙筆掏了出來，就磨了一塊墨而已，幾個人共用硯臺，開始低著頭唰唰地記錄起來。

王玄瑰目光一掃，就瞧見沈文戈眼巴巴地看著，也想加入進去。不是第一次了，只要閒暇有空，牛車一停，鴻臚寺的人一定第一時間拿出紙筆，而沈文戈就會在一旁默默看著他們。他皺眉，有心想讓鴻臚寺的官員們邀請沈文戈一起，蔡奴卻阻了他。

「阿郎，等娘子想的時候，自己會說的。阿郎出言相幫，只是給娘子要個能寫東西的位子，可要不來他們心底的認同。」

鴻臚寺的人不敬沈文戈嗎？不，他們已經比時下大多數的男子還要尊重了，他們十分認可沈文戈出色的翻譯能力。可他們如今在記錄的東西，是他們的工作，是他們引以為豪的能力。在專業領域，他們有著比常人還要較真的脾氣，所以就只能靠沈文戈自己讓他們信服。

「娘子，來。」安沛兒拿出一套嶄新的筆墨紙硯，在沈文戈發亮的目光中說：「嬤嬤特意問海日，給妳買來的。」

「嬤嬤……」沈文戈接過東西，愛不釋手地摸摸這個，又摸摸那個。

安沛兒看見她的樣子，有些自責地道：「也是嬤嬤疏忽了，忘記給娘子單獨備上一套。哎，之前白銅馬車裡有備著的。」

「有這個就夠了！」

「好，那娘子妳用這個寫，偷偷地，不告訴他們。」

沈文戈被安沛兒這促狹樣給逗笑了，說道：「放心吧，嬤嬤，我會好好寫的。也不指望寫得多出色，只將這一路的見聞記錄下來就好。」

她尋了處平整的位置，思考後下筆，就連王玄瑰從她身後經過，她都沒有發現。

他搖搖頭，陰惻惻地想著，等她寫完後，誰敢笑她、不接受她，他就讓那個人承擔鴻臚寺一整年掃茅房的工作！

鴻臚寺眾人突然覺得腦門涼颼颼的，紛紛摸了摸皮毛帽子，又給向下拽了拽。

第二日，黃沙果然退去，雖還有風，但視野清晰，可以繼續前行了。

休息充足的眾人，繼續往邏耶城走去。

大片大片枯黃的草開始隨處出現，氣溫又降了些，大家紛紛套上衣裳，就連沈文戈的脖子上，都被安沛兒不由分說地給圍了條兔毛圍脖。

毛茸茸、軟乎乎的，王玄瑰總喜歡在無人偷偷親吻她時，手指從捧著她的臉，到陷進圍脖中，毛都快讓他給薅禿了。兩人齊齊嘆氣，有些想雪團了……

鎮遠侯府中，雪團伸了個懶腰，被陸慕凝抱起，餵了牠最愛的零嘴。

一人一貓站在窗前，望著滿地的白雪，想著他們什麼時候歸來。

「喵嗚……」

「雪團還想再吃一口嗎？可娉娉走時囑咐我，讓我別給你餵太多呢，怎麼辦？」

「喵、喵！」

毛茸茸的貓頭蹭在她手上，她便心軟地又餵了一口。

「喵嗚！」牠快活地動起耳朵。

陸慕凝嘆口氣。「願我的孩兒們，無病無災，平安歸來。」

西北戰場，自燕息三皇子受傷後，戰事便達到了一個你不進，我也不退的平緩期。

沈舒航與沈婕瑤坐鎮大後方，運籌帷幄，雙雙牽掛著遠走他鄉出使的沈文戈。

被兄姊思念著的人，此時卻是生了病，硬扛著呢。

沈文戈如今是騎在馬上跟著大隊一起走的，馬兒自然而然跟隨著王玄瑰的馬，她不用花太多的心思控制，只需要大口喘氣就好了。

也不知道為什麼，離邏耶越近，她胸口越憋悶，甚至四肢都疲軟無力，腦子更是時不時跟針扎一樣疼。她眨眨眼，深深吸了口氣，又重重吐出，晃晃頭，努力睜大眼睛，感覺眼前都出現了重影。

人在生病的時候是最脆弱的，她不想讓大家發現自己不對勁，拖累行程，所以硬生生挺著，明明是自己作出的決斷，卻還是有些委屈。

現在何止胸腔憋悶，她還噁心想吐，手疼、腿疼，渾身不管哪兒都疼！

「娘子！」

「七娘！」

她身子一晃，手已經沒有力氣拿轡繩了，眼見著要從馬上跌下去，卻落進一個沾著風沙的懷抱，而後放心地暈厥了過去。

王玄瑰抱著人，瞳孔緊縮。「沈文戈！」

隊伍停了下來，安沛兒拉住快要暴怒的王玄瑰。「阿郎！當務之急是看看娘子怎麼了？」

他恨恨地咬著牙齒，半晌才看向貝巴德。

貝巴德的部落裡是有醫者，但他們這回出來的都是壯年人，是以醫者留在了部落。此時他走過去，一時也是有些摸不著頭腦。

鴻臚寺的官員們也搖搖晃晃地湊近，柳梨川強撐著，捂著自己的胃問道：「七娘……七娘怎麼了？」說完，他就乾嘔出聲。

這下可好，像是捅了馬蜂窩似的，離他近的人紛紛嘔了起來。

王玄瑰當即嫌棄地離他們遠了些，張口就要讓他們滾遠點去吐，突然想到什麼，和蔡奴對上目光。相較於王玄瑰與金吾衛等人，鴻臚寺都是體質偏弱的人，沈文戈自然也歸到他們當中。「去問問隊伍裡，還有誰身體不舒服？」

這一問，就連金吾衛中都有人不適，說自己胸悶氣短，雖沒到想吐的地步，也實在不好受。

一群人通通出現問題，王玄瑰率先想的就是水出現了問題！可他和沈文戈日日在一起用飯，她有事，他怎麼沒事？

貝巴德看著他們，突然拍手道：「我知道了！別看我們一路上平坦，實際上是在爬山，地勢高，他們身體不適應，才會出現這些問題。」

「她會不會有事？」王玄瑰緊盯貝巴德，渾身戾氣。

要不是他懷中抱著人，說的話也是在詢問沈文戈的身體情況，貝巴德真會認為他在挑釁，要和他打上一架了。可如今，自己收了錢，就只能道：「她是不適應地勢升高，沒有其他的辦法，只能等她的身體自然適應。」又對柳梨川等人說：「包括你們也是一樣。我們部落經常來此，身體早就適應了，但你們還需要磨一磨。」

王玄瑰擁著沈文戈，大步朝後走去。「找處地方就近休息！」

反正離邏耶城近了，貝巴德索性帶著自己隊伍的人，給找了個相對平坦的地方，對王玄瑰道：「將她放平，其他不適的人也都先躺下休息。」

不用他說，鴻臚寺的幾人早已經就地躺臥下去。

地面寒涼，王玄瑰喝道：「起來！騰出馬車擠一擠。」

蔡奴領了這個任務，由他指揮著，傷勢輕又不妨礙走路、不胸悶氣短者，紛紛給他們讓出位置，就這樣勻出了幾輛馬車。

鴻臚寺的官員們擠擠挨挨地上了兩輛馬車，另幾輛給了同樣在強撐的金吾衛們，好在金吾衛們普遍身體強壯，出現問題者寥寥無幾。

最後一輛，自然便留給了沈文戈。此馬車非彼馬車，完全是露天的，下面只有些乾草墊子，但好歹有個可以躺下的地方。

他將沈文戈放在乾草墊子上，她的手還虛虛地拽著他的衣襟，只需輕輕一拂就能落下，但他沒有，反而自己跟著跳上馬車，將人重新攬在懷中。

安沛兒扭頭就瞧見這一幕。「阿郎？」

王玄瑰不理她。

蔡奴向她搖搖頭，又催促道：「嬤嬤也上馬車休息休息。」

看了看一時還沒注意到這裡的人，安沛兒索性也不管了，便躺在了兩人身後。她其實也有些不適，不然早就發現沈文戈不對勁了。

隊伍一時安安靜靜，王玄瑰接過蔡奴遞來的水壺，給沈文戈餵水，好在她昏迷中還能吞嚥。餵她喝了好些，又為她擦擦唇後，便一眼不錯地盯著她。

待緩了將近一個時辰，癥狀較為嚴重的鴻臚寺官員們終於回復些精神，能喝得下水、吃得進東西了。但是尚且還是起不來身，一起來就頭暈目眩，整個人還想乾嘔。

此時此刻，他們還挺羨慕沈文戈昏了的，昏了就不用再難受了。

這樣想著，他們便往那馬車上看去，當即睜大了眼睛！這……王爺還抱著七娘？剛才七娘差點摔下馬，抱也就抱了，這如今怎麼還抱著？

柳梨川和張彥默默轉過身，權當自己沒看見，昏昏沈沈的腦袋痛死了。

而旁邊一直看著的金吾衛們，一個個也恨不得自戳雙目。這一個時辰裡，王爺又是餵水、又是蓋衣的，人就沒放下來過。都是男子，他們要是再看不出什麼，可以拿塊豆腐撞死了。

但……那是宣王爺，向來讓人膽寒的宣王爺啊！沒想到他有朝一日也會拜倒在小娘子裙下，這太不可思議了！

本還對沈文戈有些心思的人，這回也徹底歇下心思了，唉……

第二十三章

王玄瑰抱著沈文戈，往燃起的火堆旁邊移，今日他不準備再讓隊伍往前走了。

貝巴德帶著擔心沈文戈，非要過來探看的海日。

結果海日一過來，剛往馬車上探個頭，對上王玄瑰冷漠駭人的目光，當即就縮回脖子，躲到了自家阿爸身後。

貝巴德也說不出訓斥她的話，實在是這個樣子的王玄瑰，太嚇人了些。他寬慰道：「你放心，等她身體好些，適應了就會醒的。」

王玄瑰只點了頭，連話都不曾說一句，還是一旁的蔡奴習慣性地給自家阿郎打圓場。

貝巴德一看這架勢，便知今夜肯定是走不了了。

這時王玄瑰才開口道：「臨近邏耶，我們也能找得見路，你們若是急著便先進城，我們在這裡停留兩日。」

貝巴德聞言，連連擺手。「不成不成，說了將你們帶進邏耶，我就必須做到！我們的進度已經非常快了，無非是歇息個兩日，權當多遇見幾次風沙了。」

「多謝。」沒過多寒暄，王玄瑰聽沈文戈有些費勁地呼吸著，遂撤下她脖子上的圍脖，盡力將人放平些。伸出手落在她領口上，又收走。轉身看向安沛兒，安沛兒腰上搭著皮草，已經沈沈睡去了。

蔡奴趕緊道：「嬤嬤沒事，就是有些胸悶。」

「她可用過飯了？」

「尚未呢。」

「你把餅子烤了，再烘些熱水來，待嬤嬤醒了，餵她吃些。」

「哎，阿郎放心。」

王玄瑰伸手揉揉眉心，隨即看向在他懷中也不安穩，顯得難受的沈文戈。手指落下，終還是扯開了她的衣襟，讓她不被束縛。鎖骨露出，指尖不小心碰上，是細膩的，可他現在生不出繾綣的心思，為她撐起了衣裳，擋住若有似無的目光。

沈文戈是在一陣陣餅子的香氣中睜開眸子的，最先出現在視線內的，是一片黑色衣袍，而後是尚且還藍的天空。她身旁是溫暖的胸膛，頭上之人正在和蔡奴輕聲說著話。眨眨眼，她腦子還不太清醒，但本能依賴地貼近了他。

察覺到動靜，他低頭看去，就見她蹭在自己胸膛上，臉頰粉嫩，眼眸裡有著身體難受帶上的脆弱，當下就讓他心疼了。

他將衣袍披在她身上，露出臉來，問道：「醒了？想吐嗎？」

沈文戈想搖頭，一動就蹙起眉，於是便說半句、緩半句地道：「不想，就是覺得胸悶氣短，氣上不來。」然後她又委委屈屈地說：「腿又痛了……」這回的痛，不是她腿疾犯了，是她太不適應高原，身體發出的強烈抗議。

他伸手摸到她的腳踝，開始往上為她揉著腿，邊揉邊觀察她的神情，見她神色還有些疲倦，勸說道：「起來吃些東西可好？就吃一點。」

沈文戈肚子確實餓了，雖沒有食慾，也知自己得吃些，便「嗯」了一聲，任他扶起。撐著她的背，他動了動痠麻的胳膊，然後沒事人一樣，重新摟住她。

這一起來，眼前便不只有頭頂的天和他，還有身邊許許多多的人，她那不甚清醒的腦子，瞬間為之一振！他剛剛便是在一群人面前抱她的？

見她眼眸都瞪圓了，他覺得甚是可愛，低頭便想親一親，被她費力地伸手捂住了嘴。

她一時間被「兩人的事情讓眾人發現了」這個猜想嚇得不行，腦中已經緊急列出了一到四條解決方案！

王玄瑰好笑地看著她，接過蔡奴遞來的湯碗，裡面的餅子已經被撕成了小塊，泡得軟乎乎的，他舀起一勺餵到她唇邊。

她猶猶豫豫，想自己伸手來接。之前昏著，還能用他太過擔憂當藉口，但她現在都清醒了，還是自己來吧？

他突然道：「妳可知妳昏了多久？」

「不知道啊……」她說話頗費力。

「妳已經昏了近兩個時辰，所以我也抱了妳兩個時辰。」他不忍心讓她再說話，將勺子餵進她嘴裡。「現在，該看見的、不該看見的人，都已經看見了。」

沈文戈稍微嚼了嚼後，嚥下他餵的東西，用自己還不甚靈光的腦子接收著他說的話。先是聽見他已經抱了自己兩個時辰，整個人像是泡在溫暖的泉水中般，渾身舒適；而後聽到大家都看到了，一時間臉都皺了起來。

一碗湯餅餵完後，他為她擦著唇角的水跡，說道：「左右我們對外宣稱是兄妹，我這個當兄長的，照顧妹妹不是天經地義？」

但他們隊伍裡的人，又不是不知道這只是藉口說辭啊！大家都知道了，他們兩個人……她垂下眼簾，臉頰被他捏住。

強迫她看向自己，他語氣危險地說：「本王就這麼見不得人？還不配妳七娘拿出手？」他若還拿不出手，那誰可以？她只是擔憂她和離過，與他扯上關係，會有礙他的名聲。

聞言，他嗤笑一聲，反問道：「本王還有名聲？」

「再說，」他抬起頭，丹鳳眼掃過一個個豎直著耳朵偷聽的人。「本王是會在意他人目光的人嗎？妳的能力有目共睹，本王猜，應該沒有人敢胡亂猜測妳是靠本王才走到這裡的。而且本王也想看看，誰敢多嘴、多聽、多看！」

不敢！他們不敢！但凡聽見他這話的人，個個背過了身體。非禮勿聽、非禮勿視，他們什麼都沒看到、什麼都沒發現！

他的胸腔中傳來滿意的震動，沈文戈仰頭望著他，眸子裡是漫天星辰和他。

理智是什麼，她不想要了，她只知道在這一刻，她也想回應他，哪管身後洪水滔天，她只想要片刻溫暖。她貪圖他的照顧，控制不住自己的心動，想跟他有更多的接觸，便將臉重新埋進了他的懷中，像雪團似的抓住他的衣襟，長長地喘著氣。

他鬆手，神情緩和下來。「再睡會兒，隊伍裡不光妳一人出現了反應，許多人都頭痛胸悶。明日再停留一日，讓大家緩慢適應，妳就別惦記著趕路了。」說完，他想訓斥她，既然難受為何不說？但到底沒捨得。將寬袍重新蓋在她身上，想調整她的姿勢，讓她平躺著呼吸，但她不肯，說什麼都要側身貼著他，他也就由著她了。等人熟睡後，方才再次挪動她。

「阿郎，」蔡奴端著湯碗看了看沈文戈後，說道：「阿郎也吃些，然後放下娘子一起睡吧。我已經和岑將軍將晚間值夜的人安排好了。」

接過湯碗，他兩三下給喝完了，看了一圈，難受的、不難受的，都已經躺下了，火堆燃著，想來是沒有什麼事的。

他將人抱起，蔡奴便趕緊墊上皮毛，剛才上來得急，什麼都沒佈置。將她放在中間後，他便又到另一側將安沛兒抱起，同她放在一起，這才和蔡奴兩個人，相繼上了馬車。

次日，沈文戈的身體果然好了許多，骨頭縫已經不再疼，頭也沒有了昏沈感，徹底清醒了，唯獨還有些胸悶氣短，但也不礙事了。想起昨日王玄瑰抱著她抱了許久，她還賴在他懷裡不出去，只能用手捂住臉，她都幹了什麼啊？

她好了，鴻臚寺的官員們身上的癥狀也都好了大半。

柳梨川還能湊過來，對她擠眉弄眼，連連感嘆佩服她，那可是宣王啊！

「待回長安後，我便去拜訪嫂夫人。」

柳梨川當即後退三步，警惕道：「妳去拜訪我夫人做甚？」

沈文戈微微一笑。

柳梨川頓時頭皮發麻，乾脆俐落地拱手道歉。「七娘我錯了，妳大人不記小人過，高抬貴手、高抬貴手！妳和王爺乃天賜良緣、天作之合、金童玉女……」

「柳兄……」她再次微笑。

柳梨川當即捂著胸口道：「哎呀，不行了！頭暈、胸悶，我要再回去躺躺！」

安沛兒沒忍住，笑出了聲。

沈文戈無奈地回頭。「嬤嬤。」

連胸悶都已經好了許多的安沛兒寬慰道：「妳與阿郎，男未婚、女未嫁，便是出使路上生出些感情又怎麼了？娘子不必憂心，有事阿郎頂著呢！」

許是這句有事王玄瑰會頂著太有安全感，她清醒之後的倉皇頓時就消去了。「王爺呢？」

「帶人出去打獵了，應是要為娘子熬肉湯。」

沈文戈又笑了，被人全心全意惦記著、照顧著，她還有什麼好猶豫的？

「文戈姊姊，妳好了嗎？」海日蹦蹦跳跳地跑了過來，趴在馬車上看她。

看著活力四射、一點問題都沒有的少女，沈文戈心下羨慕一瞬，回道：「好多了。」

海日臉頰紅撲撲的，開心地道：「那就好！我阿爸說，後面的路慢慢走，你們的身體會越來越適應的。若是在城裡待的時間長了，沒準會徹底好了呢！」說完，她看到安沛兒招手讓她上馬車，便手一撐，翻了上去，湊到沈文戈身邊抱怨道：「我昨日來看妳，結果妳兄長把妳看得太緊，我都不敢上前呢！」

沈文戈從她的口裡聽到了王玄瑰昨日的表現，強自壓下翹起的嘴角。「那我為他向妳說聲抱歉。」

海日連連擺手。「這有什麼的？我不介意！若是我生病了，我也想我的瑪格巴像他一樣，推開一切要打擾我休息的人！」

瑪格巴在吐蕃語中的意思是「夫君」，沈文戈驀地被自己的口水嗆到，咳了起來。

「怎麼了、怎麼了？」海日和安沛兒一起為她拍著背。

她趕緊解釋道：「海日，他是我兄長，不是我的瑪格巴。」

海日疑惑地問：「那怎麼了？我知道你們是阿哥、阿妹啊！」

沈文戈一時語塞。

海日已經賊兮兮地湊在她耳畔道：「難道你們兩個不是一對嗎？我看分明就是啊！你們

好黏糊的，還經常單獨出去玩，海日的眼睛像鷹呢！」

「這……倒也不……我們是兄妹……」

海日拍著腿說：「有什麼關係？阿哥、阿妹也可以通婚啊！可惜你們日後要是成婚，我未必能看見了。」

沈文戈的腦中轟地一下，本就有些紅的臉頰更紅了。「妳說什麼？」

小少女拽著自己的辮子，不知道她為什麼這麼大反應，新奇地盯著她紅紅的臉，說道：「雖然我們部落不准，但有些部落阿哥、阿妹之間是可以通婚的，而且……」她放長音調。「妳阿哥好凶的，我們部落有人喜歡妳，想求娶妳，他都把人打跑了，要不文戈姊姊這麼漂亮，怎麼會沒有人來妳這兒？他都為妳趕人了，肯定是喜歡妳啊！」

沈文戈覺得自己的腦袋又有些昏沈了，她一時不知道是該震驚兄妹間可以通婚，還是她和王玄瑰之間已經這麼明顯了？

小少女扔下足以讓沈文戈平靜湖面翻起波浪的話後，就被她阿爸叫走了。

安沛兒看沈文戈臉頰上的紅暈一直沒有退去，問道：「娘子，剛剛海日同妳說了什麼？」

「沒、沒什麼。」

她閉了閉眸，覺得這麼有衝擊性的消息，不能只有自己知道，當即掩去海日後面的話，將他們兄妹間能通婚的事告訴了柳梨川，果然就聽見了鴻臚寺官員們躺著的馬車裡，傳來大呼小叫的聲音。

最後還是蔣少卿嫌吵，讓他們閉嘴。有什麼好奇怪的？各地婚俗不同罷了。若是叫他們瞧見了走婚，豈不是要驚掉眼珠？

沈文戈躺回墊子上，拿王玄瑰留下的寬袍遮臉，她真的要沒臉見人了。

王玄瑰回來的時候，就見沈文戈一副龜縮樣，他將人給拉出來。她伸手推著他要抱的動作。「還有人在看呢！」

「怕什麼？」

「別、別……」大家都知道了，和當著他們的面做親密姿態還是不一樣的，她小聲道：「別在他們面前。」

王玄瑰挑眉，然後就收到了安沛兒警告的目光。

昨日趁著她難受之際，將兩人間的關係揭開來，安嬤嬤表示，自己還沒來得及訓斥他。

他抵住喉結，只得退讓一步。

但等大家都休息好了重新上路後，他就一把將沈文戈抱到了馬上，兩人共騎一匹馬。

沈文戈側身而坐，乖乖縮在他懷裡，眼神飄忽，先看了眼板著臉的安沛兒，再看看身後的人。發現他們誰也沒往兩人這裡看，這才放下心來。一扭頭，又瞧見海日向她笑，便想到海日說的話，當即面若紅霞。

她也回了海日一個笑，然後就安心地靠在王玄瑰懷中，不自覺摸到他放在自己腰間的手，輕輕地將手指插了進去。片刻後，覺得不太舒適，又將手抽了出來，改握住他的拇指把玩。

黑袍下，無人能看得見她在細細描繪著他的每一根手指，在每一個關節上逗留。

他低頭看了她一眼，由著她，只攏了攏她身上的衣袍。「累了跟我說。」

「嗯。」

為了讓大家的身體逐漸適應攀升的高度，他們行進得不快，甚至每走一段路，都會停下來休息一會兒。

在攀過一個緩坡後，大器、包容的邏耶城終於出現在他們眼中。

「到了，我們到了！」

不敢大聲叫喊，怕氣不夠的大家高興地道：「我們終於走到邏耶了！」

與氣勢磅礴的長安城不同的是，邏耶城牆整體用土和砂石分層夯築而成，上面掛著紅的、藍的、綠的綢帶。

仰頭看去，能看到沿山而建的各色建築，中央一座金碧輝煌的佛殿，裊裊佛煙升起。

貝巴德招呼道：「大家跟我來。」

邏耶只有一個城南門開著，他們龐大的隊伍排在城門外，有異於吐蕃人的相貌，頓時吸引了諸多視線。

王玄瑰命鴻臚寺的官員們拿出路引，除岑將軍外，將其他金吾衛通通留在了城外等待。人少後，很快便排到了他們，順利進城。

守城士兵還將王玄瑰的路引給帶走，交給了上級，就這麼層層遞了上去。

貝巴德帶來的貨物需要售賣，所以要在邏耶待上一陣子，就租了相熟人家的屋子，擠一擠就能住下。

他與王玄瑰之間的交易，便是護送他們抵達邏耶，此時交易完成，他還是熱情地邀請王玄瑰一起同住。

王玄瑰卻只是借用他們租的房間，讓大家換了衣裳。

安沛兒為沈文戈挽髮時嘆道：「可惜娘子其餘的幾身衣服都丟在婆娑了，不然今日穿那身紫衣就更好了，阿郎正巧有一身紫色蟒袍。」

「待王爺借兵攻打婆娑，我們再將它們拿回來。」沈文戈伸手別過耳邊碎髮。她耳朵上空空盪盪，耳墜已經被她換了衣裳。

金紋玄衣、橘紅霓裳、青色官袍，與當初相見時落魄又滿身灰燼的形象截然不同，讓貝巴德不由得站了起來。「這、這是……你們？」

王玄瑰向他拱手道：「非常抱歉，我們並不是商隊，而是陶梁使團。因在婆娑遇襲，無奈之下改道入吐蕃，幸得你與你的族人出手相救。」

海日聽不懂他的話，只看到了他們的樣子，頓時大呼小叫起來，圍著沈文戈轉圈圈。

在她的驚訝聲中，貝巴德爽朗一笑，張開雙臂給渾身僵硬、沒來得及推開他的王玄瑰一個擁抱，大力拍著他的後背。「你們付了錢，沒傷害我的族人，只是隱瞞了身分，不礙事！」

王玄瑰受他感染，也跟著用拳頭與他碰了一下。「願我們友誼長存。」

這時外面跑進貝巴德的兄弟，大聲道：「阿哥！贊普……贊普要見他們！」

吐蕃最高首領夏日吉贊親自接見了他們。

他與陶梁聖上屬於同一時代的梟雄，雖年四十三，可強壯的體魄、充沛的精力，讓他看上去就如同三十歲的壯年般。他有著一身小麥色的肌膚，濃眉大眼，相貌英武，充滿狼性。

一看見王玄瑰，夏日吉贊就挽起大襟長袍的長袖，從座椅上走了下來，哈哈笑著道：「我還以為有人冒充你來訪我吐蕃，沒想到還真的是你！許久不見了，我的朋友！」

王玄瑰先是向他拱手作揖。「見過贊普。」而後便和他擊掌相握。

身為陶梁聖上最小也最信任的弟弟，王玄瑰曾跟著聖上見過夏日吉贊兩次，加上這一次已經是第三次了。

夏日吉贊拍著他的肩，看他的目光就像在讚嘆一個成長得頗為出色的子姪。他看向王玄瑰身後那些人，一溜的青色官袍不必說，那必然是陶梁出使的使官，但……這裡有個女子？他驚喜道：「這位可是你的夫人？」

他聲音洪亮，整個殿內的人都能聽得清清楚楚，何況是本就聽懂吐蕃語的沈文戈。

她交握在小腹上的手，大拇指狠狠按在另一個上，維持著體面的微笑。

就連她身旁的鴻臚寺官員們，也一副老神在在的模樣，像是沒有聽見他剛才說了什麼，唯他們寬袖下的手都快被指甲掐出了血，洩漏了真實情緒。

王玄瑰回頭看了沈文戈一眼，眼底有著自豪，示意她走上前來。

沈文戈先是作揖，而後款款走上前。她蛾眉曼睩，步履生香，鞋尖都未從裙襬中露出，若她的耳墜還在，便能發現她行走間耳墜不晃，彰顯了陶梁女子的教養。「見過贊普。」

她站在王玄瑰身側，配、配得很！在夏日吉贊這樣想的時候，卻聽王玄瑰介紹道——

「贊普，這位並非本王的夫人，而是我國的優秀譯者沈文戈，沈家七娘。她會多國語言，在此次出使途中，承擔大任。」

從他的語氣中能夠輕而易舉聽出，他認為譯者要比他的夫人還要重要。

夏日吉贊自然連連感嘆，他身後的吐蕃翻譯便生硬地將他的讚美之詞譯出。

沈文戈側頭久久地看了王玄瑰一眼。在一國首領面前這樣介紹她，讓她心緒不平，像被楊樹飄灑而出的絨絮填滿了整顆心，這是對她的認可。

她微微低下如螓之首，而後又緩又輕地吐出濁氣，再次抬起頭來。

是的，她是陶梁譯者。

她向夏日吉贊再次作揖，而後挺直背脊，微微昂著下巴，回到了使團隊伍中。

不再是落於最後一位，也不是落後半肩而站，她站在了柳梨川與張彥的身旁，與他們並肩而立。

柳梨川與張彥給了她一個讚許的眼神，便又規規矩矩地收斂了神色。

王玄瑰嘴角噙起笑意，又介紹了一番其他的使團成員，而後笑意轉瞬即逝，他拱手。

「非常抱歉，贊普，我們這次空手而來，並未給贊普帶來禮物。」

兩國交好，使團出使不帶交換禮物，本就是不符合情理的，何況他又特意提了，夏日吉贊當即順著他的話，詢問他們發生了什麼事。

王玄瑰便對夏日吉贊說起了本次出使的遭遇。

「我們於阿爾曼戒領地進入婆娑，欲前往婆娑神女城，結果被當地領主帶人劫掠，九死一生才拚逃出來，本次出使所帶珠寶、字畫、綢緞等物，皆喪失於阿爾曼戒領主之手。」在夏日吉贊凝重的表情中，他繼續道：「我們一路逃亡至吐蕃，途中遇到贊普熱情好客的族人，一路將我們護送至此，在此，本王鄭重感謝贊普及贊普的族人。」

自己的族人救了人，夏日吉贊當即開懷起來，他細細問了是哪一支族人。

王玄瑰一一答了，權當回報貝巴德部落的照顧。

「哈哈哈……這也是你們使團與他們的緣分！」

王玄瑰拱手，只當自己不知婆娑政變一事，試探地問：「不知贊普可知婆娑情況？阿爾曼戒領主所為，讓本王甚是疑惑。」

夏日吉贊與他的智者交換了一個眼神後，當即嘆道：「半年前，舊約科薩爾王的弟弟阿爾日輪叛亂，舊約科薩爾王被刺殺身亡，阿爾日輪成為了婆娑新王，並將此事隱瞞下來。原本今年我們吐蕃與舊約科薩爾王要聯姻，但遲遲沒收到對方的消息，多番打探之下，也是於近期才獲知實情。」

「原來如此。」王玄瑰頷首，眼中閃過深思。

就如同陶梁與燕息一樣，吐蕃與婆娑也素有嫌隙，若非舊約科薩爾王為人寬厚仁慈，主張與周邊國家共同繁榮而不是發動戰爭，現在的局面只怕會更加混亂。

如今看來，婆娑新王能放任各地領主上貢，只怕是個享樂激進派。既如此，吐蕃身旁有婆娑這一虎視眈眈的龐然大物，必是不能忍的，向吐蕃借兵的可能性也就更高。在腦中轉了一圈後，王玄瑰直接開口道：「陶梁與吐蕃交好，此番陶梁使臣遭劫，還望贊普伸出援手，借兵於本王，讓本王可以攻打婆娑，討回陶梁在婆娑失去的戰士性命！」

他這話一出，殿內落針可聞。

借兵可不是小事，夏日吉贊沈默良久，在他的智者點頭後，他才道：「好！婆娑也實在過分，既然你都開口了，那我吐蕃自然義不容辭！但此事過於重大，還請給我些時間調兵。」

夏日吉贊同意得太快了，快得讓王玄瑰原本的七成把握，瞬間降低至四成。他原以為要用雙贏之類的說辭，拉扯一陣子的，如此只能拱手道謝了。

一行人走出行宮，直接住進邏耶城專門招待外邦使者的地方，約等同於鴻臚寺負責的番館。

以前都是他們安排外邦使團居住，如今變成別人安排自己了，鴻臚寺的年輕官員們一時還有些感慨。就是不明白，兵都答應借了，怎麼王爺反而臉色沈重？這讓他們都不敢去找七娘聊天了。

待換上明光甲的金吾衛從城外列隊進來後，王玄瑰才召集岑將軍和蔣少卿一起商量對策。

岑將軍是個耍流星錘的好手，但他對於國家、人心間的彎彎繞繞實在不了解。還是蔣少卿一語點破玄機。「借兵一千是借，一萬也是借。」

「一千夠幹什麼的？光阿爾曼戒領地就至少有兩千人！那是去打仗嗎？那是去送死！」

蔣少卿道：「我只是打個比喻。」

岑將軍一巴掌拍在桌上。「我覺得不可能！」

「也不是沒可能。」王玄瑰制止住要吵起來的兩人。「既同意了本王的要求，又不過分得罪，若本王是贊普，也會這樣做。但前提是，婆娑沒換新王。」鐵鞭敲在桌上，發出沈悶的聲音，他閉眸深思，片刻後睜開眼。「吐蕃若想出兵試探，又不想徹底挑起兩國戰事，用陶梁使團的名義去是最好的選擇。贊普要是沒有大大方方的借兵，那就是對使團有所求，端看贊普如何做了，且等吧。」兵在贊普手裡，他不借，他們也無可奈何。

這一等就是近半月的時間，贊普不見客，只派了自己身邊的人，領著他們去邏耶城各處遊玩，絕口不提借兵一事。

王玄瑰心裡就有底了，乾脆帶著沈文戈等人，該記錄的記錄、該看的看，半點瞧不見借不到兵的急樣。

甚至連偶有身體不適的鴻臚寺官員們，也因為連日來的城中遊玩，感覺胸口都不悶了。

直到此時，夏日吉贊才重新召見，直接給了王玄瑰一封來自婆娑的信，表情甚是為難。

對於寫滿了婆娑天竺文字的信，王玄瑰懶得看，直接雙指夾信，遞給了離他最近的沈文戈。

沈文戈快速掃了一眼，當下翻譯了出來，大意便是——是陶梁使臣狼子野心，突襲婆娑，婆娑這才出手反擊，以求自保。

聽到這兒，王玄瑰突地低笑出聲，似笑非笑地看著夏日吉贊。「贊普不會信了他們的說辭吧？我陶梁若真心要攻打婆娑，會連一件攻城兵器都不帶，只三百人前往婆娑？」

夏日吉贊見他生氣，連忙道：「我自是更加相信宣王，只是婆娑已經這樣說了，那我吐蕃就不再方便借兵給你了。」他緊接著說：「但是，我吐蕃與陶梁兩國往來甚密，我作主，派自己的三千私兵給宣王，讓宣王帶兵前往！」

三千。所有人看向王玄瑰。

他伸手轉了轉手腕，又是一笑。不錯，比蔣少卿預計的還要多兩千。果然不愧是吐蕃贊普，欲藉此打壓一下陶梁。

陶梁與吐蕃實力相當，在十年前還處於連年征戰的狀態，後兩國誰也奈何不了誰，方才握手言和，開始結盟。夏日吉贊甚至娶了一位來自陶梁的公主，以修兩國之好。

然而公主嫁他八年，尚未誕下一兒半女，反而是他身邊來自於吐蕃各部落的妃子們，相繼生子。有些事情，不用挑明，大家心知肚明便好。

但他王玄瑰是聖上的弟弟，代表的是陶梁的臉面，絕沒有別人巴掌都要搧到臉上了，還等著挨打的道理。

「三千兵馬，贊普不如留著自己打婆娑吧。本王帶領使團來此借兵，無非是因為相信贊普，相信我們兩國結盟之約，既然贊普不是誠心相幫，本王便沒有在此久留的道理，我陶梁也不是出不起兵。對了，我國聯姻的公主也多年未回家鄉看看了，此次回國，本王將帶著她一起回去。」

最後一句，成功讓夏日吉贊身後出謀劃策的智者臉色一變。

王玄瑰轉身準備走了，回頭對還留在原地沒回過神來的眾人道：「還不走？」

使團眾人趕緊跟上他的步伐，一路回到住所。

岑將軍罵罵咧咧，真沒想到贊普也會這樣玩心眼，他粗聲粗氣地問道：「王爺，我們真回陶梁嗎？」

王玄瑰挑眉。「自是真的。」

但陶梁兵力全在牽制燕息，哪還有兵可以打婆娑啊？岑將軍疑惑。

「婆娑可以容後打，但公主本王要先帶回去。」

蔣少卿和岑將軍互相對視一眼。公主本就是兩國建交的聯姻象徵，帶回公主豈不是意味著不再結盟？

王玄瑰卻比他們想的還要深遠，他此舉不光是在逼夏日吉贊，也是想看看夏日吉贊的選擇。若他吐蕃不出兵婆娑，難不成還想與婆娑聯手？

陶梁使團遭此劫難，與婆娑可謂是敵對關係，若這兩國結盟，婆娑攻打陶梁，吐蕃再跟著煽風點火，戰事一觸即發，還留著公主在這兒做甚？等死嗎？

王玄瑰下令。「命所有人，收拾行裝。」

眾人領命而去，使館瞬間熱鬧起來，便有負責使館事宜的人連忙將情況告知夏日吉贊。

使團的人，其實真沒什麼要收拾的，也就兩身衣裳罷了，隨時都可以走。

沈文戈找到在院中背手而立的王玄瑰。「王爺，聯姻的星月公主可是王爺阿姊？我們是否應該拜訪一下？」

王玄瑰回頭，看她出來，先是問她可還有胸悶，接著才說：「不認識，是從宗族過繼來的。正好妳是女子，明日直接向行宮遞拜帖就是，只聊聊些陶粱變化就好，旁的什麼都不需要說。」而後他突然眯起丹鳳眼。「妳問她是不是我皇姊做甚？難不成，妳已經開始想認識我的家人了？」

本來只是因為王玄瑰要帶公主走，所以覺得應該跟公主商議一下的沈文戈，聽見他這話，一下子就想到了海日那日說的阿哥、阿妹的話，不禁蹙眉道：「王爺！」

掐著她的臉，他湊近說：「害怕嗎？」

她搖頭。

他睨了四周一眼後，快速在她唇上親了一下，一得逞便趕緊後退，果不其然，她已經伸出手要推他了。

「本王看了，沒人。」抓住她的手，在她掌心烙下一吻。然後不給她生氣的機會，說道：「快回去收拾東西，準備這兩日就啟程。」

王玄瑰說到做到，第三日便開始向夏日吉贊請辭，並且要求帶上星月公主，還道若是本次不能帶走星月公主，那陶粱會派人親自前來接。只不過到時候來接人的是使團還是軍隊，就不好說了。

夏日吉贊哈哈大笑地拍拍王玄瑰的肩膀。「宣王你這性子，就不能給我一個說話的機會？我又不是不借兵，何必鬧得如此僵？我吐蕃和陶粱友誼長在。」

王玄瑰知道自己的計策生效了，吐蕃沒有和婆娑結盟的想法，甚至想趁婆娑內亂尚未平息之際吃口肉，於是收斂了身上的戾氣，接話道：「那贊普準備借兵多少？」

「是這樣，我吐蕃男兒一向不服輸，縱使我願借兵給你，但恐怕難以服眾，萬一戰場上他們不聽指揮，豈不是要壞了大事？因而我這兩天就是在思考這個問題。正好，我女兒娜萌給我提了個好建議，宣王要不要聽聽看？」

王玄瑰眼下小痣微微一動，眼眸隨即舒展開來，說道：「自然，請講。」

「來人，叫娜萌過來！」

一個活力四射的女孩子跑了進來，她一頭黑髮由無數小辮綁著，在腦後束成了一個長馬尾。「阿爸，我來了！」和夏日吉贊幾乎一模一樣的眸子，鉤子似的盯著王玄瑰，道：「我向阿爸建議，你們陶梁使者和我們吐蕃士兵打上一架，打贏了，就讓他們跟你們去打仗！」

王玄瑰沒看她，反而看著夏日吉贊，這話只是夏日吉贊不好說，借娜萌的口說而已，便道：「聽起來，滿有意思的，不知具體規則如何？」

「簡單！」娜萌搶話道：「打五場，一場代表一萬人，打贏幾場，你們就帶多少人走，怎麼樣？」見王玄瑰思量著沒說話，她逼問。「你們陶梁該不會不敢吧？既想讓我吐蕃出兵，總不能一場都打不贏吧？放心，我們吐蕃是有誠意的，沒挑那實力最強悍的人——」

「娜萌！」夏日吉贊不贊同地打斷女兒的話，卻是在她將該說的、不該說的話都說得差不多的時候，方才開口。「宣王意下如何？」

王玄瑰看向一旁聽沈文戈翻譯後攥緊拳頭的岑將軍，見岑將軍給了他一個肯定的凶狠表情，他方才說：「大善，便這樣定。」

「好！」夏日吉贊道。「宜早不宜遲，我們現在就開始？」

已經被架到這兒了，王玄瑰只能道：「贊普，請。」

雙方迅速至演練場就位，王玄瑰這邊沒有任何準備就被突然告知要比試，隊伍裡除了鴻臚寺官員，僅有岑將軍一位武將。

再觀吐蕃，五位準備上場的將士，一個比一個勇猛，個個身高八尺，不懷好意地盯著他們。

有些話王玄瑰不好開口，蔣少卿便代勞，他詢問夏日吉贊，可否讓他們叫些尚在使館的士兵前來，這樣也公平些。

哪知娜萌擋在夏日吉贊前先開了口，嚷道：「這怎麼能叫公平？帶領我吐蕃士兵打仗的難道是陶梁士兵不成？就算你們贏了，那我們吐蕃的兵是要聽誰的？」

蔣少卿的鬍子都快要被氣得翹起來了！那你們什麼意思？讓你們吐蕃士兵車輪戰打我們岑將軍一人？

王玄瑰瞇著眼，將娜萌和夏日吉贊隱晦的交流看在眼中，淡淡道：「蔣少卿，夠了。」

「王爺？」

「沒事！」岑將軍已經在他們身後活動起身體了，他冷哼道：「來一個老子捶一個，來兩個老子捶一雙！今兒非要成功拿下他們的兵來！」

咚！鼓聲被敲響，比試正式開始。

高臺上，只聽對戰雙方同時大喝一聲，竟是齊齊奔向對方，交纏在一起，拳拳到肉、腳腳落實，光聽就叫人膽寒。

沈文戈與使團眾人無不屏息，他們看不懂他們之間的招式，生怕岑將軍出點什麼意外，一個個眼睛都不夠用了。

啪！岑將軍一腳將吐蕃漢子踢下了高臺，勝！

柳梨川一個沒控制住，開心地站了起來。「好！」

張彥和沈文戈一左一右拉住他的兩隻寬袖，將人拽坐下來，三個人正襟危坐，看都不敢看蔣少卿一眼。

岑將軍在高臺上衝他們得意一笑，甚至還揮手致意了一下，好似剛才輕輕鬆鬆就將人掀翻了一樣。

但看清他到現在還在喘的王玄瑰，伸手按了按額頭。

「這有什麼？」娜萌瞪了那輸了的士兵一眼，雙手抱胸說：「這是其中最弱的一個。」

「輸了就輸了，還輸不起呢！」柳梨川用只有他們三個人能聽見的聲音小聲嘟囔。

沈文戈制止他。「噓，禁言，第二場開始了。」

太快了，幾乎不給岑將軍休息的時間，第二個對戰的人就上了臺。

這場比試用上了兵器，岑將軍的流星錘在進行宮前便上交了，此時還給了他。他手臂一動，重達百斤的流星錘就掄了起來。

而對面，拿的竟是兩根狼牙棒！

流星錘對狼牙棒，兩相碰撞，原能打翻敵人一個跟頭，至少也能讓人後退幾步，步子不穩的兵器，這次竟讓兩人同時退後一步。

兩人均是不可置信，對對方警惕起來，又衝了上去。

「砰、砰、砰！」

火花似是要從不斷相撞的武器上濺了出來，兩人打出了火氣，誰也不讓誰。

最後，岑將軍避過狼牙棒，流星錘直奔對方面門而去，對方精神恍惚，一時差點沒有躲過，流星錘險而又險的停住，沒有傷及對方性命。

第二場，勝！兩萬人到手！

但這場打得太過膠著，也太慘，使團眾人焦急地問：「將軍，沒事吧？」

岑將軍擦著被打出的鼻血，只睜著唯一一隻能睜開的眼，身體搖搖晃晃，咬咬牙道：「沒事，再來！」

第三人沒上高臺，竟是騎在馬上，要比馬上作戰。

岑將軍喘著粗氣，下高臺時險些脫力摔倒。

「將軍！」使團眾人驚呼。

王玄瑰站了起來，徑直走過去，扶住欲要上馬的岑將軍。

他一動，使團眾人就都敢動了，呼啦啦地上去圍著岑將軍。

娜萌嚷道：「陶梁這麼不講規矩嗎？第三場該開始了！」

「妳！」使團眾人紛紛怒目而視。

「好了。」王玄瑰道。

一個個沒能控制好表情的鴻臚寺官員們，看著岑將軍的慘狀，又被王玄瑰一訓，年輕人的眼都紅了。

王玄瑰卻是伸手從蔡奴手中接過鐵鞭。「這第三場本王來吧。」

風聲吹動著旗子發出嘩啦嘩啦的聲音，枯黃之草遍滿地，馬蹄嘶鳴。

在王玄瑰話落後，沈文戈倏地仰頭看過去，金芒照在他身上，像是給他周身鍍了層金。

此時他已經俐落地上了馬，正在適應馬兒，還讓牠帶著小跑了兩步。

風聲帶著他簡短有力的聲音傳來。「開始。」

與他對戰之人，瞧他那副自信姿態，握緊了手中長劍，一夾馬肚子朝前奔了過去。

沈文戈已經跟著使團的人回到了自己的座位上，將寬袖攏弄平整，手縮於袖中，忍不住握緊拳。

鐵鞭揚起，猛地繃成一條直線，重重擊打在對方身上，對方靈巧躲過，順著空隙一劍刺來。

要鞭最忌諱讓人近身，眼瞅著對方要突破他的鞭子靠近他了，娜萌激動地連連叫好！

「王爺必勝！」娜萌都叫了，他們怎麼就不能叫了？柳梨川叫得起勁！

故意露出破綻讓人近身的王玄瑰聽見他的呼聲，手中鐵鞭一抖，陰惻惻地朝他們那裡看了過去。

縱使相隔數公尺遠，柳梨川也彷彿感受到了王爺的死亡凝視，他悄悄地坐了下來，閉上嘴，迎來張彥同情的目光。

至於沈文戈，她可沒空理他，眼睛死死盯著纏鬥在一起的兩人，每當長劍揮下，她的心都是一抖。

可王玄瑰鐵鞭揮得游刃有餘，還沒有人能從他手下鐵鞭全身而退。鞭子在他手中彷彿長了眼睛一般，對戰之人的長劍根本突破不了他的防禦，反而被他抓住空檔。鐵鞭一抽，從直朝對方面門而去，改為落在其肩胛骨，直接將其打下馬，趴在地上半晌都沒能爬起來。

落了馬自然就代表對方輸了。四周一片寂靜，大家都沒想到這場纏鬥這麼快就結束了。

還是沈文戈率先站了起來，問道：「王爺可受傷了？」

王玄瑰先看了面色難看的夏日吉贊一眼，方才對沈文戈頷首，說道：「本王無事。」

而後他迎來了第四位對手，看見人的那一刻，使團眾人都沈默了。

對方脫下衣裳，露出健壯的上半身後，沈文戈默默轉過了頭。她倒不是害羞，在軍中也沒少見光著膀子的人，實在是對方下半身只穿著一條可以遮擋那裡的布而已，這就……

王玄瑰也沈了臉，甚至隱隱懊悔著剛才不該那麼快就將人挑下馬的，他並不想和對方「肌膚相貼」。

第四場，比摔跤。

王玄瑰下馬，徑直往回走去，對著還沒休息好的岑將軍道：「將軍你去，盡力便是。」

如今他們連勝三場，已經有了三萬的軍隊打底，岑將軍身上的壓力頓時就小了。他領命上前，倒是沒像對方一樣脫了衣裳，只道一句。「來！」

他身上帶著傷，又不知摔跤的技巧，沒過幾招，便被對方打倒在地。

夏日吉贊臉上神情舒緩。

王玄瑰也很平靜，若全都勝了，也太過不給吐蕃贊普面子了。雖說夏日吉贊之前借娜萌之口，給自己留了餘地，說未找軍中強將，但怎麼可能？他冷笑一聲。

在王玄瑰身旁剛坐下，準備讓人上藥的岑將軍一抖，默默覺得，自己還不如一直打著。

「第五場，我來！」

吐蕃的一幫看客中，突然傳來一個聲音。

一位二十出頭，長得健壯有力，有一雙鷹眼的漢子站了起來。他一起身，周邊的人就齊齊拍手叫好，聽起來，在吐蕃的地位不低。

他走上前，徑直停在王玄瑰面前。「我是賀光贊，擅騎射，手下一萬弓箭手，宣王可敢與我一戰？若贏了我，我這一萬弓箭手供你差遣！」

王玄瑰只矜貴地睨了他一眼，半點都沒將他的挑釁放在心上，而是問道：「那你呢？」

賀光贊聽翻譯說完，表情一頓。

上首的夏日吉贊笑著道：「這是我手下一猛將，若宣王勝了他，便叫他跟著宣王一起去婆娑。」

「甚好。怎麼比？」

「我們不比固定靶，交戰時，誰還能立在那兒讓你射？我們就比，看誰的飛鳥射得多！」

王玄瑰自無不可。

使團的人倒是紛紛憂心了起來，只見過王爺拿鞭子抽人，何時見過王爺射箭啊？

沈文戈也緊張了起來，她想看看他，可奈何她坐在使團最末，而他則在最前，一前一後，除非她伸脖，否則別想將人框進視線內。

立刻有人將弓箭拿了出來，賀光贊直接取了最重的一副，胸有成竹地讓王玄瑰選。

王玄瑰逐個掂量後，選了個不輕不重的。

見狀，賀光贊臉上笑容更多，一副王玄瑰輸定的樣子，又大膽熱烈地望向娜萌。

任誰都能看出，他想在娜萌面前表現。

箭袋裡一共十支箭，王玄瑰的箭羽塗成紅色，賀光贊的則是綠色。哨聲響起，放出飛鳥後，兩人一同射出，且看誰射的鳥更多。
比起使團，作為最了解王玄瑰的人，蔡奴捧著他的鐵鞭，倒是一點都不擔心。
拉開弓，試了試手感後，王玄瑰示意賀光贊可以開始了。
賀光贊直接搭上三支箭，挑釁地看了一眼王玄瑰，他可是他們部落的千里眼！
王玄瑰冷冷地瞥了他一眼，只覺無聊。
哨聲一響，群鳥飛起，竟有遮天蔽日之感。
使團眾人則是一個個壓低聲音驚呼！他們以為的飛鳥是在面前的空地上放飛，卻沒想到是在至少五公里之外的山林中！這怎麼射啊？
只見賀光贊三支箭已經射了出去，又換上了另外三支，他們雖看不見哪隻鳥掉下去了，但他們能看出賀光贊嘚瑟的表情。
再看看王爺，哎呀，怎麼剛才就只射了一支箭，現在才不緊不慢地射著第二支？
唉，看來這一萬弓箭手估計是帶不走了。
不光他們這麼想，賀光贊也是這樣想的。他已經笑了起來，便又是三支箭射出。
緊盯著王玄瑰的沈文戈，只見他好似適應了手中弓箭，直接從箭袋中抽出四支箭來搭上，眼也不眨，「嗖」的一聲射了出去。而後又摸到剩餘的四支，與賀光贊同一時間搭箭、彎弓、射出，又齊齊收起箭。
剛想看看王玄瑰還剩幾支箭的賀光贊，一轉頭，就見他箭袋已空，當即便是一愣。

王玄瑰已經收了箭，直接將其扔給了一旁的吐蕃人。

那吐蕃人手忙腳亂地收著箭，王玄瑰人已經往回走了。

路過沈文戈時，王玄瑰與她熠熠生輝的眸子對上，十分謹慎地背對著吐蕃人向她挑挑眉，她便翹起兩側唇角，又很快放下了。

在她身邊的柳梨川像個木頭人一般，直愣愣地看著前方。我什麼也沒看到！

待王爺走了，柳梨川才和沈文戈說悄悄話。「什麼情況？妳和王爺怎麼一點也不擔心？」

張彥也支稜著耳朵聽著。

沈文戈道：「你且看便是，我覺得應是王爺勝了。」

「七娘說什麼了？」身旁之人一戳張彥，張彥便側耳說了。

而後一個傳一個，最後傳到了蔣少卿耳中。

王爺勝了！使團中人大舒一口氣。

吐蕃的人也在歡呼。

兩方人不約而同在提前慶祝，一時間，場面甚是混亂。

直到數箭的人捧著掉落的飛鳥，一批接一批騎馬飛奔而來。

「報！第一輪，賀光贊三支箭全中！宣王爺一支箭射漏！」

娜萌激動地站起來，對著賀光贊大喊：「好樣的！」

賀光贊一個鐵血漢子，被她這一喊竟紅了臉。

鴻臚寺眾人冷哼。等著吧，我們王爺的箭都在後面呢！

「報！第二輪，賀光贊三支箭全中！宣王爺一支箭射中！」

「哈哈哈，才射中一支！數數我們多幾隻了？」

「五隻！」

恨不得自己聽不懂吐蕃語的使團眾人，看看閉目養神的王玄瑰，再看看依舊坐得住的沈文戈。穩重，王爺行的！

「報！第三輪，賀光贊三支箭全中！宣王爺四支箭全中！」

吐蕃歡呼的聲音一頓，剛說宣王爺射中幾支？四支？

就連賀光贊都猛地扭頭看向王玄瑰，心中有些許不安。沒事的，他安慰自己，就算再下一輪也射中四隻又如何？前面比他少了那麼多隻呢！

他對娜萌喊道：「娜萌放心，賀光贊為妳贏了這場！」

聽見他這露骨的話，王玄瑰嫌棄地睜開眼，但他還是不可自控地在腦海中思考了一瞬，自己如果這樣對沈文戈喊一嗓子……嗯，他估計沈文戈要氣得十天半個月不理他了，此法不通。

被柳梨川拉住袖子的沈文戈，用力將之抽了出來，抻平被他弄皺的地方。「冷靜，不是還有一輪？」

「來了！」

「報！第四輪，賀光贊一支箭射中，一箭穿兩隻飛鳥！宣王爺四支箭全中，四箭分別射中三隻飛鳥，共十二隻！」

十二隻！使團的人自然不能像吐蕃人那般歡呼雀躍，但他們一個個揚著下巴，用鼻孔看他們。十二隻！這是什麼概念？直接一箭定勝負了！

「什麼？怎麼可能？」娜萌和賀光贊齊齊出聲。

娜萌甚至跑了下來，將被箭射穿的飛鳥拿起來看，確確實實，每一支箭上都掛著三隻飛鳥！這是他們吐蕃提供的箭和飛鳥，甚至連報數的人都是吐蕃的，宣王爺根本做不了手腳。

她恨恨地將貫穿三隻飛鳥的箭扔進賀光贊懷中，扭頭就走！

賀光贊追在她身後，一臉「娜萌妳聽我解釋」的模樣。

王玄瑰伸手抵著喉結，看他們兩人一個甩胳膊不讓靠近，一個急得滿頭汗的模樣，想著，果然剛才的方法行不通。

這時有人喊道：「四輪相加，賀光贊共射中十一隻飛鳥，宣王爺射中十七隻飛鳥，宣王爺勝！」

王玄瑰收起目光，看向夏日吉贊。

夏日吉贊爽朗地笑了起來。「宣王和你的手下，厲害！這四萬士兵，便歸你們了！」比都比完了，他信守承諾。

王玄瑰拱手道：「多謝贊普！」

四萬兵馬足夠了，他們是奇襲，不是要代表吐蕃和婆娑開戰，甚至他最開始的設想是只帶三萬兵馬，如今多一萬弓箭手更好。

夏日吉贊又拍了拍王玄瑰的肩膀，他是真的沒有生氣。他們成功通過了他的考驗，彰顯了武力與決心，他此刻看王玄瑰的目光欣賞又帶著欣慰。「不錯！」

娜萌跟在她阿爸身後，對著王玄瑰來回掃視，也揚著下巴，高傲地說：「宣王爺比我想像中的厲害。」

王玄瑰只冷淡地看了她一眼，向夏日吉贊拱了拱手。

待比賽結束，眾人散去，夏日吉贊才問娜萌。「如何？」

娜萌冷靜地道：「女兒覺得那宣王不錯，很英武。」現在的她，哪還有剛才咋咋呼呼、上躥下跳，說話讓人討厭的樣子。

第二十四章

一場比試，成功借兵四萬，使團中人回去的時候，臉上都是喜氣洋洋的表情。

柳梨川更是直接道：「我們都不知道，王爺竟然還會射箭！」

有人接話。「這不是最基本的嗎？」君子六藝裡就包括騎射，王爺怎麼可能不會？

柳梨川看著前面並肩而行的王玄瑰與沈文戈，生怕他們聽見，趕緊解釋道：「我的意思是，不知道王爺射箭那麼厲害，一箭射中三隻鳥不說，還四箭全都射中了！」

王玄瑰壓根兒沒注意他們在後面說什麼，手指蹭蹭挨挨著沈文戈的寬袖，後悔自己為什麼要戴護臂，不然兩個寬袖遮掩，便可以和她牽手了。

就這麼一路回到院中，在使館中，也是他們四人同住，沈文戈與安沛兒睡一間，他與蔡奴睡一間。

可算到了沒有外人的地方，他伸進她的衣袖中，握住她冰冰涼涼的手。「怎麼這麼涼？」

還不是剛剛擔憂他，到現在心跳都沒平息下來。她也好奇柳梨川的問題，就問出了口。

他好笑地掐住她的臉頰，彎腰湊近她。「本王是擅用鞭，又不代表本王只會用鞭。」

「那王爺還會什麼？」

她明眸好奇地望著他，好似在勾引他，他頓時心不在焉地答道：「本王會的可多了，長槍、砍刀……」說著，他低下頭，眼見著要碰到她鮮豔欲滴的唇了，一聲輕咳突然響起。

卻是在兩人身後跟了一路也沒被發現的蔡奴咳嗽著，迎著王玄瑰扭過頭來的陰森目光，示意他往前看。

安沛兒就站在門口，要笑不笑地看著雙手握在一起、險些親上的兩人。

沈文戈耳尖都紅了，她輕輕掙開他的手，喚了一聲。「嬤嬤。」

「嗯。」安沛兒笑應了一聲，然後瞪了王玄瑰一眼，朝沈文戈伸出手。「星月公主給我們送了好些衣裳來，奴均留下了，娘子進屋試試，看合身嗎？」

回頭望了一眼王玄瑰，沈文戈在安沛兒的又一句「娘子」聲中，乖乖進了屋。

「阿郎！」

王玄瑰挑眉。

安沛兒嘆了口氣，走過來語重心長地道：「阿郎也注意著些，被人瞧見可怎麼辦？」

在安沛兒和蔡奴的雙雙注視下，王玄瑰道：「你們又不是外人！看見就看見了，我喜歡她，就想和她親近，怎麼還不行了？」

正貼在屋內門上偷聽的沈文戈，眼眸都彎成了月牙狀。

「不行！」安沛兒這兩個字，驚了屋裡屋外兩個人。

蔡奴贊同地與安沛兒站在同一戰線。

安沛兒道：「阿郎，你與娘子不同，你和她還沒成婚呢！要是在人前顯露親昵，對你叫風花雪月，對娘子那就是名聲有瑕！」

王玄瑰冷笑。「看誰敢多嘴，我拔了他的舌！」

「阿郎堵得住一人之口，堵得住悠悠眾口嗎？之前娘子難受，我也就睜一隻眼、閉一隻眼了，但現在在吐蕃城內，阿郎你控制一下自己！」

這發自內心的情意，他怎麼控制？只能惡狠狠地對安沛兒道：「本王知道了！」

沈文戈聽見安沛兒的腳步聲，連忙離開門後，邊換衣服，邊自顧自地笑了起來。

王玄瑰對著兩人用上「本王」，可見是真氣著了，後來連晚膳都沒用，還是安沛兒做好，讓蔡奴端進去勸，才多少吃了點。

離了沈文戈，又被安沛兒的話擾得心煩，便又是一個失眠夜。

次日，王玄瑰揉著額，草草用著早膳時，有人來傳話，贊普邀他前往。他站起身，示意蔡奴去叫使團眾人。

傳話之人忙說：「贊普有令，只讓宣王獨自前去。」

本就氣不順的王玄瑰只冷冷瞥了一眼那傳話之人，吐蕃地界，單獨與陶梁王爺談話，想做什麼？

那人等了半晌，卻見王玄瑰重新坐下吃著餛飩！催促是不敢催的，急得不知如何是好。

等王玄瑰吃飽，接過蔡奴遞來的汗巾擦嘴，才帶著沈文戈道：「走，找蔣少卿一起去行宮。」

「哎，王爺，只讓您一人去啊！」

沈文戈回頭道：「王爺需要譯者。」

岑將軍昨日連戰三場，險些傷了筋骨，如今正在休養一身皮肉傷，聽說夏日吉贊要單獨面見王玄瑰，當即急得要下榻，被王玄瑰一掌按住了。

「你去了，本王豈不是又多一個要保護的人？」

這麼說，岑將軍頓時老實下來，他武功確實不如王爺，然後他立刻瞪著眼睛看蔣少卿！

蔣少卿拱手道：「必將王爺安全帶回。」

一行三人一起往夏日吉贊的行宮走去。

夏日吉贊與娜萌正站在一起不知說著什麼，瞧見他們過來，只眸子閃了閃，沒有多說。

娜萌卻是警惕地看著出現的沈文戈，低聲問夏日吉贊，這是何人。

夏日吉贊在他們還沒走過來前，說道：「這是陶梁使團的優秀譯者，那穿著官袍的則是使團的負責人。」

她點頭，待人走近，便揚起一個大大的笑臉。「宣王昨日當真英武非凡，娜萌佩服！」

王玄瑰點頭，也沒假意謙虛，接了她的誇，但眼神並未過多地看她，直接問夏日吉贊。

「贊普尋我來，可是有什麼事？」

夏日吉贊爽朗一笑，說道：「昨日王爺比試完後，我家小女對王爺念念不忘，我想著修兩國之好，你們二人要是成婚，那可太好了！」

宛如平地一聲驚雷，驚到了沈文戈和蔣少卿不說，把王玄瑰都給砸懵了一瞬。

他是知道夏日吉贊不會輕易將四萬人交到他手上，也不放心他帶著四萬人走，但他沒想到，夏日吉贊竟然會想出這樣牽制他的方法。他頓時覺得好笑，餘光掃了一眼本就沈穩的沈文戈，只覺得她的嘴唇抿得比之前都緊了。

彷彿知道他會拒絕，在他開口前，夏日吉贊讓娜萌上前，對王玄瑰說：「娜萌是我最寵愛的孩子，我知道你們陶梁有嫁妝一說，只要你二人成婚，你是我的女婿，那四萬人，就當是我給娜萌的嫁妝。你看如何，宣王？」

娜萌極有自信地站在王玄瑰面前，就等他開口同意。

四萬兵馬，確實很有誘惑力，可王玄瑰的眼神更冷了，嘴角掛著的笑都落了下來，他反問道：「喔？那本王可還能回得去陶梁？」

聽見他這話的沈文戈垂下眼，盯著自己新換上的繡花鞋出神。

夏日吉贊驕傲地看著娜萌說道：「那自然是要留在我吐蕃，和娜萌幸福地生活在一起啊！宣王總不能將四萬人馬都帶去陶梁吧？」

一聲嗤笑響起，娜萌先皺了眉。「宣王，你何意？」

王玄瑰道：「贊普，我是陶梁聖上親弟，可不是普普通通的王爺，贊普是想讓我當贅婿啊？」

娜萌揚聲道：「給我當瑪格巴，你還委屈了不成？」

他挑眉，直接回道：「妳說呢？」

娜萌一副還要爭論的架勢，夏日吉贊按下她，背著手道：「宣王不準備和娜萌成婚，修兩國之好，那我又怎麼敢將我吐蕃士兵交給宣王？」

王玄瑰眸中一寸寸結上冰。「若只靠這單薄的一紙婚約來維繫陶梁和吐蕃友誼，依本王看，遲早得斷。」他冷聲道：「本王是絕不會娶娜萌公主的，本王已心有所屬，實在沒旁的位置了。贊普若是信不過本王，大可給本王多增添幾個副將。」

沈文戈抬頭看著他的背影，只覺得耳中全是心跳如鼓的聲音。恍惚間，她聽見娜萌說，娜萌可以做正妻，不耽誤他娶旁的人。

可他卻回道：「在本王這兒，誰也越不過她去，本王只會有她一個王妃。此事就此作罷，無須再勸！」

借點兵，怎麼就這麼難？

當然，易地而處，若是吐蕃向陶梁借兵，他們也會如此，但為何心裡如此不舒服？是寄人籬下、受制於人，還是因為對方連婚姻都想掌控？可能都有。

蔡奴勸道：「阿郎，冷靜。」

王玄瑰覺得自己冷靜不了，尤其在看見沈文戈異常沈默的時候，心裡像翻湧起火漿一般，燒得他四肢百骸都是痛的。

夏日吉贊已經明確說了，若是王玄瑰不娶娜萌公主，那四萬人馬他是絕不會出借的。

他們已經走到這兒了，大家拖著疲憊的身軀，克服了胸悶氣短的問題，岑將軍還拚著一身傷打贏了比賽，結果……

砰！岑將軍一拳捶在桌上，氣道：「不就是出個人娶那公主嘛，我娶！」

「你娶？你也要看人家公主看不看得上你吧？人家現在要嫁的是王爺！」

「那你說怎麼辦？我們回陶梁嗎？」

眼見著鴻臚寺的官員和岑將軍要吵起來了，蔣少卿喝道：「都少說兩句！」自行宮出來後，他就與沈文戈一樣，一直保持著沈默。

王玄瑰突地從榻上跳下，居高臨下地盯著沈文戈，說道：「沈文戈，妳跟本王來。」

大家心底都對二人的關係有所猜測，此刻見他眼中一片陰霾，知他這是怒了，當下都不敢說話，只偷偷給沈文戈遞了幾個關切的眼神。

沈文戈一一收了，向他們福身，跟在王玄瑰身後。

他特意等她一步，便變成並肩而行，兩隻寬袖緊緊挨在一起。

在他二人出去後，大家你看看我、我看看你，覺得這事實在太荒誕了！在長安城，誰不知宣王「止小兒啼哭」的可怕名聲？哪有不惜命的女子願意嫁他的！可在吐蕃，這卻成了宣王有能力的一個表現，讓人家娜萌公主還非他不嫁了！

也不知是誰小聲嘟囔了一句——

「那不然就娶了嘛，所有問題迎刃而解，我們也不用操心了。」

一路上和沈文戈年紀相仿又十分聊得來的柳梨川與張彥聞言，當場反駁。

一個道：「讓你背井離鄉做贅婿，你做不做？娶公主呢，多好啊！」

一個說：「讓你和相愛的妻子異地分隔，妻貶成妾……喔，忘了，你可能真會同意！多好啊，享齊人之福呢！就是不知道每日為你操勞的妻子，她開不開心了？」

柳梨川接話道：「我反正是不會開心的，我家夫人出行前跟我說了，我但凡敢在外面亂來，回去她就送我一根繩子。」

張彥知趣地問：「嫂夫人送繩子何意？」

「我上吊，她服毒。」

「嘶！」這回連岑將軍看他的眼神都充滿了同情，太狠了！

那鴻臚寺官員被兩人陰陽怪氣的對話說得閉了嘴，又不敢表現出來剛才是他說的，只能陪著乾笑。

這時，蔣少卿伸手，隔空點了點柳梨川與張彥，二人齊齊閉嘴後，他這才對著一同出使的鴻臚寺官員們說：「我有一個辦法，可解此問題，由諸位自行選擇。」他娓娓道來，話語聲緩慢卻有力。

屋外小路，沈文戈輕輕抽手，沒能抽動。兩隻寬袖下，王玄瑰緊緊攥著她的手，有一點點疼，可從這疼中，她卻能感受到他的焦躁與不安。

果然，進了四人小院，蔡奴一關門，他就拉著她貼向自己。「沈文戈，妳什麼意思？妳腦子裡想什麼呢？妳也想讓本王娶那個公主是不是？妳沈文戈多高尚啊，為了大局著想，想退出，想與本王一刀兩斷，讓戰事能順利進行是嗎？本王告訴妳，妳作夢！」

「疼。」

沈文戈只說了一個字，就叫他氣焰高漲的怒火為之一停。他噎住，這才意識到自己握疼她了，趕緊鬆手，將她的手放在掌心關切地看著，果然都紅了。

沈文戈仰頭，就能瞧見他心疼地為她揉手，臉上還有些懊惱的樣子，頓時心軟得一塌糊塗。她怎麼捨得和他一刀兩斷呢？她克制了自己的心動多久，才等來他的想通了。「我不想王爺娶她。」

他睨了她一眼，不信。

這時外面傳來聲音，說是賀光贊要同王爺比試，誰贏了誰娶娜萌公主。

王玄瑰喝道：「讓他滾！」

蔡奴與安沛兒相隔小院對視，藉口趕走賀光贊，雙雙退了出去。

院裡只剩他兩人，她久久地注視著他，倏而藍色的寬袖揚起，垂在玄衣上，沈文戈撲進他懷中，抱住了他。

王玄瑰便將人擁住了，將頭垂在她頸邊。

「剛才殿上，聽王爺拒絕娜萌公主，還說自己心有所屬，我真的真的真的很開心！」用了三個「真的」，最樸實的語言，來表示她的滿意。她蹭了蹭他的肩膀，給了他肯定的答覆。「我沒有王爺想的那般好，我善妒、自私，不願與他人分享王爺，王爺應當信我才是，我可是為了齊娘子就與尚滕塵和離的人呢！」

王玄瑰被她安撫而緩和下來的神情僵住，「嘖」了一聲。「這個時候不要提那兩個人！」

「我只是告訴王爺，我不會。」

「所以本王若是真的有了別人……」

沈文戈甚至光想想有這種可能，都覺得呼吸不暢了，不假思索地道：「那便真的只能與王爺分別了。」

他撫著她的背。「那妳為何這般沈默？」

她睫毛輕煽，說：「我只是想到，如今王爺被贊普要求娶娜萌公主，回長安後，會不會被聖上降旨賜婚？我……」我終究和離過……這是第一次，她對自己嫁過尚滕塵生出不滿、厭惡的心思，要是沒有，她未婚、王爺未娶，多好。

「聖上不會。」他稍稍與她分開，凝視著她的眸子說：「本王永遠不會娶別人，他敢亂下旨，本王就敢掀了他的寢殿。」

沈文戈的唇角慢慢揚了起來，給了他一個帶著滿腹心事的笑容。

他不喜歡看見這種笑，她應笑得燦爛才對。

兩唇相接，氣息微亂，她承受著他帶著些許怒火所以激烈的吻。突然，她睜開眸子，卻是因舌尖被勾，麻意直衝腦頂，四肢有些痠軟，只能無力地攀住他。

他沙啞又含糊不清的聲音說道：「閉眸。」

她便聽話地將眼睛閉上，仰著頭同他親吻在一起。

時間好似過去了許久，又好似只是眨眼一瞬。

在唇瓣被親紅、親腫前，她推開了他，惹得他不滿追逐。

「王爺，別……還要回去……商量對策呢，王爺……」

她的聲音與以往有異，帶著嬌喘，讓他更難耐了。兩唇分離，他狠狠將她按在自己的胸膛上，大口喘著粗氣。

待各自平復好，她幫他打理著被自己蹭開的微亂衣襟。

他便垂眸看著她，最後在她已經沒有唇脂的唇上親了一口。

「去補一補。」

她從善如流地進了屋，將碎髮別好，抹上唇脂，看自己臉頰緋紅，眼中帶笑，又嘆了口氣，收拾妥當後才與他一起回去。

一進屋，所有人齊齊看向兩人，隱晦地打量著。

王玄瑰視線一掃，他們立即看天、看地、看身邊人，就是不再看他們兩人了。

「王爺，我有話說。」蔣少卿一副鄭重的姿態，隨即看著同僚們拱手。

同僚們紛紛拱手回禮，一個個道：「我們已作好決定，蔣少卿請言。」

王玄瑰便也正襟危坐。「請講。」

蔣少卿對大家點頭致意後，開口道：「下官想出一對策，可解此難題。贊普想要王爺成婚，無非是擔憂四萬兵馬，我們只要打消他的疑慮，事情便可迎刃而解。」

「如何打消疑慮？」

蔣少卿看著王玄瑰道：「我們作為人質留下來。」

沈文戈倏而扭頭看向蔣少卿，卻見他對著王玄瑰又一拱手。

「我們是使團成員，便要承擔起自己身上的責任。我們留下，用眼看、用心聽，我們會記錄下最真實的吐蕃，也會向吐蕃的人們展示陶梁之美。所以王爺您儘管出兵婆娑，我們在邏耶等王爺凱旋歸來。」

眾使團成員也齊聲道：「王爺出兵婆娑，我們留在邏耶，等王爺凱旋歸來！」

說不上來什麼感覺，他們鏗鏘有力的話，只讓人覺得心頭發堵。

王玄瑰深深地看著面前一張張堅定的臉，問道：「你們作好決定了？」

「作好了！」沒有一人退出。

要是沒有半道接應兩位將軍的事情，王爺不會負責出使，那便是使團獨自前往婆娑，可能就再也沒有命回長安了。眼下，不過是在吐蕃等王爺回來，他們等得起。

這確實是最好的解決辦法，王玄瑰拱手道：「多謝諸位。」

「王爺客氣。」

沈文戈呼吸了一口氣，短短時間內就作出了決定。「王爺，我──」

王玄瑰冷喝道：「沈文戈，妳閉嘴！」

沈文戈閉不了嘴。「我與使團一同留在吐蕃等王爺。」

王玄瑰狠狠地瞪著沈文戈，見她半點不退讓，他咬牙切齒道：「本王缺譯者！」

沈文戈回說：「王爺聽得懂吐蕃語，甚至還能說兩句，王爺不用人翻譯！」

他快被氣笑了，人不放在他身邊，他如何能安心？再者，留在吐蕃難道就不危險了？天高皇帝遠的，若出點事，誰都救不了他們！可他沒有辦法說，因為鴻臚寺的官員們剛作出決定留在此，他們留得，她沈文戈為何留不得？氣氛頓時間凝固住了。

鴻臚寺的人互相看了一眼，柳梨川接收到無數眼神後，開口問：「七娘，妳想好了？」

「想好了。」她點頭。「我也是使團的一分子，既然你們要留下，我自然得跟著留下的。上好的學習機會呢，你們可不能扔下我。」然後她看向王玄瑰，知道他是不放心，因此說出自己剛才思考的結果。「雖不想承認，但我是女子，確實體力有限。王爺是去婆娑打仗，我跟著，除了會拖累王爺，別無他用。」

「沈文戈，妳當本王是傻子還是瞎子？妳是鎮遠侯府的七娘，妳會不懂打仗？」

沈文戈實話實說。「我懂，卻也有限。我不如兄姊有將才，從小又體弱，父親從不教我這些，恐怕幫不了王爺什麼忙。」

他閉了閉眸，又抓住她話中一個漏洞，說道：「正因為妳是女子，留在這裡才更危險，妳懂嗎？」

她懂。身邊全是男子，又在異族，萬一她落單，可能會遭受滅頂之災。

王玄瑰一句「女子更危險」，讓原本還對王玄瑰變相維護沈文戈的幾個鴻臚寺官員們紛紛羞愧不已。確實，七娘留在吐蕃，比他們危險多了。他們看向沈文戈，有心想勸兩句。

沈文戈說：「非必要我不出使館，如果一定要出，我便請人同行，絕不自己單獨出門。」

王玄瑰氣得丹鳳眼都挑起來了，眼下小痣隨著眼眸睜起而動，煞氣頓時撲面而來。

沈文戈半點不懼，與他對視。

可他們身旁的鴻臚寺官員們看看這個、瞅瞅那個，感覺自己是急流中的小舟，要翻了！

蔣少卿這時開口，看向沈文戈的目光中滿是凝重。「七娘，本官最後問妳一句，妳可當真要留下？」

沈文戈對著蔣少卿行禮。「七娘想好了，七娘是使團譯者，要留下。」

蔣少卿的眼中突然多了認可。「善。」見王玄瑰扭頭看向他，他不急不緩地道：「王爺，七娘有一句話說得對，她是使團譯者，使團在哪兒她便在哪兒。本官作主，留她。」

沈文戈舒了一口氣，再次行禮。「多謝蔣少卿。」

王玄瑰氣得伸手扶額，太陽穴一跳一跳的，頭快要炸了。

砰！所有人朝發出聲音的地方看去。

一直充當隱形人的岑將軍，本想搆一下水杯的，奈何人躺在床榻上，胳膊不夠長，反而一指頭將水杯給翻了。他憨笑兩聲，見氣氛不對，自己如同落進狼群般，被一雙雙綠油油的眼睛盯著，趕緊說道：「本將會在走前為使團留下最精銳的金吾衛，以護他們安全！再說，你們也別太擔心了，咱們陶梁使館裡的外邦人，哪個不活得有滋有味的？陶梁還生怕他們出點事，得擔責任呢！我感覺那吐蕃也一樣啊，他們還要等王爺帶回四萬人呢！」

一番話，就如同從外界打破了凝固的一層水膜，水流嘩嘩而下。

柳梨川鄭重抱拳道：「王爺未歸期間，但凡七娘出門，我必跟隨左右。」

張彥同樣說：「某也是。」

所有人齊齊拱手。「某亦然。」

王玄瑰放下手，目光在每一個人身上掃過，說道：「不光是她，爾等亦是。但凡出門，必雙人同行，哪怕行宮單召、公主相見也是如此！」

「是，王爺！」

他看向垂首的沈文戈，最後只留下一句。「既如此，本王去與贊普協商此事。」說完，他便頭也不回地走了。

沈文戈緊緊抿住唇，咬緊了唇內軟肉。

蔣少卿作為一個過來人，自然知道這些兒女情長有多讓人撓心撓肝，他寬解道：「七娘莫憂，王爺不是一個不識大局之人，會理解妳的。」

「嗯！」她點頭。

柳梨川突然道：「剛才是熱血上湧才決定留在這兒，但七娘一提拖累，我一下子就想到了從婆娑逃跑那天，我那匹馬停在半道不肯走，後來還是七娘把我救走的事情。就我這樣的，要真跟王爺上了戰場，只怕跑都跑不掉吧？」

有人附和道：「你別說，一想還真是這麼回事！我們若去了，還得讓王爺派人保護我們，反倒累贅。」

「是啊，還真不如留在吐蕃好呢！」

大家你一言、我一語的，說得好像留在邏耶是多麼幸福的一件事。

可如此幸福，為何大家臉上看不出笑容，只有凝重？

因為沒有王爺，他們真的好沒有安全感，王爺就是他們的主心骨啊！

但大局為重，他們是使者，也不能總在王爺的保護之下。

天色漸晚，有牧人唱起豪放的歌聲。邏耶是沒有宵禁的，是以外面十分熱鬧。

房內火光跳躍，王玄瑰的身影至今都沒有出現。

安沛兒有心勸兩句，終還是只翻出一件斗篷披在沈文戈身上，自己靜靜躺下。

院裡終於有了響動，沈文戈趕忙起身出去查看。朦朧月色下，王玄瑰眼尾殷紅一片，就那麼抱著胸望著她。

半晌，他才道：「贊普已經同意，讓你們留在邏耶。我會同星月公主打招呼，讓她照顧你們一二。」

沈文戈張張唇，聽他又道——

「一時半刻走不了，四萬人馬還需要同我培養默契，且贊普不會資助我們大規模的武器。」他嗤笑一聲。「他要我們自己造武器帶過去，所以還有時間。沈文戈，我是不是不用再給妳時間，讓妳思考到底留不留在這兒的問題？」

她邁步過去，離得近了，方才聞到他身上的酒味。伸手抓住他特意穿的長袍袖子，柔聲道：「王爺不用為我擔心。」

他側過臉不願看她。

她接著道：「王爺你忘了，來邏耶路上，我身體不舒服，王爺你抱了我一路，胳膊便瘦了一路。這回去婆娑打仗，戰事吃緊，王爺又要護著我，我不願拖累王爺。」

就算去打仗，她肯定也會被他安置在大後方啊，操什麼閒心？

她有些忐忑，嘆氣道：「王爺……你生氣了？」

「……嗯。」他聲音中帶著醉酒的啞意，沒忍住，還是低頭去望她，就見她一副不知如何是好，想要踮腳親他，讓他消氣的模樣。他伸出手指，點在她額頭上，將她推開，在她不解甚至更為憂心的目光中，掐住了她的臉蛋。「妳不必如此，做妳自己便好，不要討好我，妳沒錯。」

沈文戈眸子眨動，瞬間泛起淺淺水波，又被這句話撩撥了，他總能用各種方法撥動她心弦。

「我不生妳的氣，我生自己的氣……」他說著，聲音低落下來。「我已經許久沒有這般無力的感覺了。」

「王爺已經做得很好了，還有誰有王爺的膽氣，敢和贊普討價還價，還成功借到四萬人馬的？」

他伸手將她攬在自己懷裡。

她鼻尖嗅著他滿身酒氣，卻半點都不討厭，反而緊緊抱回去，聽見他的聲音從自己頭頂悶悶傳來——

「我只是不想和妳分開，所以有些難受。」

她倏地落了滴淚，蹭在他衣襟上。「王爺不是說，還有時間嗎？」

「嗯……」

「王爺是和贊普喝酒的？那不用娶娜萌公主了嗎？」

「不用了……」

「我……王爺？」

王玄瑰往她身上倒去，緊緊摟著她，腦子昏得越發厲害了。「妳別說話，讓我抱會兒，我沒醉。」

沈文戈便撐著他有些重的身體，輕聲問：「王爺可睏了？我去找人熬醒酒湯。」

「我不想喝。」他睜著眼睛，出神地望著地上枯黃的小草，鴉羽沈沈壓下，快要闔上之際，又警惕地睜了開來。

他說他沒醉，可沈文戈覺得他分明是醉了，便哄道：「王爺，我有些冷，我們進屋好不好？」

聽到她說冷，他下意識將手扣在腰帶上，「啪」地就解開了一個釦，想脫下寬袍給她披在身上。

她趕緊按住他要解腰帶的手。「王、王爺？這個不行，我們在院子裡呢！」

王玄瑰按著她的肩，直起身，然後拉著她往房間走去。

蔡奴就藏在門口，見狀趕緊出來接人，兩人合力將人帶進屋。

一進屋，王玄瑰就張開雙臂，對著蔡奴道：「給我脫衣，她冷了。」

蔡奴從善如流地給他解衣。

沈文戈一時間是退也不是，進也不是，看還是不看……她怎麼能看！遂趕緊轉過身，背對著二人道：「公公，我去給他弄點解酒湯。」

聽見她的話，王玄瑰當即轉身握住她的手腕。「不行，不許走！」

衣衫半解、臉色酡紅、眼帶朦朧，沈文戈從被他握住的手腕處泛上戰慄，匆匆道：「王爺，我一會兒還回來！」說完，她掙脫開他的手，趕忙跑了出去，正巧和要去給王玄瑰熬醒酒湯的安沛兒碰上了。

安沛兒道：「娘子先回去歇息吧，阿郎我們來照顧，估計要折騰一整夜。」

沈文戈臉頰紅暈未退，一時還沒反應過來，等在他門口吹了吹冷風，腦子才終於緩了過來。

廚房裡沒有熬醒酒湯的材料，安沛兒只得沖了杯蜂蜜水回來，見沈文戈還在門口，驚訝地去摸她的手，冰涼刺骨。「娘子一直在外面站著？」

「嬤嬤說一整夜是何意？王爺他醉酒之後比較鬧人嗎？」

兩人一同開的口。

安沛兒捧著蜂蜜水，帶她進了屋。「娘子看了便知。」

床榻之上，王玄瑰坐在上面搖搖晃晃，眼眸將閉未閉，每每快要閉上時，就會強迫自己睜開眼睛來。

一旁的蔡奴在他耳邊道：「奴在阿郎身邊，阿郎放心睡。」

可他依舊不肯躺下。

安沛兒解釋道：「娘子知道的，阿郎小時遭了大罪，所以不許自己失智，每次醉酒，都不肯入睡，總要折騰到筋疲力盡方能睡下。」

沈文戈的心泛起細密的疼來，她蹲下身，和他平視著，試探著將手伸進他掌中。「王爺，睏了就睡吧。」

他定定地看了她半晌，像是在分辨她到底是何人，而後鴉羽重重闔上，人摔在了床榻之上。

蔡奴伸手在王玄瑰面前晃了晃，他沒睜眼，睡了。

沈文戈便也笑了，開心地同安沛兒道：「嬤嬤，王爺睡下了！」她欲將手抽出來，他卻突然又睜開了眼睛！她無奈，便又握住了他的手，看向安沛兒，祈求道：「嬤嬤，今晚讓我睡在這兒吧？讓王爺睡個好覺。」

安沛兒和蔡奴退了出去。

蔡奴輕咳兩聲。「嬤嬤，看來今夜只有妳我二人相依為命了。走吧，別看了，阿郎醉得都睡了，縱使有心也無力。」

「且說呢，有娘子幫著看顧，我們也不用熬一整夜了。」嘆息一聲，她搖搖頭，與蔡奴進了屋，最後看了一眼兩人所在的屋子，這才關上了門。

「王爺？王玄瑰？」沈文戈晃晃他的手，只迎來他更加用力的攥著。

屋內燭光昏暗，他黑髮披散，被他蹭得處處都是，外衣已經盡數被蔡奴給脫了，現在僅著裡衣躺著。邏耶日夜溫差巨大，若說白日有陽光閃耀，尚且能夠活動，夜晚出門便是哈氣都能呼出來白煙，非得裹上一層厚皮毛才行。怕他著涼，她半跪在他的床榻邊，伸手搆著裡頭的被子，還差一點……指尖前探，費勁地摸到了個邊。許是交握的雙手被她帶得抬起、不舒適了，他動了下，結果他一動，本就沒有支撐點的沈文戈便也跟著晃。

她下意識的第一個反應不是鬆開被子，撐住自己，而是趕緊捂住嘴，將驚呼嚥下去。兩間房間只隔一堵牆，根本不隔音，她可不想讓嬤嬤和蔡奴誤會。

這一摔，整個人橫趴在他腿上，他的膝蓋頂著她的肚子，硌得她倒吸一口涼氣。

一隻手還被他握著，她只能用另一隻手艱難地爬起，跪回了床榻邊，揉著被他硌疼的地方，還氣不過地拍了他的膝蓋一下。忘記了，他睡覺不老實。

費勁勾起掉在半途的被子給他蓋在腿上，她拎著被角要往他上半身招呼，這一看眼神便飄忽了。

交領的白綢裡衣此時四敞大開，滑露出他的半片胸膛，黑髮蓋在其上，隱隱綽綽能看見下方的肌膚。還有一縷黑髮窩在他的鎖骨處，讓人想不注意都難。

被他握著的手覺得都要燒起來了，呼吸聲一前一後交替響起。她吸著氣，眼睜睜地看著他執起交握的手，觸在右胸上，拂去上面讓他有些癢的髮。

手背頓時和他肌膚相貼，觸感清晰，能感受到他胸腔下的心跳起伏，更能感受到手背接觸的地方細膩灼人。

她的呼吸亂了，將臉側到左面，又側到右面，一時間頗有些慌亂。此情此景，讓她腦中轟地一下，閃過自己賴在他懷中，死死拽住他的衣襟，死活不下地的場面。

是上次尚滕塵意外獲知真相那天，她酩酊大醉，硬拉著王爺喝酒時發生的事。她微睜眸子，從錯愕、驚愣、羞澀，到最後的恍然，原來她從那個時候起，便已經對他產生依賴之情了嗎？不然被尚滕塵傷害到的她，怎麼會第一時間想要去找王爺？

將手中的薄被直接貼著下巴蓋住，遮住他露出的風光來，靜靜看著在床榻上熟睡的人，心頭控制不住地湧上一股酸澀與傷感，但很快又安定了下來。她相信他不會拋下她的，只是短暫的分別而已。

蠟燭燃燒至末端時，一縷縷清晨的陽光爭先恐後地射向了屋內。

王玄瑰抬手想要遮住眼瞼上刺目的光亮，手腕一抬，沈甸甸的，他倏而睜眼。手中的是與他十指交握的纖細手指，陽光下彷彿指尖都是透明的，再向下看去，趴臥在他床榻邊，按住了他雙腿的人尚且在睡夢中。

沈文戈?!丹鳳眼不可置信地盯視著她，昨夜的一幕幕飛快在腦海中閃過，他抵著喉結，倏而笑了出來。

被聲音驚擾，一整晚幾乎沒睡的沈文戈，扭頭想要鑽進被褥中，臉頰便隔著被子在他腿上輕蹭，睡著的眉間緊擰。

他鬆開她的手，白皙纖柔的手上，是大片大片被他攥紅的紅痕，他心疼地在她掌心吻下，起身將她抱了起來，溫柔地放在他剛剛躺過的地方，那裡還殘留著他的體溫……他的眸色更加幽深了，目光在她的紅唇上游離，最後還是選擇在她眉心輕吻。

「沈文戈，本王真是從始至終拿妳一點辦法都沒有。」

她翻了個身，好似在回應他的話。

指尖在她舒展開的眉心點了點，她和使團要留在這兒，那他總要為他們做好安排才行。時間不等人，他要盡快解決婆娑的事情，帶他們回長安。

從金吾衛中選出二十名精銳負責貼身保護使團，另有近百名傷員留下，萬一婆娑戰事拖延，待他們傷勢一好，便是使團極大的助力。

曠野風聲呼嘯，狼嚎不止，五顏六色的旗幟在風中飄揚，就如同在吐蕃地界失了根的陶梁人。

岑將軍被攙扶地站在王玄瑰身側，他將專門負責那剩餘的一百多名金吾衛。

四萬身披甲冑的吐蕃士兵已經被夏日吉贊召集了起來，賀光贊赫然在列，看向王玄瑰的目光像是恨不得撕下他的一口肉來。

王玄瑰把玩著手中的令旗，一揮而下，四萬士兵齊齊而動，地面震顫，今日是第一次戰事演練。

紅旗、黃旗、黑旗，輪番執起，四萬部隊，有的左衝，有的右衝，還有賀光贊帶著自己的弓箭手橫衝直撞。

岑將軍氣得在上面破口大罵，拚命地喊：「左面、左面！哎呀，讓你們向後退！這是鳴金收兵的指令！」

可他的喊聲沒有人在意，因為吐蕃士兵們聽不懂。

而後他們還連累了能聽懂，但在他們大量人的衝擊下根本實施不了號令的金吾衛們。

岑將軍一拍腦門，餘光瞄著有一下、沒一下擺弄著旗幟的王玄瑰，雞賊地捂住胸口喊道：「快快快！扶我下去休息，傷口痛了！」

王玄瑰睨了眼傷在右邊，卻捂住左邊的岑將軍，沒理會他，任由他悄悄離自己遠遠的。

陶梁與吐蕃的作戰手勢不同、旗幟代表含義不同，因而這第一次演練自然以失敗告終。

夏日吉贊與他都對這次的失敗有所預見，只是沒想到會亂成這樣。若是如此配合沒默契地上戰場，不用婆娑人拿起兵器，他們自己人都會將自己人擠死。

演練結束，賀光贊還嘚瑟地在王玄瑰面前炫耀。

王玄瑰只冷淡地瞥了他一眼。作為一名負責著一萬弓箭手的將領，在戰場上卻刻意不聽指揮，帶著弓箭手亂竄，既對弓箭手的性命不負責任，也對整個戰場不負責任。

王玄瑰對夏日吉贊道：「贊普，我們需要商量出一套固定的作戰手勢。」

他不可能把陶梁手勢教給吐蕃士兵，吐蕃也不可能讓陶梁人掌握他們的作戰命令，因此最好的方式，就是兩相綜合，創出一套雙方都熟悉的命令來。

夏日吉贊自然應准，指著吐蕃士兵說：「你挑。」

王玄瑰頷首，一連選出幾個剛才頗機靈、覺得還不錯的吐蕃將領道：「便讓他們跟我們一起商討。」

賀光贊見沒有挑他，急得要衝上前理論。

王玄瑰卻帶著那十餘人往使館方向而去，皮笑肉不笑地對他道：「你若不聽指令，便留在邏耶，不必跟我們去婆娑了。」

「贊普！」賀光贊指著王玄瑰，還想說什麼，對上夏日吉贊不贊同的目光，只能熄了怒火。

王玄瑰便帶著這幾名吐蕃將領，在蔣少卿的翻譯下，和岑將軍一起商議出一套有效的手勢來。

這還不夠，還需要吐蕃士兵們掌握陶梁的幾句軍令，畢竟他們都已經從長安走到邏耶了，岑將軍至今都沒有學會婆娑及吐蕃語，要想聽懂他的指揮，吐蕃士兵就必須學會陶梁話。

不求他們會說，只求他們理解，在戰場上能夠迅速反應過來。

相反地，對於岑將軍等金吾衛來說，也要適應吐蕃的作戰方式，和他們的一些簡單的吐蕃語。畢竟四萬士兵，人數在那裡擺著，短時間內不可能全部人都學會的。

使團們便要負責兩方相教，教得他們每天都兩眼發直，教的人痛苦，學的人也痛苦。兩方人就這般痛苦地熟悉著彼此，進行一場又一場的演練。為了擺脫每天的語言課，使出了十二分勁兒，終於像點樣了。

演練場有岑將軍盯著，他是習慣王玄瑰的，也與王玄瑰並肩作戰過，可以模擬王玄瑰的命令。

而王玄瑰正一頭扎在工匠處，夏日贊普不提供大型殺傷力武器，他需要吐蕃工匠為他做出絞車弩來。

岑將軍還曾有過異議，在吐蕃地界造兵器，這跟將頭伸在人家刀下有何區別？縱使有王玄瑰冷颼颼的目光看來，他也壯著膽子、梗著脖子質問了。

還是蔡奴同岑將軍解釋說「阿郎自有成算，他教給工匠完成的部分均是可以簡單易處理的，核心部分則由阿郎親自動手做，縱使他們偷學圖紙，都仿做不出來。請岑將軍放心，絞車弩我們一定會帶回長安的」。

岑將軍暫且被安撫下來，看著手裡拎著鐵鞭的王玄瑰，到底沒敢問，要怎麼將絞車弩帶回去，只每天完成著王玄瑰吩咐的工作。

上午著重練聽令指揮，下午便練起人員調換，次日又練各種戰術，以弓箭手為主的、以騎兵衝鋒為主的、以步兵頂盾牌先行的。

這一練，直練到山上一點綠色都瞧不見了，便是連牛羊都不願意往乾枯枯的山上湊。

王玄瑰手裡握著一塊瑪瑙玉牌，大步往使館走去。

使館前廳擺放著圍成一個圓圈的眾多几案，那是鴻臚寺的官員們自發挪的，平日裡，他們便是這樣辦公。有什麼事，招呼一聲，四面左右的人都可以回答。

連沈文戈都在這裡有了一席之地，這是她用自己與使團共同留在邏耶城，換來的他們的真心相邀與認可。

月明星稀，蔣少卿被岑將軍叫去小酌兩杯，三三兩兩的鴻臚寺官員們結伴出去用膳，柳梨川與張彥則去了茅房，如今這裡就只有沈文戈一個人伏案而寫。

王玄瑰放輕步子，走至沈文戈的身後，彎腰去看她在寫什麼。

因紙張在邏耶城是極其昂貴的東西，他們使團還弄丟了物資，現有的紙張，得用在刀口上，沈文戈便從婆娑的樹葉書上獲得靈感，搜集了一些尚且還未枯黃、十分堅韌的葉子，此時正執筆在每一片樹葉上又寫又畫。

有的樹葉上寫的是婆娑的天竺語，有的是吐蕃語，也怪不得在她身邊散落著一地的樹葉。將黏在她裙襬上的樹葉摘下來，便驚動了她。

手一抖，毛筆便在樹葉上畫出一道粗痕來，雖沒亂了她寫的天竺字，卻將她畫的畫給毀了。

「別動。」他握住她的手。「妳這是要畫什麼？」

他的臉就在她臉側，又站在她身後彎著腰，像是將她抱在了懷中一樣，她下意識看向門外，只見之前開著的門，不知什麼時候關上了，便放心地說：「這是用來解釋這句婆娑語的，說的是投降不殺。我想畫幾個跪在地上、扔下佩刀的小人。」

他仔細往前探了探，果真在天竺字下方看見「投降不殺」四個陶梁小字。可她所謂的小人，指的是只有一個圓圓腦袋，四個小橫的人嗎？

低笑聲響在她身邊，她用肩膀頂他。「王爺！我知道我丹青不太好。」

「沒有，很好。」握住她的手，帶她畫完了這張樹葉，他問：「怎麼想要畫這些？」

「使團中的人不跟著王爺去，我怕你們語言不通，也怕大家將學了的東西給忘了，便想著，給大家寫一些常用的語句，可以隨時翻閱，鞏固記憶。」

「喔？所以是畫給大家的？」

聽他這話，就知他醋了。她寶貝似地將埋在樹葉下的摺頁書給翻了出來，笑著遞給他。

「這是給王爺的。」看他作勢要翻開，她趕忙說：「裡面的每一張紙都十分貴，王爺翻閱的時候，要小心些！」

翻書的手頓住，看她屏著呼吸生怕他用勁過大，導致書翻壞的模樣，忍不住伸手掐住她的臉蛋。「本王會珍惜的。」

都怪婆娑，她沈文戈什麼時候連張紙都捨不得用了？

看她眼眸都彎起了，他喉結滾動，縱使不捨，終究還是說出了那句話。「我與贊普定好了，後日啟程，明日是送別宴。」
眼中的光亮倏地滅了，她握上他的手，強撐著笑。「怎麼這麼快？」
「嗯，本就在準備了，邏耶地勢高，再不走，恐降大雪，大雪封山，屆時就走不了，我們需趕在下雪前抵達婆娑。」
她下意識垂下眸子，用非常小的聲音說：「可是，我聽岑將軍說，你們的兵練得才剛剛有些默契。」
他抬起她的下巴，迫使她看向自己。「這一路上，我會邊練兵，邊行進，別擔心。」
抿住唇，她點了點頭。
他扣住她的後腦，在她有些濕潤的眸子上烙下一吻。「別寫了，我帶妳去一個地方。」
「嗯。」恍惚著被他拉起，走出房門，便見到柳梨川和張彥正和守門的蔡奴討價還價，試圖窺探一二。
他二人還想說兩句打趣，見蔡奴向他們搖搖頭，又觀沈文戈眸子泛紅，只能退至一旁拱手。待二人離去，方才問道：「公公，發生了何事？」七娘見了他們，都忘記將被王爺握著的手抽走了！
蔡奴嘆道：「大軍後日就要啟程了。」
二人齊齊啞聲。他們聽聞此消息尚且悵然若失，何況七娘？

第二十五章

「沈文戈，妳可是哭了？」

她悶悶地回道：「沒有。」

王玄瑰拉著她的手，一路往邏耶最高的地方走去，他沒回頭，不敢看她染了水的眸子。

她亦低垂著頭，不想被他看見自己的脆弱。

身邊到處都是說著吐蕃語的邏耶城人，他們兩個走過，頻頻招惹他們的視線。

他將她護在身側，又攬住了她的肩膀，就這麼慢慢地、一步一個腳印地來到了一塊淨地上。說是淨地也不準確，上面有一棵需兩、三個人才能合抱住的蒼天大樹，樹葉已經掉光了了，便顯得滿樹枝的布條繁多。新的舊的，層層疊疊，掛了滿樹。

他牽起她的手，將一條紅布條放在她手心。「妳可還記得上巳節那天，我們路過長安城外，親眼見證一棵被大家亂扔、陰差陽錯成了許願樹的樹？」

她回憶起那天，面具上的小鈴鐺聲音彷彿還響在耳側，便笑了起來。「記得呢。」

「這棵有百年歷史的樹，是邏耶貨真價實的姻緣樹，據說很是靈驗。沈文戈，妳可想和我一起，在這棵樹上掛一條屬於我們的布條？」他的眸子裡，除了一輪發著月暈的圓月和她的身影，還有期待與勢在必得。

她眸子濕潤，沒能說出話來，只是攥緊手心的紅布條，點了點頭。

他傾身而下，在她鼻尖輕點。「那我們一起繫上？」

吸著鼻子，她狠狠地點著頭，又拿起那條紅布條，翻來覆去珍惜地看了看，上面有兩個人的名字，可都是他寫的，她啞聲問：「只你一個人的筆跡，算數嗎？」

她這樣一問，將王玄瑰也給問住了。「沒說要兩個人共同寫吧？」看她眸子裡的一層水霧有聚攏在一起往下掉的趨勢，他趕忙道：「要不妳親它一口，證明妳是認可的？」

他說得離譜，可沈文戈還真就做了。她在自己的名字處留下唇脂，又摸著他的名字，在上面也印下一吻。看著面前的大樹，她猶豫地問道：「太高了，我們怎麼一起繫上？不然王爺你來繫？」

受她剛才說的話影響，王玄瑰道：「要不還是兩個人一起繫吧？顯得誠心些。這樣，我抱著妳，妳來繫。」說完，他一把將她抱起。她的重量還不如岑將軍一個流星錘重，他輕輕鬆鬆就將她抱在手臂處。

她也不矯情，伸手便去搆樹枝。「掛這裡好嗎？」

王玄瑰仰頭看去，又看了看其他的樹枝說：「這裡太靠近樹梢了，容易折斷，我們不找最高的，找最裡面、不容易被弄斷的地方繫。」

沈文戈聽他的話，將手臂伸直，在靠近樹幹的位置繫上寫著兩人名字的紅布條，繫了個死結還不放心，又繫了一個。

他在下面問：「好了？」

「嗯，好了。」

將她放下，兩人肩並肩一起欣賞剛剛繫上的紅布條。天已經黑了，樹蔭下更是連月光都只能傾灑些許。

見他俯身，她輕輕閉上了眸子，可唇上沒有落下他的吻，反而是脖前一涼。睜眼看去，只見一塊黃色溫潤的瑪瑙玉牌墜在上頭。

輕輕執起瑪瑙玉牌，上面刻的竟然是撲線團的雪團，她眉毛蹙起，臉上滑過兩行熱淚。

「怎麼又哭了？妳是水做的不成？」

他伸手為她擦著臉頰上的淚珠，說道：「我要去婆娑，總覺得應該給妳留個東西，瞧見這塊玉牌，覺得與妳相配，便買了回來。可喜歡？」

「喜歡。」她眸中水霧朦朧，摸著玉牌上面的雪團問道：「王爺親自雕的？」

他頗有些驕傲地道：「自然是本王，還有誰能將牠雕刻得活靈活現？再看看背面。」

她破涕為笑，翻開一看，是鎮遠侯府和宣王府中間的那堵牆，牆上還趴著兩個人頭，一個盤著飛天髻，一個束著金冠。她當即掉下淚珠來，握著玉牌，在他的頭像上摸了又摸、碰了又碰，哽咽著遺憾道：「我還沒給王爺準備東西呢，王爺就要去婆娑了。」

「不用妳準備。」他捧著她的臉，耐心又細緻地為她擦著流下的每一滴淚。「再說，妳不是送了我一本書？」

「那算不得數。」一本路上要看的，每日溫習的書，一點都不能算。

他額頭抵上她的。「那等我回來，妳補給我。」

一句話，將她招惹得雙睫再次打濕，她嗚咽半天，才憋出話來。「好，王爺，你要……信守承諾，活著回來。」

「會的，我不會讓妳再經歷一遍妳兄姊的事，我向妳承諾。」

沈文戈重重點頭。

他徹底遮住了她眼前僅存的月光，帶著憐惜的吻一路向下，準確地尋到她的紅唇。淚水撲簌而下，滑進嘴中，濕濕鹹鹹的。怕她喘不上氣再胸悶，他吻得很慢，慢慢地描繪著她的唇形，讓她能夠換氣。

她便也學會了，反親了回去。

唇齒相依間，他突然喚了一句。「嫿嫿。」

被淚水打濕的淚睫睜開，帶著迷茫、帶著悸動，她抓住他胸前衣襟。「王爺，你叫我什麼？」

他抵著她的額，珍惜地在她鼻尖輕吻，又喚了一聲。「嫿嫿。我聽妳家裡人這樣叫妳，可能叫得？嫿嫿？」

她渾身血液都在沸騰，燒得她寸寸肌膚染粉，偏生他還火上澆油，一聲聲「嫿嫿」地喚著。推著他的肩，她淚眼朦朧地說：「你自然叫得。」

他將她擁在懷中，灼熱的氣息噴灑在她的耳畔。「今日妳願與我一起掛紅綢，我甚是開心。」

她仰著頭看他。「我也開心，王爺還記著那天。」踮起腳，她主動攬住他的脖頸。她說過的話、想要的東西，他都記得，想到被他這樣珍惜地放在心上，眼裡就又蓄上淚來。

他低頭，用鼻尖蹭著她的。「怎麼又哭了？回去看見妳的紅眼，嬤嬤不訓妳，我怕是難逃。」

見她破涕而笑，他憐惜地重新親上去，像是在親珍寶，小心翼翼，細細磨著。

好像過去了許久，她望著天邊圓月，眨眨眼，喚他。「王爺？」只一聲，她人就一愣，沒能想到自己會發出這樣的聲音，曾幾何時，她對尚滕塵都沒發出這般聲音。

王玄瑰眸中蘊藏著危險，難耐地閉上眼。「嫪嫪，妳真是……」

她仰頭承受著他的暴風驟雪，直到連連喘氣，他才放開她來，一把將她的頭按在他的肩上，自己也在大口地喘著氣。

清清嗓子，確保自己不會再發出什麼奇特的聲音來，她才喘著氣，問道：「王爺，可有字？」

他笑。「我喚了妳嫪嫪，妳要叫回來嗎？」

「那王爺有沒有？」

「有。」他深呼吸了一口氣，盡力放緩呼吸。「聖上曾為我取字長樂，盼我平安幸福。」

長樂。她無聲地叫了一遍，彎起眸子。「是個好名字呢！」

等了她半晌，欲要聽她叫人的王玄瑰，掐掐她的臉頰。「怎麼不喚？」

她自有思量。「我等王爺回來再喚。」

他吻在她出了一層細汗的額頭上。「好，我一定會回來，聽妳叫我的。」而後他又問道：「妳喜歡我怎麼自稱？是用本王，還是我？我在家中府上，倒是從不自稱本王的。」

連稱呼這件小事都要來問問她，沈文戈心中的恐慌之情散去了大半。嫁給尚滕塵這麼些年，他最親近的稱呼是夫人、是文戈、是沈氏，唯獨不知她的小名——娉娉。這一刻，她甚至覺得某一部分嫁到尚府後被他們喚沈氏的日日夜夜，都被他治癒了。

她靠在他的胸膛上，認真想了想後，回道：「我喜歡王爺稱自己本王，覺得獨一無二，一聽便是王爺。我也不太習慣叫王爺其他的稱呼，諸如二十四郎……」至於長樂……嗯，她想在特殊的場合喚他。

「隨妳，怎麼稱呼都好。」他擁著她，說起他去婆娑之後的事情。「本王將嬤嬤留在妳身邊照看妳，蔡奴也給妳——」

「不行！」她立即斬釘截鐵的拒絕。「從婆娑逃跑之際我就發現了，公公也有一身好武藝，讓他來保護王爺。我在邏耶，哪有戰場危險？這事你必須聽我的。」然後她攥緊他的衣襟，說道：「王爺，我在邏耶等著你回來一起過新年。」

「本王答應妳。」他親著她的髮。「冷不冷？我們回去吧，不然嬤嬤又該唸本王了。」

「嗯。」

「王爺一路保重！」

「諸位一路保重！」

「祝諸君，武運昌隆。」

「我們在邏耶等王爺和各位兄弟，等你們回來接我們！」

鴻臚寺眾人正圍著王玄瑰和眾金吾衛說話，為他們送行。

在這種時刻，她沈文戈只能在一旁默默看著，不能當著幾萬雙眼睛的面，展露出一絲一毫的端倪。王玄瑰與她隔空對視，她伸手，慢慢福身。「祝王爺，武運昌隆；祝諸君，武運昌隆。」淚珠在眼眶中打轉，她狠狠地將它們逼了回去。

王玄瑰向她拱手，目光落在她脖子戴的玉牌上，也是久久凝視。

蔡奴喚他。「阿郎。」

王玄瑰收回目光，在夏日吉贊等人一聲聲祝賀他們大獲全勝歸來的聲音中，煙塵四起，大軍開拔。

沈文戈喘著氣，有些控制不住自己。鴻臚寺的官員們齊齊上前，將她擋在了身後，她就以被他們保護的姿態，透過縫隙看著他們漸行漸遠。縱使再傷感，她也不曾滴落一顆淚珠。

直到視線裡沒了他們的身影，便連那湧起的土霧都消散了去，沈文戈仍看著一望無際的草原，心裡空空的。

是與送別父親、兄姊不一樣的難受，那是親人相別，這是……是與愛人分別。

年少時，她送尚滕塵，還帶著對未來的期許，半點不覺得苦，更發下豪言壯志，說要為他守好家裡。

可現在，她滿嘴苦澀卻無人能訴說，反而要將之隱藏起來。

柳梨川與張彥對視相看，剛想勸解一二，就見娜萌公主過來了，兩人齊齊重咳，喚回沈文戈的神智。

娜萌公主雙手抱著胸，張口就用吐蕃語對沈文戈道：「妳就是宣王口中那個喜愛的女子吧？妳的悲傷都要透過眼睛溢出來了！」

沈文戈尚且還能鎮定得住。

一旁同樣聽了個一清二楚的柳梨川與張彥，卻是汗毛齊齊立起！若被吐蕃知道沈文戈在王爺心裡的重量，定會拿她要挾王爺！兩人異口同聲道：「公主，開什麼玩笑！」

娜萌伸手將他們兩人推開，露出後面的沈文戈。「你們男的懂什麼！」她驕傲地揚著下巴，問她。「我說的可對？」

沒了王玄瑰，獨自一人在外的沈文戈，便又是那個無堅不摧的沈家七娘，她淺笑疏離地說：「不知公主在說什麼，我有些疲倦，便先走了。」她轉身，安沛兒自然跟上。

娜萌下意識伸手去拽她，被安沛兒眼疾手快地擋了回去。

沈文戈微微側頭，示意娜萌公主看向正與夏日吉贊交談未來生活的蔣少卿，然後對她道：「我乃陶梁使者，不是公主可以隨意欺壓的婦人，還望公主放尊重些。」

娜萌公主追了上去，半點沒將她剛才的話放在心上，根本不顧安沛兒的怒目瞪視，也不管柳梨川與張彥的阻撓，一把拉住了沈文戈，將自己的臂彎挎住她的胳膊上去。

「妳放心，我沒興趣將妳才是宣王心愛之人的事情告訴我阿爸，反正妳在這兒，宣王肯定不會跑的。」她將一張帶著雀斑、健康小麥色的臉湊到沈文戈眼前。「我就是好奇，我以為宣王走了，妳會哭哭啼啼、軟弱不堪，可妳怎麼都沒哭？」

沈文戈淡然地回望她。「我也很好奇，公主之前說要嫁給宣王，可面對妳猜測的宣王的心愛女子，怎麼半點都不生氣？」

娜萌拉著她，已經往回走出老遠，遠到夏日吉贊根本聽不清兩人在一起說什麼，她才揚著自己的下巴，神情有些落寞地說：「我又不喜歡宣王，也不過是因為他勇武了些，覺得要是嫁他也不錯，總好過阿爸將我隨便送出去聯姻。國家大事，怎麼就非得犧牲我們的婚姻？」

「公主，慎言。」

「慎言是什麼意思？」娜萌公主似是極喜歡她的寬袖，兩手擺弄了半天，聽她解釋完，恍然大悟道：「我又不傻！妳不是吐蕃人，妳往外說什麼，別人都不會信的。」終於捨得放下寬袖，在她面前伸出一根指頭說：「我有妳的秘密，妳便只能聽我說話，煩也得忍著。」

沈文戈看著這位自個兒裝熟的公主，將自己的袖子抽了回來。「那便過幾日，公主再來同我說話吧。」說完，她就帶著向王爺承諾過不讓她獨自一人出行而跟在她身後的柳梨川與張彥回了使館，向二人鄭重道謝。

二人連連擺手。

沈文戈說道：「不如我們從今日起，搜集些吐蕃歌謠、故事，若有文字就更好了，將其整理出來，帶回去又是一份資料。」

安沛兒聞言，摘下一只金鐲塞進沈文戈手裡。「娘子儘管做，我們買紙。」

柳梨川與張彥對視一眼，說道：「好啊，我們也正想將一路的見聞寫下來呢！」

待其餘使者哭喪著一張臉回來，覺得王爺走了，希望都沒了，還要苦兮兮做人質時，就見三人正在前廳振筆疾書。不誇張，他們看得髮絲都要豎起來了。

蔣少卿落後一步回來，看著三人點點頭，誇讚兩句，便讓所有人都入座，不給他們悲春傷秋的工夫，開始安排工作了。縱使王爺不在，使團也要幹活！

這番工作安排，以小組為劃分，每小組負責一項事物。專門對接吐蕃宮廷的，是老鴻臚寺官員們；負責對外宣傳陶梁的，是一組舌粲蓮花的年輕官員。

蔣少卿統籌負責整個使團，作決策、拿主意，這是更難做的活兒。

至於柳梨川三人，既然已經開始著手整理邏耶城內的歌謠、故事，那麼收集吐蕃情況與資料的活兒就交給了他們。

最重要的是，蔣少卿沒避著沈文戈，將她同等地看作使團的一分子，讓她與柳梨川、張彥組隊，獎懲均同樣。

沈文戈以往會道謝，可這次她沒有。她只是拱手，像是一位下屬，接過了長官發下的活計，並承諾一定會在兩位同僚的相幫下盡快完成好。

眾人看著她，覺得她有些不一樣了，更成熟穩重了些，又或者這就是王爺不在時，她的樣子？仔細一想，他們好像也是，王爺不在，自身當立。

使團們忙活了起來，而情緒低迷的金吾衛們便跟在他們身後，也不知道他們在幹什麼，反正跟著他們跑來跑去就對了。

天天忙乎著，日子好像也沒那麼難過了。

只要不出使館，身邊全是陶梁人，就沒有太多身處他鄉的寂寥之感。

各組齊頭並進，進度一騎絕塵，柳梨川都覺得自己已經把邏耶城能收集的故事全收集好了，身邊他整理成冊的書籍都摞了快到几案高。他甚至已經閒到開始教那些守著他們、負責他們安危的金吾衛說吐蕃語了。

負責他們這一小組的金吾衛，就是初入婆娑時一直恪守軍令，守在使團旁邊的四名金吾衛們，王玄瑰走前，特意撥到沈文戈身邊的。

金吾衛們平日裡並不願意學這些吐蕃話，可真的讓他們目光呆滯地一直待在使團旁邊，實在好無聊啊！學會了吐蕃語，他們出去也可以和人攀談兩句了。

於是一方有心學，一方有心教，進步飛快，教著教著，張彥也加入進來。

等娜萌公主藉口來送禮探望，抵達使館時，就見整個前廳書本亂飛，沈文戈埋頭一直寫著，她身邊幾個人就湊在一起說著發音不準的吐蕃語，偶爾沈文戈實在聽不下去了，就出言指點幾句。

關鍵他們這組竟不是最詭異和諧的，在他們身側，三位特意穿著陶梁官袍的年輕郎君們，正在背誦宣揚陶梁之威的稿子，時不時走來走去，同僚們還要模仿吐蕃人問話道：「據說陶梁美女多，是真的嗎？」

而對面蓄著美人鬚的鴻臚寺官員們原本正喝著茶，談論著要進行宮在夏日吉贊面前露露臉的事，突然看到她，就像狗子見到了肉包子，雙眼都亮了！

娜萌那隻將踏未踏的腳，遲疑地不敢落下去，她轉了一圈，將手裡的東西隨便交給一人，就想落荒而逃。

「公主留步！」發現她的鴻臚寺官員，一聲下意識的陶梁語喊了出來。

這一聲，沒叫住娜萌，卻將所有沈浸在自己世界中的使團眾人驚醒了，抬頭一看，就瞧見了後面彷彿有火在追，跑得飛快的娜萌公主。

柳梨川搖搖頭，對沈文戈道：「這公主怎麼就認準妳了，黏著妳不放。」

沈文戈放下筆，剛揉了揉自己痠痛的手腕，上面就被安沛兒放上了一塊熱毛巾敷著，她在嬤嬤的目光中討好地笑笑，這才回答柳梨川的話。「正如我們好奇吐蕃一樣，娜萌公主也好奇陶梁，而我是使團中唯一的女性，自然想通過我獲悉些信息，不必理會。」一如娜萌所言，她害怕她阿爸把她嫁到陶梁去，當然要對陶梁上點心。

「娘子，寫一整天了，休息會兒吧？」

嬤嬤都發話了，沈文戈哪敢不應？當即收了東西，跟著安沛兒返回房間。

吃食都已經備好了，全是安沛兒親手做的。至於其他人，不好意思，想吃陶梁菜，自己動手，實在不會做飯，那只能吃吐蕃菜了。

沈文戈感嘆道：「有嬤嬤在，可太幸福了！」

安沛兒為她盛了碗湯，看著她喝了下去。

沈文戈沒有悲傷得食不下嚥，她早就已經習慣了等待，可還是會思念。摸著自己脖間的玉牌，她喃喃自語道：「半月有餘了，也不知王爺現在走到了何處？可有進入婆娑？」

婆娑阿爾曼戒領地，四萬吐蕃士兵碾壓而下，幾乎不費吹灰之力就將連五千兵力都不到的領地占領了。

「你們做什麼？吐蕃要與婆娑開戰嗎？」阿爾曼戒領主被五花大綁，對著吐蕃士兵大罵，但吐蕃士兵們根本聽不懂他的婆娑語。他氣急，要求見這支軍隊的最高將領。

這回夏日吉贊專門為軍隊配置的翻譯，不敢當聽不到了。

兩側吐蕃士兵讓開道路，鐵鞭在地上拖出長痕，皮靴停在一丈遠的位置。

阿爾曼戒領主睜大了眼睛，駭得一下子跪在了地上。

王玄瑰嗤笑，用婆娑語道：「好久不見，阿爾曼戒領主。聽聞你說我們陶梁使者對你們意圖不軌，所以才反擊我們？」

冷汗唰地從阿爾曼戒臉上流出，他抖著嘴唇看著王玄瑰，一句話都說不出來。

王玄瑰好心地解釋道：「攻打你的領地，蓋因你婆娑顛倒黑白，平白誣衊我陶梁，這才借兵吐蕃。」

已經搜查過一輪的蔡奴低聲在王玄瑰耳畔道：「阿郎，全搜過了，沒看見我們帶來的珠寶，白銅馬車也沒瞧見。」

聽聞連白銅馬車都沒有，他手腕一動，鐵鞭揚起，捲住阿爾曼戒，將他拖到近前。

阿爾曼戒白色的褲子上沾染著泥土，與地面摩擦的地方開始滲出血來，幾乎被嚇破膽地連連求饒。

「說，我陶梁帶來的物品，你弄到哪兒去了？」

「神女城！我全部都交給了阿爾日輪王！別殺我！」鐵鞭再次縮緊，在阿爾曼戒以為自己逃不過時，鐵鞭驀地離身，連衣帶肉刮下一圈傷口來，他頓時哀嚎不已。

王玄瑰一抖鐵鞭，將上面的血肉抖淨，轉身望向看他的目光都有些恐懼的吐蕃士兵，將賀光贊叫上前來。
賀光贊這一路上被他操練，早就知道要忍了，問道：「宣王叫我何事？」
「叫大軍在此安營紮寨，明日一早，從阿爾曼戒領地直穿，去往神女城。」
「是！」

次日一早，大軍在領地內招搖走過，放肆談笑，毫無軍紀。
用出其不意的方式打下阿爾曼戒，漲了吐蕃士兵的士氣，也讓他們開始膨脹了起來。
王玄瑰全當自己沒看見。阿爾曼戒領地在婆娑最邊緣的位置，領地內的士兵有一小半都護送那十車珠寶去了神女城，這才容易攻下。
神女城的城外有一條護城河，是一條天然的保護帶，但如今冬季已至，河面即將結冰，神女城會在河附近增派人員守衛。
婆娑的軍隊，不是阿爾曼戒領地的士兵能比擬的，至少領地這兒可沒有象軍。
待大軍行到神女城附近，硬仗才要開始，屆時，自然能讓吐蕃士兵正視自己的實力。
鵝毛般的大雪紛紛揚揚，王玄瑰伸手接雪，握住落於手上還未化的雪，想起了沈文戈在雪夜抱著小小的雪團爬牆的情景，想起了她愛穿的白色裘衣，想起了她酒醉的依賴，想起了親吻時她閉眸嬌羞的模樣。他想她了。
身旁的岑將軍道：「這雪若是下一夜，河道定會結冰。」

王玄瑰回神。「全速前進，於今夜抵達河邊。」

大雪幫助四萬士兵遮掩了蹤跡，但行走在雪地間，饒是身體強壯的吐蕃士兵也吃不消。

但王玄瑰不發話，他們只能拖著沈重的步伐往前走著。

賀光贊怒氣沖沖地從後奔來，在他開口之前，王玄瑰先示意他向前看。

奔流不息的河水已經被雪給徹底覆蓋住了，河水將神女城與城外密林隔開，是以他們能輕易判斷出，那不動的白帶，就是被凍住的河水。

再向遠眺去，能夠看見豎立著的一個個尖尖房頂，是神女城。

他們走到了。

王玄瑰下令。「大軍停下整頓，天一亮就進攻。」而後他對賀光贊道：「既你不服本王的決定，這次進攻，便交給你。」

賀光贊握拳捶胸。「宣王放心交給我！」

岑將軍像看傻子一樣地看著他離去的背影，拎著阿爾曼戎領主過來。

在雪地蹭過的鐵鞭挨到皮膚上，能凍得人打一個寒顫，阿爾曼戎領主怕得連連躲避。

王玄瑰道：「到了需要用到你的時候了，你先過河，告訴對面你的身分，讓他們放你過去。你若敢跑、敢亂說，本王會一箭射穿你的心臟。」

阿爾曼戎沒有拒絕的機會，當天光放曉，他便一步三回頭地在王玄瑰弓箭的射程下，深一腳、淺一腳地過河了。河面徹底被凍結成冰，他還未行至半途，王玄瑰等人就看見河對岸果真有士兵在巡邏。一隊士兵長矛對著他，勒令他返回。他哪裡敢回？急著說明自己的身分，快速地朝河對岸跑過去。只要跑過去，他就自由了！就在他馬上要碰到對方的長矛時，就見一道鮮血噴灑在眼前，一支箭射穿了他的喉嚨，讓他還沒來得及說出「有吐蕃兵來襲」的話，就仰倒在河面上，激起一蓬雪花。

王玄瑰收箭同時，號角聲響起，賀光贊率領四萬吐蕃士兵衝了下去，聲勢震天。對面見勢不妙的婆娑士兵，紛紛警戒退後，喚了更多的人來。

眨眼間的工夫，四萬人全部過了河，往神女城逼近。

岑將軍摸著明光甲上的護心鏡，疑惑了一句。「就這麼攻進去了？也太簡單了點吧？」

蔡奴笑道：「阿郎、將軍，不如我們登高一看？」

王玄瑰頷首，帶著他們及金吾衛們上了一片高地。登高望遠，便見到四萬吐蕃士兵雖已到了對岸，可離神女城還有相當遠的一段距離。而此時從神女城湧出了一隊隊士兵，他們身穿盔甲，人人手中一盾一矛，那矛之長，讓岑將軍嘖嘖稱奇，該有三丈長吧？感覺兩個他之高都比不過啊！

只見他們八人一橫隊，最前方四排長矛水平放直，直指對面的吐蕃士兵，從第五排開始，長矛逐漸上移，形成一扇形，最後長矛指天。這要是兩軍交戰，還不把人捅成篩子？

果然賀光贊緊急讓大家停下，沒有貿然地衝上去。他命自己那一萬弓箭手向前，朝婆娑士兵放箭。

箭雨一下，婆娑士兵手中的盾牌便派上用場了。所有士兵紛紛緊湊挨著，單膝跪下，最前方的盾牌狠狠戳到地上，護住整個身體，後排士兵將盾牌舉起，盾牌與盾牌間嚴絲合縫，側面同樣護住。

如此密不透風，箭雨掉在上面，沒能傷到婆娑士兵一分一毫，反而浪費箭。

賀光贊騎虎難下，如今兩方軍隊距離頗近，已不能派出騎兵衝鋒，根本衝不起來！步兵上前，只會喪命於對方的長矛之下，而射箭又沒用！現如今只有硬闖一條路，但他吐蕃士兵，會有多少喪命？就在糾結之時，鳴金收兵的號聲響起，林中黑色旗幟顯眼，他喝道：「撤！」

四萬吐蕃士兵，出去時有多士氣高昂，回來時就有多像喪家之犬。

王玄瑰手上換了一把長矛，冬日鐵鞭笨重，還凍手，他不愛用，此時他揮著長矛耍了一套。

裂空聲響在賀光贊耳中，讓他面上青一陣、紅一陣的。「抱歉，王爺，我們輸了。」

岑將軍插嘴道：「你們何止輸了？根本連打都沒打起來好嗎？」

吐蕃翻譯面露難色，在賀光贊的瞪視下，將之翻譯了出來。

賀光贊面露慚愧，手抵右胸道：「神女城的婆娑士兵，比我想像中厲害許多。」

王玄瑰手中長矛一擲，插進雪堆裡，說道：「神女城是婆娑都城，守衛力量自然厲害得多。」

賀光贊凍得鼻頭都是紅的，瞅著竟有點小可憐的樣，之前的趾高氣揚不服氣，被這一場還沒打的戰役給弄沒了。「宣王，我們該怎麼辦？」

王玄瑰是想讓他們不盲目自信，在戰場上喪失了性命，可不想讓他們一個個失去士氣，遂道：「你可知他們剛才的陣型叫什麼？」

賀光贊和其餘幾位吐蕃將領們交流了下，竟沒一個人認識。

哈出的氣就在眼前散去，王玄瑰挑眉，忘了，這一批四萬士兵，都是青壯年居多，哪裡參加過十多年前吐蕃與婆娑之間的戰役？夏日吉贊這隻老狐狸，還想讓他順便幫忙練個兵。

王玄瑰在一塊平整的石頭上攤開羊皮紙，上面赫然是他剛剛畫下的婆娑士兵，看著真是一模一樣。

哪怕是再看一遍，岑將軍也想讚嘆王爺的能耐。

王玄瑰手點在婆娑士兵手上拿的長矛和盾上，說道：「此方陣，名叫馬其頓方陣，是由更遠處的西方國家傳入，而後被婆娑學習。可以說，這麼多年來，婆娑一直靠著能守能攻的馬其頓方陣所向披靡。但這個方陣，不是沒有弱點的。」

賀光贊著急問：「是什麼弱點？」

王玄瑰指著方陣側翼說道：「這裡便是最薄弱的地方。你們想想，你們對陣的時候，是不是正面看去，長矛寒閃，但側面空空如也？」

「對！我怎麼沒想到？剛才就應該從側方攻擊的！」賀光贊大聲道。

王玄瑰睨了他一眼。

岑將軍發問。「這麼明顯的弱點，他們怎會不補足？」

王玄瑰回道：「最開始，婆娑有一支騎兵，專門守在側翼，可以說是如虎添翼。但可惜，婆娑人不擅養馬，覺得養馬的花費還不如培養一支象兵合適。可象兵笨重，不可能充當側翼，因而，這裡便漸漸空懸出來。」在賀光贊等一眾將領佩服的目光下，他繼續道：「所以我們可以專門針對側翼進行衝鋒，與此同時，為了讓他們收了長矛，箭雨要最先發射——」

「好主意！王爺，是我賀光贊之前錯怪你了，你厲害！」

王玄瑰的戰術佈置，被賀光贊一嗓子給打斷了，他沈沈吐出一口氣，才又繼續為他們講解起來。

四萬吐蕃士兵已經在神女城面前出現過，也就沒有遮掩的必要了，他們就和婆娑士兵隔河相望，誰也沒有輕舉妄動，就看誰最先堅持不住了。

河對岸就是吐蕃士兵，神女城先受不住了，他們派了人陣前喊話，詢問吐蕃為何撕裂盟約？

岑將軍問：「王爺，我們可要也喊一嗓子，回覆回覆？」

王玄瑰背著手望著河對岸的婆娑士兵。「不必，在這個時候喊話毫無用處。」

當晚，神女城下令，趁吐蕃士兵熟睡之際，過河騷擾。

然而吐蕃士兵們一個個精神抖擻，他們在白天補足了覺，就等著對方過來呢！

當下一輪箭雨就射了過去，將他們逼退回去。

可惜河上冰太厚，不然將冰砸裂，也能讓這些婆娑士兵在冬日寒水中泡一泡。

黑夜中，沒有火就寸步難行，河岸兩方靜待金烏升起。

當第一縷陽光穿透雲層時，他們紛紛動了。

號角聲響起，吐蕃士兵們過河，王玄瑰緊隨其後，策馬跟隨。

婆娑士兵的馬其頓方陣再次出現，紅旗升起，號角聲變調，弓箭手就位，在賀光贊的號令下，箭雨噼哩啪啦地射在對方的盾牌上，而後騎兵從兩側過河，直奔婆娑士兵的側翼攻去，為防止箭雨誤傷，弓箭手撤退，騎兵扎進他們的側翼中。

婆娑士兵手中長矛太長，不好調轉方向，只能死死頂住盾牌，任馬蹄踐踏也不鬆手。

這時，河邊金吾衛推著絞車弩就位，王玄瑰立在他們身邊，一聲「放」，數十根巨大弓弩便裹挾著破空聲而去，沒給婆娑士兵任何反應的機會，落於他們中央位置。盾牌猶如薄紙一般脆弱，根本不能抵擋，只能任由弓弩掀翻最脆弱也最不堪一擊的中間士兵，每一根弓弩都能串起一串人來，像是猛獸進入羊群，伸出自己的獠牙，剖開了羊兒最柔軟的腹部，鮮血淋漓。

這變故，不光婆娑士兵沒反應過來，就連吐蕃士兵都被這殺傷力強大的絞車弩驚愣了。

王玄瑰一聲「再放」，絞車弩直直射向最前方的婆娑士兵，直接撕裂開一道口子，讓吐蕃步兵可以無懼而入。

馬其頓方陣運用得好，被捅成篩子的就是敵方，可一旦讓人撕開個口子，前後左右無法動彈，崩潰只一瞬間。

最後方的婆娑士兵轉身就跑，王玄瑰下令不許追擊，只專注斬殺他們眼前的人。

白雪已經變成了紅雪，這一戰，至少消耗了對方出來的一半士兵。

命吐蕃士兵撿拾掉落在地上的長矛和盾牌，向著神女城前進，而後將之圍困起來。

直到此時，王玄瑰才命人向神女城喊話。敗者沒有交談的權利，而現在他們勝了，自然也就有了。

「茲有陶梁使團出使婆娑，卻被攔路搶劫，九死一生，方才借兵吐蕃，攻打婆娑。現命爾等速速交出搶奪的陶梁物品！」

聲音隨著號角聲，響徹神女城的每一個位置。

什麼？吐蕃來打他們，是因為他們搶了陶梁使者？誰搶的？腦子進水了嗎？陶梁也敢惹！瞧瞧外面的絞車弩，看看外面的吐蕃士兵！

岑將軍縱馬歸來。「王爺，查探過了，神女城就這一個城門。」

王玄瑰頷首，命人將射出的弩箭悉數撿回，吩咐道：「就在這裡安營。」

一頂頂帳篷被紮起，他們將神女城困了起來。

吐蕃邏耶城使館中，前廳空無一人，可廚房卻熱熱鬧鬧，擠得幾乎要進不去人。

擇菜的、切菜的、燉魚的、做糕的、熬湯的……大家在灶臺前大展身手，這個時候沒有男人女人之分，也沒有官爺之分，有的只是在異國他鄉，懷念著家鄉食物的陶梁眾人。

安沛兒的聲音在人群中響起。「菜要做好了，快去將前廳收拾出來！」

「哎！」幾個金吾衛跑去前廳收拾，又從使臣屋中搬了許多几案過來。

帶著一身風雪的蔣少卿來到廚房一看，人太多，便不擠了，笑著道：「贊普送了我們兩隻羊，誰去將牠們處理了，也嚐嚐烤全羊的味兒。」

立即便從廚房中衝出幾人。「我們來、我們來！蔣少卿去歇著。」

「慢著、慢著！」蔣少卿看他們毛毛躁躁的，接著說道：「我還帶回了十幾罈子的馬奶酒，也給大夥兒分了。」

「是！」

使館中不止一處小廚房，眼前這個廚房是平日裡鴻臚寺官員們會用的，金吾衛還有他們的廚房，此時那裡也在熱火朝天地做飯。

蔣少卿背著手，在使館外面轉了一圈，讓守門的金吾衛進使館來，將使館掛上鎖，又用東西擋了，而後逐個地方走了一遍。曾在婆娑一戰受了輕傷的金吾衛，如今都已經生龍活虎了，他囑咐道：「可萬不能喝醉了，點到為止。」

金吾衛們拱手道：「蔣少卿放心。」

「好好！」他又去了還躺在床上、無法移動的金吾衛們的屋子，跟他們說了好些話。將所有的事情都安排好了，蔣少卿才又折返回廚房，正見柳梨川端著條蔥醋魚從廚房中出來，他趕緊幫忙搭手。「來給我，你進去忙。」

「好咧！」

吐蕃可沒有分食制，大家都是一桌子吃飯，因而裝魚的盤子也極大。蔣少卿捧著魚回到前廳，細心地將之分切，落於每個人几案上的碟中。

之後陸陸續續有人端上大肉丸子西江料、花朵形狀蒸糕的七返膏、上部為火焰形，下部似小盞狀的糕點火焰盞口縋。

外面的烤全羊也好了，給他們送了一隻羊腿加半扇羊排進來，大家歡呼，趕緊將之分了。

安沛兒又捧著一盆兔肉羹來，另加一道燉的雞肉，菜就齊全了。

眾人紛紛落坐，圍成一圈。

蔣少卿起身端起馬奶酒。「祝諸君新年快樂！」

所有人端起杯盞道：「祝蔣少卿新年快樂！」

蔣少卿嘆道：「縱使我們身在吐蕃，但牽掛家中的心不變，新年將至，我知道諸位這一路走來甚是辛苦，此處敬大家一杯。」說完，他一飲而盡。

眾使團成員也均喝了下去，沈文戈也不例外，甚至與安沛兒對視一眼，覺得這馬奶酒很是香甜。

「我就不多說什麼了，今兒是年三十，大家一起守夜！」

歡呼聲響起，蔣少卿落坐，大家也不秉持什麼食不言了，邊聊天邊吃著飯。

突有鴻臚寺官員端著馬奶酒來到沈文戈面前，她趕緊拿起手邊杯子，只聽對方道——

「七娘，我為自己曾對妳有過偏見而羞愧，望七娘能原諒一二。」

「這不算什麼，何談原諒？」

「七娘妳這話說得不對，他既誠心道歉，妳當接著。」

柳梨川說完這話後，眾人便七嘴八舌道——

「七娘可是讓我們大開眼界了！」

「還有什麼事情是七娘做不到的？七娘竟還會做飯！」

「七娘如今正在寫的《使團見聞錄》，諸位可觀過？寫得非常好！」

蔣少卿跟著點頭。「確實不錯。」

沈文戈便站起身道：「謝過諸位誇讚。」

「哎哎，坐下坐下！」蔣少卿向她點點手指。

沈文戈便坐了下來。

席間杯盞交錯，柳梨川喝多了，想念起遠在長安的妻子，被人問道，為何與妻子感情這般好？

他傻笑道：「你們不知道，我與夫人那是青梅竹馬、兩小無猜。」聽到眾人噓聲響起，他不好意思地捂臉說：「我與夫人情投意合，奈何家中貧困，身無功名，我夫人一直等著我。我在離開家鄉上長安求學時，你們猜，我囑咐我父親和母親什麼話？」

沈文戈問道：「何話？」

「嘿，我跟他們說，只要一收到我高中的消息，別管中了第幾，也別急著慶祝，趕緊先去提親！」

眾人「哎呀」地笑出聲，紛紛碰杯。

沈文戈飲下杯中馬奶酒，甜膩的酒順著喉間流進去，她呼出一口酒氣，對著柳梨川道：「祝柳兄與嫂夫人幸福圓滿。」

柳梨川喝得眼睛都迷離了。「收下妳的祝福，我也祝……嗝，妳和王爺，幸幸福福！」

萬幸大家都在熱火朝天地聊著，沒人注意到他這句話。

沈文戈招呼人將他扶回房間去，自己坐回位置久久出神。王玄瑰承諾過，會回來和她一起過新年的，可他到現在都未歸。她垂首，傷感便從身上溢了出來。

安沛兒拍拍她的背。「娘子，再吃些。」

「好。」

可席間的歡樂，好似離她遠去了，她孤零零地坐在這兒，等著今夜可能不會出現的人。

外面的星子綴滿整片天空，沈文戈和安沛兒叫人將喝醉了的使臣們一個個送回自己房屋。說好要一起守歲的，結果全喝醉了，好在金吾衛們尚且清醒，不然她們兩個還真沒辦法。

沈文戈並不想睡，跟著金吾衛將一片狼藉的前廳收拾出來。

夜已深，她仰頭望著閃亮的星辰。沒等回王玄瑰，只等來了新的一年。

「嬤嬤，新年快樂。」

安沛兒心疼地說：「娘子，新年快樂。我們回屋吧，阿郎今日恐怕不能歸了。」

沈文戈失落地垂下眼瞼，新年至，他未歸。

也不知他如今是否安全？是已經返程了，還是仍在婆娑？又有沒有受傷？

她順走了一罈馬奶酒，打算讓自己醉睡過去。當真是，異國他鄉遇新年，多寂寥。

「阿郎，新年了，你也吃些東西。」蔡奴捧著一碗稀湯來到王玄瑰跟前。

王玄瑰接過碗，只要想到新年了，他卻還在這兒守著，他這滿身的火便都沒處發。他食言了，沒能趕在新年前回到邏耶接她，如何還能吃得下去？

可吃不下也得吃，他將稀湯一飲而盡，舔舔嘴唇，便碰到嘴上因上火而起的泡。

蔡奴趕忙道：「阿郎，別舔，又該出血了！」

王玄瑰不耐地瞪視他。

蔡奴給他披上皮子。「阿郎，莫急。」

他如何能不急？自攻打過來，就一直圍困神女城，但不管他們如何攻城，神女城都龜縮不開，他看乾脆改名叫烏龜城好了！

如今神女城在等待四大天王的救援，城中糧食恐怕不足了，但己方的糧草也要告罄了，就看誰能耗得過誰了。

然而，王玄瑰最擔心的事情還是發生了。

大地顫動，他們仰頭看去，便瞧見了揚起鼻子幾乎跟樹一般高大的大象，每頭大象身上還馱著三個士兵，一人控制大象的方向，兩人手拿兵器。

吐蕃士兵瞠目結舌，吞嚥口水的聲音相繼響起。

是天王來援助了！

王玄瑰一聲令下。「所有人，撤到河對岸！」

他們收拾好帳篷，瘋狂往河對面跑去。

賀光贊喊道：「這是什麼東西？怎麼這麼恐怖！」

岑將軍吼道：「是婆娑的象兵！」
這種象兵是最難打的，刀劍在牠身上很難砍出傷口，上面的士兵又不方便攻擊到。象鼻還能當作武器，捲起一個士兵往地上一摔，再一踩，一條生命便能逝去；又或者捲起人來送到背上，由背上的士兵殺之。總之，難纏得很！
他們氣喘吁吁地跑到高坡之上望去，象兵沒有過河，似乎是大象不願意過來。再一數，讓人眼前一暈，足足有五千頭！
「王爺，所有絞車弩均已調適完畢！」
「王爺，所有箭頭均已沾上火油！」
「王爺，所有鐵甲步兵就位！」
「王爺，所有弓箭手就位！」
「王爺，所有騎兵就位！」
王玄瑰望著對岸肆無忌憚的象兵，冷笑一聲。「既已全部準備完畢，那便開始反攻！」
震耳欲聾的「是」字響徹在林間，驚起一群鳥來。
耀眼的橘紅色火焰轉瞬間就將沾上火油的箭頭點燃，王玄瑰舉起黃色小旗，一揮而下，全部進攻的號角聲瞬間響起。
穿透力極大的弩箭，帶著上面熊熊燃燒的火焰，直入象兵內部，「噗嗤」地扎進體型笨重、無法移開的象身上。

火焰灼燒著身體，弩箭深深刺進皮膚，大象痛苦的哀鳴聲驟起，不再聽上面的士兵指揮，頓時亂轉起來。

王玄瑰喝道：「就是這個時候，放箭！」

弓箭手向前衝出，於河中間的位置舉起掛著火油小囊的箭，「嗖」的一聲，漫天箭雨看似毫無目標地射了出去，隨便落在一個地方，火油小囊破裂，火油溢出。緊接著，二隊弓箭手就位，每一支箭頭上都燃燒著火焰。

沾著火焰的箭雨射出，不提大象連連躲避，互相用身體推搡，只說那箭落於某一地方，之前灑上的火油就立刻發威，轉瞬間，形成一片火海。

大象恐懼的嘶鳴聲更甚，前方的大象轉身朝後跑去，後方的大象還不知發生了什麼事，迎面撞上牠們，頓時亂作一團。

能聽見婆娑士兵大喊的聲音，但隱沒在嗖嗖箭雨聲下。

燃燒的火海映在王玄瑰眸中，就好似他那隱藏多時的怒火，在這一刻全然爆發了出來。

「過河！」

「所有絞車弩再放！」

「騎兵做好準備繞後包抄！」

「鐵甲步兵朝前推進！」

絞車弩開道，後方鐵甲步兵專找從象身上掉落的婆娑士兵，一擁而上，直接扎死。

騎兵以最快的速度攔截後方象兵，他們每人馬上帶著一位弓箭手，便又是火油和燃燒著的箭雨紛紛而下，一片火海阻了象兵的路。

號角聲再次響起，是將所有象兵趕去神女城的攻擊號角。

「上！」岑將軍扯著嗓子喊：「都給老子把牠們趕去神女城！」

絞車弩成功繞至象群後方，王玄瑰下馬親自點燃弩箭，照著象群屁股射出，頓時又驚了象！

左右兩方均是讓牠們恐懼的火海，後方又有絞車弩的火箭時不時射出，牠們唯有拚了命地往神女城的方向跑去。

數千頭的大象全速朝同個地方奔跑，會發生什麼事？

轟隆！象擠象、象推象，最前方的大象被擠著，活生生用自己的身體撞開了神女城的城門！有了出口，大象們蜂擁而上，只見煙塵四起，整座城牆被撞得坍塌了。

「我們跟上！」王玄瑰眼神冷凝，率人進城。既然他們打不開這城門，就讓對方親手培養的象兵來撞開。

「是！」

神女城城中慌亂一片，大象四處亂竄，撞倒無數房屋，不少百姓紛紛在窗戶上懸掛白布，示意投降。

整城的人，除了阿爾日輪王和趕來營救的南天王，紛紛投降，以盼不殺。

城中慘狀，讓那些本還想搶一波的吐蕃士兵都不忍心了。

王玄瑰下令道：「進城者，不許搶城，違者軍令處置！」

「是，王爺！」

馬蹄聲響在每一位神女城驚懼的百姓們心中，吐蕃士兵長驅而入，徑直殺進阿爾日輪的宮殿。

油畫、蠟燭、猩紅地毯，金碧輝煌的溫暖宮殿中，王玄瑰再次握上他的鐵鞭，地毯吸走了他的腳步聲，卻擋不了鐵鞭的嘩啦聲。

鐵鞭觸上走廊上擺放的物件，瞧他發現了什麼？他們陶梁的青瓷及白瓷、他們陶梁的名家字畫、他們陶梁的山水盆景……

巨大的花瓶被擊碎，王玄瑰皮笑肉不笑地看著躲藏在其後的新王阿爾日輪，說道：「終於見面了。」

阿爾日輪王雙目瞪圓，看著那還在滴血的鐵鞭，上面還有些許肉末，頓時兩眼一翻，暈了過去。

王玄瑰嫌棄地用鐵鞭捲住他。

第二十六章

在吐蕃邏耶城，到處都充滿了牛羊哞哞咩咩的聲音。

春日的暖陽下，來邏耶路上的雪已經化了，熬過了一個寒冬，各部落的人紛紛趕來邏耶城交換物資。

蓬勃的生機從往來的每一個人身上迸發而出，是使團從沒見過的盛景。

張彥正在用眼記，他要將這幅畫卷牢牢記住，回去好畫於紙上。

柳梨川與沈文戈在同來到邏耶城的人交談，詢問他們部落的情況，由柳梨川記在腦子裡，回去後再悉數整理出來。

三人從使館一路朝下往城外走去，邏耶城沿山而建，山腳城門處才是最熱鬧。

突地，沈文戈停下了步子，手中汗巾墜落，被風颳得一路朝前滾去。

柳梨川抓著一把奶乾，邊嚼邊問：「七娘怎麼了？」

那汗巾如被捽得暈頭轉向的藍色花朵，穿過人群，被剛剛下馬的人截住撿起。

他一身張揚的紅色大氅，氅邊繡著一圈他喜歡的黑色兔毛，修長的手指抓住兜帽掀下，露出那張她百般思念、雖瘦削卻仍豔麗得令人著迷的臉。

丹鳳眼挑起，眼下小痣終於活了過來。

他用深邃的目光望著她，向她張開了雙臂。

沈文戈眸中泛起淺淺一層水霧來，提起裙襬朝他奔去。

柳梨川伸手，連她寬袖的一角都沒碰到。「哎？七娘做什麼去？」

張彥戳戳他的胳膊。「看！」

只見沈文戈穿過人群，彷彿穿過了萬水千山，來到他的面前，用盡自己全部的力氣撲進了他的懷中。

紅色大氅向後揚起，在空中開出半朵花兒來，又輕輕落下，將兩個人盡數包裹住。

她死死勒住他的腰，將自己貼在他身上，睫毛眨動，如蝶翅搧動翅膀落下細密的鱗粉，她將臉頰上的淚水貼在他的衣上，一時間泣不成聲。

王玄瑰滿足地喟嘆出聲，伸手將她擁進懷中，將臉放於她的頸邊，蹭著她的白色兔毛圍脖。「抱歉，本王食言了，本來說好要與妳過新年的。」

「我以為你出事了，我都想與嬤嬤脫離使團，去找你們了。你再不回來，山上的雪都要化了……」埋怨的聲音中帶著哭腔。

「本王這不是好好地回來了？」他在她髮絲上輕吻，如岩漿般湧動的心，在見到她的這一刻平息了下來，可熱度不散，依舊灼得他連呼吸都是燙的。

以往，不管他去哪兒，站在門口等他回來的只有嬤嬤，可如今，多了一個她。

她是他的，他也是她的。他多了一個害怕他出事，會想他、念他的人。

他不再是孤身一人了，他有聖上、蔡奴、嬤嬤般的親人，有陪在身邊定會成為愛人的她，他還有……目光看向跟在沈文戈身後，你捂我一隻眼、我捂你一隻眼的柳梨川與張彥，他還有使團這些友人。

他便也狠狠地擁著她，聽著她的啜泣聲，心疼了，又不捨得拉開她。他低頭用乾燥、滿是繭子的手，溫柔地替她拭淚。

滑嫩的臉蛋能清晰地感受出他手上的硬皮刮臉，她從他懷中退了出來，瞪了一眼還想將她擁回去的人，瞪出兩行淚來，然後捉住他的手，仔細查看著。

原本修長好看的手，此時細細小小的傷口無數，手背上還有凍瘡。

一個出行總喜歡坐馬車、家裡極奢侈的王爺，怎麼搞成了這個樣子？

熱淚滴下，落在他手上，也落進了他心裡。他安撫道：「小傷，本王受過比這個還重的傷。」

沈文戈猛然一驚。「你還有哪裡受傷了？身上可有？」說著，她伸手摸了上去。此時再一摸，便覺得他真的瘦削了許多。

他擒住她亂摸一氣、已經在腰上轉了幾圈的手。「沒受傷，真的。」

她吸著鼻子，人回來了，她的心也就跟著安定了下來。獻寶一樣，她從荷包中掏出一個用兔毛戳出來的小雪團。「你瞧，嬤嬤送我的，你都沒有。」

他將小雪團捏起，揉了一把，在她被淚水洗過、晶亮的眸光中，伸手拔下了她的髮簪，準確無誤地撈起髮髻上的髮帶。青絲垂落至腰際，他在她不解的目光中，低聲道：「妳可知，本王去婆娑最後悔的事情是什麼？」

她搖頭，有風吹來，青絲揚起，她微微閉眼，再睜開，他張著手在她眼前，掌心上還有她綴著珍珠的藍綢髮帶。

「本王最後悔的就是，讓妳等本王歸來再回禮。當時便想著，哪怕本王帶著妳的髮帶都能一解相思之苦。」

沈文戈望著他，心軟得一塌糊塗。他總能用最直白、最真誠的語氣打動她。

「妳可願給本王繫上？」

她執起髮帶，在他手腕處繫了三、四圈後，輕輕打了個結，藍色髮帶便那麼突兀又融合地在他護臂下露出一角。接著便握著他的手，用一種讓他心顫的目光望著他。

「咳咳咳！」三聲極重的、故意的咳嗽聲響起。追趕著王玄瑰回來的蔡奴，已經在城門口候了好一會兒了，見兩人還自顧自說著話，趕忙提醒，擋路了。

沈文戈向蔡奴行禮，臉上展露真誠喜意。「公公。」

「哎，娘子。」蔡奴牽著馬走到兩人身邊，三人一起往路邊讓著，他對王玄瑰看似抱怨，實則是說給沈文戈聽。「阿郎也真是，臨近邏耶，便著急脫離大家，連夜疾馳飛奔而來。哎喲，奴這把老骨頭，為了追阿郎，都快散架嘍！」

沈文戈牽著王玄瑰的手，搖晃著問：「王爺騎行了多久的馬兒？」

蔡奴搶話道：「娘子妳算吧，按照後面人的腳程，得比阿郎再慢三天才能進城。」

王玄瑰挑眉，瞪了蔡奴一眼。「閉嘴。」

沈文戈抿唇笑了。

蔡奴攏著袖子，一副已經得逞、不再說話的樣子。

見蔡奴都出現了，柳梨川與張彥也帶著人過來了。

看到他二人出現，王玄瑰乾脆索利地就將手給抽走了。

手上空盪盪的，沈文戈愣了一瞬，又循著他撤回的路線，將他的手重新牽上了。

今日王玄瑰可戴著護臂呢，什麼都遮不住。他側頭看了她一眼，她不光牽上了他的手，還大膽地在他們面前，與他十指緊扣了。

王玄瑰去婆娑的這段日子，足夠讓沈文戈獨自一人冷靜思考兩人的關係了。

她的和離身分、他高攀不起的王爺身分，她與他相同的、不受控制亂跳的心。

他的離開，彷彿將她那顆心也給帶走了，午夜夢迴、輾轉反側，她清晰地知道，對他的思念超過以往。她克制著自己，讓自己忙碌起來，只是為了不那麼想他。

用旁觀者的角度審視他二人，她發現，她不想要冷靜了，她只想牽住他的手，那便牽住吧！

她嘴角翹起笑容，對著柳梨川與張彥道：「柳兄、張兄，王爺回來了！」

柳梨川與張彥瞄著他二人交握的手，對視一眼後，拱手道：「王爺，您可回來了！」

這熟悉的句子，讓王玄瑰忍不住眉梢一跳。

沈文戈輕笑出聲，就聽兩人一連串的問話——

「王爺您可勝了？」

「怎麼就您和公公兩個人？」

「他們人呢？」

「王爺您不知道，自您走了之後，那個娜萌公主總來使館尋七娘。」

而後一行人往使館走去，蔡奴便一一回答著他們的問題——

「勝了勝了，大家都在後面呢！」

「王爺這兩天先不面見贊普，等所有人都到了，再去行宮，大家都別聲張。」

可等到了使館，見到王玄瑰出現的那一剎那，所有人安靜了一瞬後，便齊齊爆發出震天的掌聲與歡呼聲。

「王爺，您可回來了！」

王玄瑰終究還是先去面見了夏日吉贊，將婆娑一行所發生的事情一一告知。

他與吐蕃士兵未來不會有任何交集，便將戰時幾個將領的表現說了。至於具體某個吐蕃士兵的功績，自有各將領負責統計。

兩人相視一笑，一個誇讚對方英勇能幹，一個說兩國友誼常在。

待他回了使館，面對的就是上上下下急急忙忙、亂成一團的使團成員。

王爺都回來了，他們可以回家了啊！快快快！走走走，收拾行李啊！

啪！柳梨川腳下一個沒注意，摔到了地上，給王玄瑰行了個五體投地的大禮。

王玄瑰挑眉。

在他危險的目光下，柳梨川趕緊收拾好散落一地的書本，對王玄瑰傻笑。「王爺，我們什麼時候走啊？」

「不急。」王玄瑰話一出口，所有忙碌的人都呆愣了，哀怨地看著他。

急的啊，我們都出來快一年了，歸心似箭啊！王爺難道又要出兵？不要啊！

王玄瑰一個個看過去。「你們真的是，都敢瞪視本王了？」

蔡奴扶起還在地上的柳梨川，見他磕得不輕，趕緊扶他坐下，這才對大家說：「王爺的意思是，要等吐蕃軍隊回來後，方才能返程，我們帶的東西，可還在後面慢慢走著呢！」

啊，你要這麼說，那沒事了！所有人放心了，但著急收拾的手不停。那也很急啊，剩沒幾天了！

「都停停，本王有話說。」

大家的心再次提了起來，只聽他道——

「我們帶的十牛車東西，只尋回了六輛，本王會將它們獻給贊普，作為本次戰爭損耗。」

這很正常，不管是出於兩國友誼方面考慮，還是答謝贊普慷慨出兵，都是應該的。

王玄瑰接著說：「出使一路，諸位辛苦了，尤其在本王征戰期間留守吐蕃，是以本王特意留下了一箱珠寶首飾，分給大家。」

他們瞪圓了雙眼，不敢相信自己聽到了什麼。

要給誰？給我們嗎？所有人都有份嗎？

蔡奴道：「王爺將那一箱珠寶記錄為在婆娑的失蹤物品，但出使時在長安已記錄在冊了，因而你們不能帶回長安，需在邏耶城將其換掉。不管你們是換成金子還是邏耶特產，總之，使團裡每個人都有份！」說著，他讓幾人上他屋中，拎出了四個袋子。

四個布袋被一一打開，珠寶們閃瞎了眾人的眼。

蔡奴說：「來吧諸位，排好隊，把門關上！」

「謝王爺！」

「等等，先別急著謝王爺。」蔡奴笑著看向王玄瑰。「阿郎，快說啊！」

王玄瑰便頷首道：「本王打算明日帶你們去雪山上看寒潭，所以停一停你們收拾行李的手，先準備明日雪山遊玩的吃食。」

排在第一位要挑珠寶的柳梨川，激動道：「是那個雪山山巔上的寒潭？不是說不對外開放，隨便讓人進嗎？」

蔡奴給他尋了一條珍珠鍊子、一只碧玉手鐲，聞言笑說：「自然是王爺為你們求了贊普，贊普特許我們明日過去，還說給我們一頭氂牛拉車。」

滿院子的人都興奮起來了，齊聲道：「謝王爺！」

排在柳梨川後面的人戳著他的後背催促道：「你快點，領完我們好去收拾東西！」

柳梨川接過蔡奴為他挑的東西，拱了個手，磕了的腿也不疼了，手也不痛了，風風火火地跑廚房去了。

整個使館熱熱鬧鬧，宛如上次過新年。

東西自有蔡奴為大家發放，王玄瑰便親自去了蔣少卿房中。知他不好意思同外面的人爭搶，王玄瑰親自送他一匣子珠寶，鄭重道了謝，這才去尋沈文戈。

可沈文戈房門緊閉，他站在外面半晌，也只得到安沛兒的喊聲——

「阿郎你先去忙，娘子現在不方便！」

王玄瑰「嘖」了一聲，手中的鐲子還送不出去了！

作為王玄瑰的嬤嬤，安沛兒早就知道明日去寒潭的事情了，如今正忙著給沈文戈挑衣裳。

據已經換了兩身衣裳的沈文戈目測，至少還有五身衣裳等著她換。

房門一響，知道王玄瑰在外面等著，她便有些急。「嬤嬤，我覺得昨日那身紅藍團花的裙子就挺好看的。」見安沛兒抬眸看了她一眼，她又道：「不管哪身衣裳，煩請嬤嬤明日都替我梳兩條髮帶繫上。」

知道知道，嬤嬤她眼睛沒瞎，昨兒就看見了阿郎手腕上的藍色髮帶了！聞言說道：「娘子放心便是，來，穿一下這條黃色的。」

等沈文戈好不容易試完了所有衣裳，就見安沛兒突然一拍腦門。

「忘了忘了，我得先去問問蔡奴，阿郎是否找回他的出使衣裳了！」

蔡奴回道，白銅馬車雖沒找到，已經被拆了，但阿郎與娘子的衣裳卻是整整齊齊擺放在木箱中的，動都沒被動過。

據問過的阿爾日輪新王所言，給他上貢的東西太多了，他更喜歡陶梁的瓷器與山水字畫，這些不合身的衣裳，他直接讓人放了起來，打算日後賞人的。

而這種隨時要換洗、貼身穿的衣裳，蔡奴怎麼可能放在大部隊中不先帶回來呢？

這可不是巧了，出使的衣裳，安沛兒可都是特意花了心思帶的，全部都是和沈文戈的衣裙能呼應的！於是，她便一人給挑了兩身顏色相近的紫衣來。

結果換了一圈，最後決定要穿新衣的沈文戈很是無語。

次日，所有人頭戴幃帽，圍在車旁，偷偷往吃食下面放東西，還有專門放風的。

「你們快點，別讓王爺發現了！趕緊藏好了！」

「你小點聲！」

「一、二、三、四、五，夠不夠啊？」

「夠了夠了，快些蓋上！」
「等等！碗，碗還沒裝呢！」
「快點！哎呀，王爺出來了！」
「放心裝，王爺才不會過來呢！」
王玄瑰大大方方地牽著沈文戈的手走出來，親昵地為她調整幃帽，畢竟要去的是雪山，長時間看雪，容易眼盲。
眾人牙酸地看著兩人，在蔡奴和安沛兒一前一後拎著東西過來時，積極地跑上前去。「東西給我們就行，我們裝，嬤嬤與公公去陪王爺。」
蔡奴與安沛兒互相看了一眼。如此殷勤，非奸即盜，定是有事瞞著他們！抽抽鼻子聞到了些味道的兩人，默契地離去，當作自己什麼都沒發現的樣子。罷了，之前大家心中的一根弦繃得那麼緊，如今馬上就要離開吐蕃了，就讓他們鬆快鬆快吧！
一路上有人引吭高歌，被蔡奴制止，正爬山呢，也不怕自己上不來氣！大家嘻嘻哈哈地說自己身體好著呢，在邏耶待了小半年了，都適應了！
「那也不行，在雪山上禁止大聲說話，會震落山頂積雪，雪一旦下滾，後果不堪設想。」
王玄瑰一句話，沒人再敢放開嗓子說話，但臉上也不見被他訓斥了的不滿，都興致勃勃地跟在他們後面走。

初時雪化得已經能看出裸露在外的山石，漸漸往上爬去，雪便越來越厚，幸好他們每個人都穿了皮靴，不然雪能倒灌進去。

玉雪山是周圍最安全、雪最少的一座山了，幾乎沒讓他們爬超過一個時辰的時間，便抵達了山頂。

層層疊疊宛如瓊玉的冰晶展現在眾人面前，為他們鋪了一條去往寒潭的路。

真神奇啊，周圍冰雪刺骨，白雪如玉，寒潭如被黝黑的山體倒扣在碗中，可寒潭卻幽深靜謐得如一塊藍寶石，倒映著澄藍的天空。

若說之前是怕說話聲音太大，驚擾了山雪，那如今他們就是自發地閉嘴不言，生怕破壞了此刻聖潔的人間仙境。

一行人打著滑，走在冰雪築成的路上。

王玄瑰更是怕沈文戈摔倒，接過了她身體一半的重量，每每她腳下打滑，他有力的臂膀便支撐住她。

她索性就將自己放心地交給他，一雙眸子只顧著欣賞眼前美景，還有空同張彥說話，讓他回長安後，一定要將寒潭畫出來。

捏了捏她的指骨，將人喚回神，他帶著她順著寒潭與山體之間的空隙，往裡面走去。他們不能停，要給後面的人留出進來的路。

等他們幾乎到了寒潭位置時，才發現跟著他們進來的人，分成了左右兩批，席地而坐，左右兩面離他們都頗遠，倒是將他們四人分隔在了最遠處。

蔡奴來的時候，就和安沛兒將吃食都帶上了，此時輕聲道：「阿郎，別管他們了，沒有我們，他們更自在。」

底部用火炭烘烤著，上面的食物還冒著熱氣，兩人一人先喝了一杯熱茶暖胃，這才一起吃了東西。

王玄瑰不怕冷，要將自己身上的大氅脫給沈文戈，沈文戈不接，怕他涼著，他索性敞開大氅，將人一起包裹了起來。

沈文戈看著側著身子背對著他二人的蔡奴和安沛兒，用手肘推他。

他一面將她身下墊著的皮草墊子往自己身邊拽，一面將大氅的一半細心給她披上，而後手落在她的腰上，攬著人不動了，低聲道：「又沒有外人。本王想妳了，想與妳親近。」

蔡奴和安沛兒抖抖身子，默默離這兩個人更遠了些。

沈文戈臉上羞紅，到底沒推開他，靜靜被他擁在懷中。

突地，她發現寒潭上水波盪漾，一個氣泡被吐了出來，她忍不住傾身想湊近瞧瞧，險些滑進寒潭中。

王玄瑰緊緊箍著她的腰，人都嚇出了一身冷汗。「沈文戈妳……」

「王爺，有魚！」沈文戈彎著眸子轉身看他，用十分新奇的語氣道：「寒潭竟然有魚！我剛才摸過了，水非常涼，這麼涼的地方竟然有魚！」

王玄瑰不知道說什麼好，將人給拉了回來，捂住她那隻被寒水凍紅的手。「那結冰的河下有魚。」

「可……可這裡是山頂寒潭啊！有魚不稀奇嗎？」

伸手掐住她的臉蛋，他道：「稀奇，非常稀奇。想不想吃？本王問過贊普，這裡不光有魚，還有蝦，妳若想吃，本王打幾條上來。」

看看寒潭，如此美景，吃魚不好吧？

可王玄瑰已經動了，順便揚著下巴讓她看向左右兩邊。「他們都已經開始吃上了。寒潭裡的魚和蝦十分乾淨，都是可以生吃的。」

沈文戈看去，可不是，左右兩面就跟比賽似的，各顯神通在撈魚，要不是大家都屏著氣，說話輕聲細語，恐怕現在應該熱火朝天在為己方助威了。

寒潭裡的魚和蝦都是沒怎麼被打撈過的，也不知避人，王玄瑰擼起袖子朝裡抓去，便是一條魚上來，直接扔給了蔡奴，讓他和嬤嬤片了。

看著他瞬間通紅的手臂，沈文戈趕緊拉住他。「夠了夠了，一條魚就夠我們吃了。」

「本王再撈一條。」話畢，他又伸手進去抓住一條魚。

蔡奴趕忙接住，和嬤嬤兩個人刮除魚鱗的刮除魚鱗、片魚的片魚，還拿出小碟，就地取材，在山壁上撬下碎冰來，將片好的魚肉一一鋪上，看得沈文戈只能道一句「講究」。

而後，在沈文戈不明所以的注視下，王玄瑰將一條粗繩沾上剛才的魚內臟，重新放回了寒潭。不一會兒，他再將繩子收回時，上面便帶著一層的蝦！

脫離水面的頃刻間，蝦子們受驚，欲要跳回去，他手腕一動，繩子一甩，蝦子紛紛掉在冰面上，裝滿了一小碗。幾次反覆下，還是蔡奴拿了塊乾淨的布兜著，才將其全裝下。

這麼多的蝦肯定吃不完，蔡奴和安沛兒兩個人留出夠他們四人吃的，剩下的一分為二，給鴻臚寺和金吾衛們送去。

王玄瑰拿過魚片，魚片晶瑩剔透中又帶著點微微的粉紅，他拿筷子挾了一片，沾上剛剛安沛兒調出的醬汁，餵到沈文戈嘴前。

沈文戈遲疑地看著生的魚片，雖陶梁人慣愛吃生的魚片，但她從前生活的地方是遠離水域的，所以這生的，一時間還真有些接受不了。嗓子微癢，她輕輕咳了兩聲，說道：「不然……王爺你先吃吧？」

低笑聲響起，王玄瑰道：「好，本王先吃。嗯，甜中帶糯，糯中帶甜，甚是鮮美。」

沈文戈看得眉頭都要打結了。「王——唔！」卻是王玄瑰趁她開口說話之際，將沾好料的魚片塞進了她嘴裡。

「可不興吐的，嚼一嚼，嚐嚐看，能不能接受？」

捂住嘴，用眸子控訴王玄瑰，沈文戈也只能將就嚼了。入口冰涼，隨即竟真的嚐到了甜糯的味道。

「如何？」

她吶吶道：「比我想像中好吃多了。」

「這寒潭的魚，確實不錯。」說完，他就又挾了一筷子餵給她，她也沒有之前抗拒，伸出舌頭將差點掉落醬汁的魚片吃進嘴中。

竟是誰都沒發現，兩人共用的是同一雙筷子。

吃了四、五片之後，沈文戈就吃不下了。

剛吃生魚的人都這樣，王玄瑰沒再強餵，反而拿起釣上來的青蝦。

青蝦個個巴掌大小，他手指微微一動，一隻蝦便脫了殼，只剩青色透明的蝦肉在手中，他微微沾了醬汁餵她。「再嚐嚐這個蝦，魚妳不太愛吃，蝦會更鮮甜些。」

她就低著頭，將蝦叼進了嘴中。之前吃生的魚片時，她就習慣咬一下筷子頭，省得魚肉掉出來不美觀，這次她也下意識咬了一口，卻咬到了他冰涼的指尖。

舌尖捲起蝦子，掃過指尖，兩人俱是一顫。她急忙鬆嘴，他趕緊收回手。

知道太過親密的舉動她在意，怕被人看到，便緊急朝四面看去，只見安沛兒與蔡奴混在鴻臚寺的隊伍中，與大家有吃有喝，誰也沒抬頭往他二人這裡看來。

沈文戈嘴裡這隻青蝦完全沒嚐出什麼味道來，隨便咀嚼了幾下，便嚥了下去。

他喉嚨微動，揚臂撐起大氅，阻隔了可能會望向這裡的人的目光，低啞著聲音道：「本王想在這兒親親妳，就親一下。」說完，他親上沈文戈咬住下唇的唇舌。

狹小的大氅內，一片昏暗，兩人蹲坐著，膝蓋時不時碰到一起，他冰涼的指尖探到她的脖頸，激起她的輕顫，而後捏住她的下巴，不許她躲。

幾乎是片刻間的工夫，沈文戈就感覺到他的指尖變得滾燙灼熱。不能再繼續下去，他撤了出來，親到她的鼻梁上。「嫿嫿……」一句話沒說完，「撲通」一聲水花，兩人猛地睜開眼，撥開大氅看去，竟是有人打滑摔落了寒潭！

兩人倏地站起，因站得太猛，沈文戈眼前一黑，險些也打滑摔下去，被他一把拽了回來，撞在他胸膛上。

他的胸膛都被撞得生疼，何況她？他伸手，察覺位置不對，只能握緊她的肩膀，看她被撞出淚花的眼。「疼不疼？」

沈文戈吸著氣。「沒事，王爺，我們趕緊去看看！等等，嬤嬤好像在對我們說什麼。」

他彎腰撿起地上的包裹。「嬤嬤應是要本王的衣裳，她給本王帶了身備用的，掉下寒潭的人需要換。」

兩人趕過去，頓時聞到了一股濃郁的酒味，也來不及說什麼，扔出衣裳叫人給摔下去的金吾衛換上。

都不用王玄瑰問了，定是喝醉了酒，失足摔下寒潭。幸虧這周邊全是人，及時給撈了出來，扒下衣裳換上乾淨的，還有皮毛取暖，將人給緩了回來，不然今日就要鬧出笑話了！陶梁的金吾衛沒死在敵人手裡，反而死在自己喝醉了上！

王玄瑰壓低聲音，一臉風雨欲來的神情。「不是告訴你們了，不許喝酒，誰帶上來的？」

沒有人敢說話。

安沛兒與蔡奴有心勸兩句，就聽一聲「嘔」。

旁邊的人飛快用手將要吐出來的人的嘴捂上。

王玄瑰眉毛一挑，額頭青筋都在蹦了。

可這不是第一個，一聲嘔出來後，當即傳染了一大片。

王玄瑰閉緊眸子，深呼吸順氣，睜開眼就見沈文戈拉著他的衣袖。

「王爺，我觀他們好似不全是喝醉了。」

他冷笑道：「自然，這裡海拔高，他們是重新開始遭受初到邏耶城時身體不適的罪了。他們以為本王為什麼不讓帶酒？越喝酒越難受，都給本王受著吧！」

「阿郎！」蔡奴和安沛兒齊齊出聲阻止他再罵。

蔡奴道：「奴這就帶他們下山，只要下去了，就能好些。」

安沛兒也點頭說：「奴帶著尚未出現癥狀的人，將這裡收拾一下，阿郎別氣。」

接收到安沛兒給使的眼色，沈文戈也開口勸。「王爺，大家難得能夠休息，就饒了他們一次吧？不會再有來這裡的第二次機會了，讓他們留下個美滿的回憶，嗯？」

連番被勸，王玄瑰狠狠瞪視著這些東倒西歪、喘不上氣的人。「本王跟你們一起下山。」

蔡奴與安沛兒異口同聲道：「阿郎不用！我們來照顧，定能將他們全部帶回去。」

安沛兒又道：「興許他們下到半山身體就好些了，也能再走走看看。」

蔡奴更是在王玄瑰耳畔道：「奴剛才觀察過了，這雪山裡有溫泉，阿郎不是許久沒有泡過湯泉了？正好，這是個好機會，也解解阿郎連日征戰的乏。」

「王爺放心就是，還有本官在。」蔣少卿開口。他並未飲酒，連帶著鴻臚寺的人也不敢多喝，此時可不就派上用場了？

王玄瑰皺眉。「如此，你們一定要將他們安全送回使館。」

「王爺放心。」

一行人，收拾東西的收拾東西、扶著人往外走的往外走，不消片刻的工夫，走了個乾乾淨淨。

到此時萬籟俱寂，兩人才反應過來，就剩他們了。

回頭一看，寒潭恢復了靜謐，彷彿剛才發生的鬧劇沒有存在過一樣，他們終究只是外來客。

兩人緩緩而行，目送著他們往雪山下走去，慢慢地，人影就變成了不大點的螞蟻狀。

螞蟻們在半山腰停住，四散開來，沈文戈就笑了。「看來他們身體是好了。」

王玄瑰冷哼一聲，一隻手牽著她的手，一隻手拎著包裹。「如此，我們也去逛逛。」

口是心非，明明就擔憂得很！沈文戈跟在他身後，同他一起慢慢在雪山上走著。

雪山上有人踩出的痕跡，兩人跟著痕跡走，沒費什麼勁兒，直到他蹲下感受到了什麼，帶著她往林子中鑽去。

有白唇鹿在兩人眼前一躍而過、有藏雪雞謹慎地將自己藏起來、有小靈貓竄上樹。

他邊走邊在樹幹上留下痕跡，還要問問她，是否胸悶。

沈文戈搖頭，問道：「王爺，你要帶我去哪兒？」

兩人鑽過一片低矮的灌木，眼前出現兩口冒著熱氣的小潭，他說：「到了，還真有溫泉。本王出使這一路上，是一次湯泉都沒泡上。正好有兩處泉眼，」他伸手逐個用手試了試水溫。「右邊這個比左邊的熱，妳就泡這個熱的。本王觀妳體寒，泡泡天然溫泉，能讓妳暖和些。」

沈文戈沈默了下。「我們一起泡嗎？」

王玄瑰看看溫泉。「這溫泉，一個只能泡下一人。」

他看看她，她也看看他。

這裡人跡罕至，松林霧海，白雪皚皚，兩口天然溫泉藏匿在其中，周邊便是連動物的腳印都沒有。泉水乾淨透澈，一眼就能望到底，上面漂浮著升騰而起的霧氣，繚繞地籠住一切。一口溫泉只有人張開手臂的大小，確實只能泡下一人。

王玄瑰已經在檢查泉眼有無其他活物，或是不乾淨的東西。

沈文戈抿住唇，攏了攏衣襟，貝齒咬住下唇軟肉。露天席地、光天化日，她要與他一起泡溫泉？

他檢查完後，只道了一句。「可以泡。」而後蹲在泉邊仰頭望她，只見她好似已經泡過溫泉一般，雙頰緋紅，踟躕地站在原地，手還虛虛放在衣襟上。這一刻，他突然就懂了她的遲疑。「我們背對背泡，妳便穿著衣裳下水。嬤嬤給妳準備了身替換的衣物，待出來的時候，妳再換上。」

她聲若蚊蚋。「那王爺呢？」

他笑道：「本王且將衣裳脫了就是，妳總不會偷看吧？」

沈文戈這會兒連耳朵尖都紅了，道了句。「誰要偷看你！」

已經試探過泉水深度，確認什麼問題都沒有，他站起身朝她伸出一隻手。「來，本王扶妳下去。」

她便將指尖放在他掌心，站在泉邊，踢掉了靴子，露出被襪子包裹的腳，只一挨雪，便覺冷徹心扉。

他彎腰，將人整個抱了起來。

沈文戈雙手疊在腹前，目不斜視，只盯著遠處白雪。她覺得自己可能瘋了，應該拒絕才是。水聲響起，周身被溫水包裹，她腳尖探到了底，試圖站起，發現這溫泉只到腰部，便沒了剛才的恐慌。

白紫相間的衣裙像一朵巨大的花苞，因還未吸水而漂浮在水面上，上面繡著金線的嵌珠綢帶閃著細碎的光芒。

王玄瑰眼眸漸深，從喉嚨處似是開始著起火來，燒得他口乾舌燥。

兩人不約而同在這一刻升起些後悔之意。

沈文戈在他放好的石塊上坐好，水便沒到了她的下巴尖，眼前是掛在樹枝上的她的夾襖和斗篷，上面的兔毛和狐狸毛在風中起起伏伏，身後是窸窸窣窣的脫衣聲音。

而後聲音一停，僅剩樹枝折斷的聲音，他腳步走遠又走近，應是將樹枝放在溫泉旁，而後將衣裳一件一件放了上去。

不由得想到，也不知，他現在脫到第幾件了？水聲嘩啦，原來已經脫好了。

她低下頭，只覺這溫水都開始變得熱了，泡得她四肢痠軟無力，厚實的衣裳貼在身上，又沈又難受。

泉水咕嚕咕嚕地冒著熱泡，水氣瀰漫，任何一個人一動，便有水聲響起，在這寂靜的林中，聽得分外明顯。

兩人倚靠在泉壁上，連對方的呼吸都清晰可聞，畢竟兩口溫泉間隔，只容一人站立之遠，用手比量，估計也就她兩個手掌大小。

她嚥了下口水，沒敢動身子，卻鬼使神差地回過了頭，在餘光中瞧見他束起黑髮，露出堅實的背脊。從她的角度看去，那橫貫在肩頭的傷疤猙獰恐怖。

這便是當年救他時，他肩上的那道傷吧？思及以往，她垂下眸子，陷入沈默。

另一側的王玄瑰泡在溫泉中，亦是哪裡都覺得不對，試探著將胳膊搭在泉邊上，沾染了一層雪，又在炙熱的肌膚灼燒下化成雪水。

他懷疑，是不是和沈文戈泡錯了泉子？他這個怎麼熱得自己都要喘不上氣了？背後久久沒有聲響，他就又擔憂起來。沈文戈不像是個愛泡湯泉的，不會暈過去了吧？

肩膀上的傷疤在沈文戈的視線內遠去，他轉身對上了沈文戈發呆的眸子，便也是一愣。

互相想要看對方的人，都禁不住面色脹紅。

他輕咳一聲，她也將身子整個轉了過來，伸手扒住泉沿，面對他。

「本王……」

「王爺……」

兩人齊齊開口，又齊齊閉嘴。

水氣蒸騰下，她整張臉上都密布著水珠，有些順著下巴尖滴落在泉水中，蕩起絲絲漣漪，有些從脖頸處徑直滑入裙頭。

那紫色裙頭沾了泉水後變成了濃郁的黑紫色，可下面連著的白紫相間的破裙，正緊緊貼在她的身上，而她一無所知。

白色入水便透，他眼神驟然變得危險起來。

眼前是他剛剛從泉水中起身轉過來，露在外面的肩頭，還正往下淌著水，在他鎖骨窩處，積了一片小水窪。寬厚的胸膛，給予了她無盡的安全感。

再向下看去，視線落在他腕間的藍色髮帶上，心裡陡然升起一股隱秘的安定。

她伸手，帶起一片水珠，淺黃色的小衫黏在她的胳膊上，透著她的肌膚。她摸到了自己的髮間，解下了特意多戴的那條髮帶。

髮帶是一條沒有任何裝飾的紫綢髮帶，是怕綴珍珠綁在他腕間累贅而特意換上的。

「王爺，我今日換衣裳了，髮帶也跟著換了。」

喉結滾動，他伸出自己的手去。

被泉水泡過的手，上面的死皮都軟了，她摸著又開始有些心疼，將藍色髮帶解下，細心地將新的紫帶繫了上去，還唸叨著。「下次換一條黑色髮帶，便能藏在王爺的護臂中，不叫人發現了。」

「為何不能叫人看？」他聲音低沈喑啞。「本王想讓所有看見的人都知道，本王心有所屬。」

看著呆愣半晌，而後倏而笑起來的沈文戈，破水聲響起，他半個身子在霧氣中若隱若現，有力的臂膀支撐著他扣在泉邊，另一隻手捧起沈文戈的臉親了上去。

她便順從心意地閉上眸子，迎接他聲勢浩大又有些野蠻的吻。

可他合著的眼卻悄然睜開，眼尾殷紅，兀自欣賞著她的沈醉，看著她的脖頸染上薄紅，看著連她的鎖骨都沒有逃掉，也變得嫣紅起來，他便想著再多看一眼。

只一個念頭，便讓他成了魔。

修長的手指放在她的裙頭繫帶上，帶著涼意的空氣盡數打在了肌膚上，她猛然睜開帶著迷離與沈醉的眸子，只聽見了他的低沈笑聲。

泉水倒映著兩個人不斷靠近的影子，泉邊被她的手指按出一個又一個濕漉漉的指印，指尖繃得像失了血色般，搖搖欲墜。

天地之間，好似只剩他們兩人。

她白玉般的肌膚染上微瑕，幾處淺淺的紅印，分外明顯可愛。

暴露在空氣中的背脊冰涼一片，他猶不知饜足，她一句「王爺，我冷了」，就像一把鎖，將他這頭野獸，又重新關進了籠中。

他鬆手，水花聲響起，她便將自己的身子全部泡進了溫泉中，只餘一張俏麗緋紅的臉在水面上。

雙臂將自己還在發顫的身子抱起來，她不敢看他，可水中依舊有他的倒影，似是哪裡都逃不過。

王玄瑰睇著丹鳳眼，感受著自己身體陌生的變化，伸出舌頭舔了舔嘴唇，她便更不敢看了，索性將臉都給埋進了水中。

他怕她閉氣，本想將她的臉挑起，可當目光掃過沈在泉水下的紫色衣裙時，他滿足又留戀地放鬆身子，將自己沈進了自己的泉子中，望著她的溫泉出神。

天地寂靜，連鳥鳴聲都沒有。她動了，背對著他轉過了身子，在泉底摸索著掉落的衣裳，輕薄的還好，可裙子吃了水太重，她一時沒抱起來。

他聲音沙啞地道：「放那兒，本王一會兒撈。」

好不容易降下去的熱度，被他這一句話又給激了起來，她連動都不敢動了。

半刻過後，光滑的背脊在他面前一閃而過，又沈浸水中，他難耐地閉上眸子，索性將身子轉了過去。「泡得差不多了，妳的乾淨衣裳就在包裹中，快去換。」

沈文戈伸手拍拍臉，讓臉沾上水好降降溫度。「王爺……」

「別讓本王後悔現在放過妳。」

一句話，讓她不敢再耽擱，趁著身體熱度未散，以最快的速度擦乾身上水分，將另一身全紫的衣裙換上。拿起樹枝上的夾襖和斗篷，竟被泉水熱氣熏得還是溫的。她將自己包裹好後，下意識往王玄瑰那裡看去。

不自覺地將目光落在他身旁的衣裳上，沒能看出什麼分毫，他將自己的外袍放在了最上面。抿抿唇，她道：「王爺，我換好了。」

王玄瑰睜開眸子，轉身便見她正立在泉邊，看見她還紅如滴著血一般的臉，他喉間微癢，眼眸危險地說：「怎麼？妳還想在這兒看本王換衣裳？」

沈文戈的腦子被他剛才起身的景象擊中，立刻轉身。「那……那我？」

他微微弓著身子，人已經忍耐到了極點。「本王在樹上做了標記，妳順著標記往前走，出了林子等本王。」

聽出他聲線不穩，她「嗯」了一聲，抬步往林中鑽去，感覺已經走出很遠了，可寂靜的雪原中，還是能聽見身後傳來的悶哼聲，當下步子一頓。

她也不是什麼未出閣的小娘子，自然知道那意味著什麼，頓時整個人跟蒸熟了一般紅透了。將臉埋進斗篷中的狐狸毛領中，乖巧地站在林邊空地上等他。

他拎著她的濕衣裳走出時，兩個人有默契地看天看地，就是不敢對視。一前一後，連手都不敢牽，就那麼帶著身體殘留的餘韻走下山去。

下到半山腰的時候，萬萬沒想到，鴻臚寺和金吾衛們還沒有走，一個個將剩下的酒都給喝了。

瞧見兩人下來，眾人慌手慌腳地收拾起來。

「罷了。」王玄瑰道，他索性也同大家坐在一起飲起酒來。

別人看不出什麼，親自為兩人挑選衣裳的安沛兒自是發現，沈文戈衣裙換了的。出門在外，為防止出現意外，多帶一套衣裳是規矩。此時安沛兒掂量著手裡凍成塊的濕衣裳，再看眉眼含春的沈文戈，不禁瞪了王玄瑰一眼。

「我們……可以回家了嗎？」

鴻臚寺的官員們站在高臺之上，望著歸來的四萬吐蕃士兵，聽著夏日吉贊的大聲稱讚，恍惚地問道。

王玄瑰肯定地「嗯」了一聲。

他們捂住眼，半晌才鬆開。太好了，終於可以回家了！

要回家了，倒數的每一天日子都過得那般快。

他們手中的珠寶沒能與邏耶城居民交換，事實上，他們已經做好會賠的準備了。還是星月公主發現了他們打算在邏耶城換東西，正思念家鄉的她，索性和他們一起換了。

縱使是陶梁與吐蕃聯姻之下嫁過來的，可代表著陶梁的她，夏日吉贊自然不會虧待。

而她面對這些故土親人也沒有吝嗇，大家都換到了各類心儀物品。

來吐蕃時像逃難一般，回去時卻大包小裹，安沛兒還用金鐲換了二十輛牛車，可謂富貴了一把。

沈文戈站在馬旁，等著王玄瑰過來。

王玄瑰幾乎是一看見她，便想起溫泉中的軟嫩嬌軀，步子一頓，深吸了一口氣。

「要一起騎馬嗎？」

王玄瑰藉口說：「妳不是要教鴻臚寺的那些人騎馬？本王便不跟妳同騎了。」說罷，他一吹口哨，矯健的黑馬從隊伍中奔了過來，他摸著馬脖子便躍了上去。

「王爺，」沈文戈緩緩吐出口氣，拽住了他馬匹的韁繩，說道：「今日的髮帶還沒換呢！」正確的說法是，自那日後，那條泡過溫泉水的紫色髮帶就沒被換過。

王玄瑰伸出自己的手，倒是有些不太捨得她將那紫髮帶摘了去。

沈文戈抿著唇，將一條黃色髮帶繫上後，拽著髮帶的末端，便捉住了他想縮回去的手。

「王爺，怎麼有些躲著我？」

王玄瑰感受著她的指尖在自己手腕處摩擦，喉結不禁滾動了下。「本王看見妳，便總想與妳親近，現在忍耐力已降至最低，妳……妳離本王遠點兒。」

沈文戈一愣，手便鬆了，見他策馬跑了出去，又被安沛兒叫住，上了牛車。徒留她一個人，憋笑了半晌，終究還是沒忍住。

她眨眨眸子，繼而翻身上馬，攥緊了韁繩。「駕！」馬兒跑得飛快，不一會兒就跑到了隊伍最前列。在她身後，柳梨川、張彥，還有其他的鴻臚寺官員們也紛紛借了戰馬追上來。

「七娘，妳答應教我們騎馬的！妳看看我們騎得怎麼樣？」

沈文戈一回頭，瞧他們一個個你追我趕，還騎馬去攔截對方，不禁噗哧笑了出來。

前面歡聲笑語，綠草如茵；牛車裡三堂會審，氣氛凝重。

蔡奴與安沛兒均一臉不贊同的樣子看著王玄瑰。

蔡奴給安沛兒遞眼色，他這無根之人著實問不出來。

安沛兒眉頭緊蹙，想了半晌才問道：「阿郎，奴沒好意思問娘子，泡溫泉那日，你與娘子可有肌膚之實了？」

王玄瑰伸手抵著喉結，有一下、沒一下地挑著，眼神有些躲閃。「你們便當有了。」反正該碰的、不該碰的，他都碰了、摸了、捏了，應當算是了。

兩人對視一眼，雙雙一喜，為二人開心之餘，安沛兒又有些憂心，輕拍在王玄瑰腿上。「坐好了阿郎！你就欺負娘子，這萬一在路上娘子懷孕了，你讓娘子如何自處？」

鴉羽輕搧，眼下小痣活泛起來，他微瞇起丹鳳眼，頗有種恍然大悟之感，問道：「我能與她做生孩子那事？我本還忍著呢！」

雖知道阿郎不太懂，但也沒想到他能問出這種話來！

「哎喲！」說了半天，敢情你沒跟娘子發生點不該發生的事！安沛兒扶住額。

蔡奴上前托住她的胳膊。「嬤嬤，莫氣莫氣！」

安沛兒不解氣，重重地將他那歪斜的腿推正了！「既沒有，那便一路上都不准了！也沒那個條件！」

王玄瑰臉色倏變，烏雲密布的。

安沛兒又道：「本就不該！阿郎又沒與娘子成親，可不興做那薄倖的好色之人！」

「我就是想與她親近，怎就是——」

「咳咳咳！」蔡奴及時制止了王玄瑰下面的話，提點道：「阿郎，那你想與娘子光明正大親近，該如何？」

王玄瑰靠在車壁上，「哼」了一聲，一副看透了兩人把戲的模樣。「自是娶她了，我回長安後就提親。」

蔡奴重重應下。「哎，這就對了！」

得了他的准信，安沛兒便將他趕下了牛車。掀開車簾，看著沈文戈騎著馬溜達到王玄瑰身邊，安沛兒感嘆道：「娘子對阿郎也太好了些。」

蔡奴卻道：「娘子對阿郎好著，阿郎對娘子寵著，如此，妳我二人，不就更放心了？」

「有理。」

許是歸家心切，這一路無論看見什麼，都覺得山是清的、水是秀的。

可走著走著，記憶力絕佳的柳梨川就發現了不對，他拉著張彥嘀咕道：「你有沒有覺得我們不是在往長安走？」

為王玄瑰繪製了諸多地圖的張彥張口便說：「你才發現？」

「這是如何說？我們不去長安又要去哪兒?!」

張彥趕緊捂住他的嘴。「你可小聲點！你就沒發現隊伍裡少了什麼人？」

一心要回家見夫人的柳梨川都要急了。「少誰了？你快說！」

「岑將軍，還有那與王爺一同出征的金吾衛們，一人都沒回來啊！」

「對啊！」柳梨川四下看了看。「怎麼沒等他們？不對，他們壓根兒就沒跟著吐蕃士兵們歸來啊！總不可能都戰死了吧？」

「朽木不可雕也！」非得讓他掰碎了、揉開了講是不是？張彥氣道：「公公還曾說王爺打了勝仗，將婆娑新王阿爾日輪生擒了，我且問你，你可有見過新王？」

柳梨川搖頭。

「那我再問你，王爺在吐蕃製造出的絞車弩，你有見他們推回來嗎？」

柳梨川再搖頭。

張彥便道：「這就是了！那新王定是被岑將軍押著要運回陶梁的，而最近的地方便是西北，所以我們不是直接前往長安，而是去西北，帶上新王一同歸。」

「怪不得！」柳梨川拍手。「我說贊普送王爺出行的時候，笑得那叫一個假！王爺厲害啊！這是一點便宜都沒讓贊普占到。」

張彥道：「贊普也不虧，我聽蔣少卿講，王爺生擒新王阿爾日輪後，提出讓婆娑再換個王。此時婆娑內亂，吐蕃可乘機插手，不過這事，我們就管不了嘍，所以現在走是最好的。」

「你說，我們出使，王爺還將婆娑新王生擒了，算不算大功一件？」

「我覺得算！」

兩人看著面前狀如輪大的橘紅夕陽，既期待又帶著要回家的欣喜。

第二十七章

與此同時，陶梁西北錦繡關，一隊人馬迎著彷彿墜在頭頂的夕陽，磕磕絆絆地推著絞車弩，帶著阿爾日輪，趕到了長城腳下。還不待他們說一句話，便聽得一聲大喊——

「敵襲！」

瞬間，長城上密布銀光閃閃的弓箭，但凡他們動一下，就能將己方射成篩子！

岑將軍一抹長滿了絡腮鬍的臉，罵了一句，說道：「這一身明光甲認不出來嗎？瞎了爾等狗眼！」

長城上立刻有人喊道：「燕息狗賊罵誰呢？別以為你們扒了我們士兵的盔甲穿，我們就認不出來！我們陶梁今日作戰士兵，無一人在外！」

「屁！老子們都是金吾衛！」

「金吾衛哪有在西北的？你們是哪個將軍手下？」

「我們是左將軍手下，奉命跟隨宣王出使，遇婆娑政變，改道吐蕃借兵，而後生擒婆娑新王阿爾日輪，如今聽從宣王號令，將新王帶至西北看押！」幾句話吼完，岑將軍氣都快喘不上來了。

守城士兵們聞言，弓箭非但沒移開，還瞬間拉圓了，只待一聲令下，就萬箭齊發！

你聽聽、你聽聽，這像話嗎？還生擒婆娑新王，夢裡擒的還差不多！燕息這理由編得是越來越離譜了！

岑將軍只覺得一股火衝上了頭頂，他一把掀翻身後覆著絞車弩的麻布。「看清楚了，這是我們宣王在吐蕃製造的絞車弩，特意命我等帶過來支援西北軍的！」

絞車弩出現的那一剎那，西北軍齊喝。「敵襲！」

眼見著箭在弦上，岑將軍身後的金吾衛們紛紛喊道——

「等等，別射！我們真是金吾衛啊！聽聽這正宗的長安口音！」

「還有還有，我就是西北軍出身的！」又七手八腳地往外掏路引。「我們有路引！我們真是金吾衛！」

「對對，我們認識你們的西北大將軍和瑤將軍，他們都是我們跟著王爺救出來的呢！」

「你們隨便派一個人下來查啊！」

「你們好歹讓他們出來見見我們吧？」

沈婕瑤抽出腰間佩刀，捅了捅對著她罵了一串婆娑語的阿爾日輪，震驚道：「這真是婆娑政變後的新王？」

岑將軍重重點頭，都不知自己說了多少遍了。「是真的！」

六郎沈木琛一屁股坐在岑將軍身邊。「你們還真遇上象兵了？大象長什麼樣子？快跟我說說。」

「是真的！長鼻子，粗壯的四肢。」

「你別打岔！」沈婕瑤推開六郎，想起那些絞車弩，捂著嘴樂了半晌。「那些絞車弩全是給我們的？」

「是真的！」岑將軍滿眼呆滯，被問得頭髮都快成雞窩頭了。「是真的、是真的、是真的！我們初到婆娑便被搶劫了，好不容易跑出來，費死勁才從吐蕃借到四萬兵，打回婆娑！其間又是與婆娑那個叫什麼馬、馬……」

沈舒航接話。「馬其頓方陣。」

「對、對！」終於有個能聽懂他說話的人了，岑將軍都快哭了！「我們與馬其頓方陣交手，圍困神女城，而後五千象兵來支援，被我們放火燒得趕至神女城城中，這才打贏了仗！不要問我吐蕃為什麼肯借兵？等王爺回來了問他去！不要再問我七娘他們在哪兒了，他們在吐蕃邏耶城當人質，等王爺帶他們回來！不要再問我那些絞車弩的事，我不會造，全是王爺造的，點名讓我交給西北軍！」

沈舒航眼一橫，所有還想張口詢問的將領，悉數閉了嘴，他坐在輪椅上安撫道：「好了岑將軍，別激動，我已經命人在城中為你準備了湯池，先去解解乏，我們信你說的。」

岑將軍恍恍惚惚被帶下去泡湯池，幾乎人剛一進去，就累得呼呼大睡了。

陶梁與燕息的戰爭已經打了一年多，打得雙方各自疲軟，且燕息已有敗相，如今這些絞車弩來得正是時候！需知，絞車弩可是陶梁的重型兵器，他們西北邊關守城甚至根本沒有配備，有的還是只能固定在城牆上、無法挪動的弓弩。既然岑將軍已經明確說了，這是王玄瑰在吐蕃製造而成，特意交由西北軍處置的，那自然要好好利用起來。

當下，他們圍繞著這些絞車弩重新制定戰術，待所有事情安排好後，沈家幾位兄弟方才聚首。

沈婕瑤脫去厚重的盔甲，換了一身輕便衣裳。

春寒料峭，若是以往的她，只一身單衣便能走天下，如今卻穿著暖和的夾襖，手裡捧著據說補氣血的紅棗熱茶，窩在沈舒航房中的美人榻上，慵慵懶懶的。

沈舒航還將自己的披風拿出，為她蓋住了腳。

她一邊謝過了自家大兄，一邊聽著六郎和四郎、五郎熱烈談論使團出使婆娑，一路遭遇險情的事情。

若非有岑將軍和金吾衛們作證，任誰會相信這麼荒誕的事情真的發生了？王玄瑰不僅成功從吐蕃借到兵，還直攻神女城，生擒了對方的新王阿爾日輪。

她對沈舒航感慨道：「如此看來，這位宣王有點能耐。」配得上我們家嬈嬈。

沈舒航點頭，雖說他們是嬈嬈的兄姊，但也不得不承認，對方出色到讓他們覺得嬈嬈嫁他不虧。理智看來，宣王的府中無小娘子，身邊乾淨，人又有大才，只觀短短相處幾日，對嬈嬈也是極好的，且嬈嬈還救過他性命，屬實是良人了。唯獨名聲不太好，性格乖戾了些。

但在娉娉面前，卻通通收斂了起來，好像也不是大事，只是不知二人如今如何？

「何止是有點能耐！」六郎突地站起，在空中揚著胳膊。「換我們去，恐怕只能灰溜溜地被打回來！可見長安謠言不實，這宣王太厲害了！」

沈婕瑤瞥了振臂高呼的六郎一眼，沒接話茬，和沈舒航一起飲著手中的熱茶，說得都不是一回事。

四郎沈桓宇與五郎沈錦文，一人擒住六郎一隻臂膀，將人給按了下來。兩人均察覺到了兄姊話裡有話，卻尚不明白。

四郎道：「聽岑將軍意思，王爺接了使團便會往這裡趕，那我們馬上就要見到娉娉了？」這趟使團出使，聽來刺激，實則驚險萬分，娉娉跟著可謂是受了苦了。但更可惜的是，他們只能將人接回來，就要再送他們離去了。

沈婕瑤將杯子磕到美人榻上。「那我們便將燕息徹底打回去，而後和娉娉一起回長安受封！」

「好！」

黑藍色的天穹彷彿就在手邊，伸伸手便能搆到那輪明月，藉著皎潔的月光，使團眾人腳不停歇地走著。

籠罩在紫氣青煙中的蜿蜒長城，滄桑著矗立在錦繡關，守護著陶梁百姓，迎接著她外出的孩子們。

是家啊！柳梨川幾近哽咽地道：「我們終於到了！」

錦繡關內，遙遙看見這一隊人馬，西北士兵高呼道：「他們回來了！」

沈婕瑤推著沈舒航，快步走上去。「快將他們接進來！」

幾匹急馳的快馬脫離隊伍，朝他們這裡奔來。

沈文戈身上的斗篷被吹得飛起，臨近關口，「吁」的一聲，她翻身下馬，以最快的速度衝了上去，而後看見了於半夜出來等她歸來的四兄、五兄、六兄，看見了她的二姊，更看見了被她二姊攙扶著站起身的大兄！淚水在眼眶中打轉，她跑了上去，小心翼翼抓住了她大兄的衣袖，啞著嗓子道：「大兄，你的腿？」

沈舒航在沈婕瑤擔憂的目光下，讓她放開自己，而後將沈文戈輕輕抱住，在她頭上摸了一下。「大兄答應過妳，再次相見，站著等妳。」

「嗯！」見他身子微微搖晃，沈文戈趕忙扶住他。

沈婕瑤俐落地將他原本坐著的輪椅推到他身後。「自知道妳要回來，大兄就日日嘗試著站起來。好在當時軍醫醫術高明，救回了他的一雙腿，但也僅此而已了。」

隨著沈婕瑤說話，沈文戈又看向她，特別看她如今纖細的腰肢。

沈婕瑤向她張開手臂。「來，讓二姊抱抱！這一趟出使，我們娉娉辛苦了。」

沈文戈撲上去。「不辛苦，二姊才是受苦了！」而後她低聲問：「那燕息皇子可還有再找麻煩？」

「傻丫頭，沒有！他受傷後直接回了燕息都城，倒是讓他逃過一劫，我們和燕息的這場仗，勝了！」

沈文戈眼睛一亮。「勝了？」

「勝了！我們可以一起回長安了！」

「好了好了，還有我們幾個人呢！」六郎說著，上下打量著沈文戈。「我怎麼感覺妳黑了點？」

他這話一出，不光被沈婕瑤瞪了一眼，還被四郎與五郎捶了幾下。

「就你會說，分明是天黑顯的！」

沈文戈破涕為笑，沒有像小時那般撒嬌不願，反而道：「確實在外曬黑了些，不過我已經是被曬得最輕者，一會兒你們看看我們使團的人，一個比一個黑！吐蕃地勢高，太陽也毒辣。」

不過是六郎的一句戲言罷了，她又哪裡真的黑了？可她如今確實長大了，已經有大家風範了。

只見她突地扭頭看向身後跟著她一起過來的王玄瑰，笑道：「若論曬不黑，還要看王爺，他當真是一點都沒黑。」

被點名，一下子進入沈家人視線的王玄瑰挑挑眉，隨即走上前去，與眾人拱手。

回禮後，沈婕瑤與沈舒航對視一眼。沈文戈剛剛話語間，也太親密了些。

使團走近的歡笑聲傳來，他們進關了！

沈舒航道：「好了，有什麼話，我們明日再說，今日太晚了。我已經安排好使團住宿的地方，就煩請王爺隨我們暫居將軍府上。」

王玄瑰側目看了一眼沈文戈，與她目光繾綣一瞬便分開，帶著蔡奴和安沛兒，先去安頓長途跋涉的使團。

沈文戈推著沈舒航，一路與兄姊說說笑笑地走。

誰也沒發現，隱藏在長城腳下，望著沈文戈離去的背影出神的尚騰塵。

次日，王玄瑰剛一起，連沈文戈的面都沒見上，就先迎來了六郎，在他一連串的「你們是不是真的打去婆娑？婆娑象兵好不好打？」的喋喋不休聲音中，瞇起了眼。

六郎的聲音戛然而止，為了轉移王玄瑰的注意力，朝他身後喊道：「娉娉，妳來王爺住的地方做什麼？來找我的？」

沈文戈的步子僵住，她是來找王玄瑰一起用早膳的，可這話是如何也說不出口的，畢竟面對家人終究還是有些心虛，尤其六兄並不知道他們二人的事情。

好在王玄瑰早在來的路上，就被安沛兒耳提面命過，在娘子的家人面前，切記不能表現出親昵的姿態，娘子不發話，就不許隨隨便便說出兩人的關係，因此便開口解圍道：「是本王讓她來的，本王從婆娑弄了好些玩意兒要給她……咳……及使團的人一起看。」

「嗯嗯！」沈文戈瞄著真信了的六兄，暗暗舒了口氣。

聽說還有好東西，六郎的眼睛倏地亮如夜間明燭。「我也跟王爺一起去看！」

默默將沈文戈的髮帶藏在護臂中，王玄瑰道：「那就一起走吧。」

等到了關押阿爾日輪的地方，只見裡三層、外三層的人，全部都是昨日抵達西北的使團成員們，一個個好奇地觀賞著阿爾日輪。

還有人繪聲繪色地給他們講述，在王玄瑰的帶領下，他們是怎麼火燒大象，撞翻了神女城的，那叫一個與有榮焉！

王玄瑰邁著步子走上前去。

有人一回頭瞧見了他，立即扯著嗓子喊了一句。「王爺！」

瞬間，所有人唰地散開了。

箱子就和阿爾日輪關押在一起，他沒吩咐動這個箱子，就沒有人敢隨意打開。

見他過來，阿爾日輪害怕地縮到了角落裡。

王玄瑰連眼神都沒給他一個，示意沈文戈將箱子打開。在她走到自己身邊時，低聲道：「雖白銅馬車本王沒有找到，但卻找到了這些東西。」

將手扣在箱蓋邊緣，她看了他一眼，心裡想著，興許是婆娑珠寶？

箱子打開，璀璨奪目的珠寶沒有看見，卻看見了一冊冊、一張張，寫滿了婆娑文字的書籍，隨便用眼睛一掃，有記錄詩歌的、有婆娑歷史的，甚至還有水利建築的，全是書啊！見她打開箱蓋後愣住的模樣，他遲疑道：「妳不是喜歡？本王特意給妳搶的。」

「喜歡！」她彎腰摸著箱子裡的書，又倏地抬起頭看他，只覺得自己對他太不公平了些，合該將自己的心意告訴親人們。

在外面探頭探腦，好奇箱子裡到底是什麼東西的柳梨川問道：「七娘，是何物啊？」

她轉身，手上拿著樹葉書。「是王爺從婆娑帶回來的書！」

「書?!」鴻臚寺的官員們激動了，紛紛上前，直接將六郎給擠了出去。

他們一個個圍繞在箱子旁，在聽見沈文戈問「可喜歡」的時候，大聲道：「喜歡！謝王爺！」

她便對著他彎起了雙眸，他也微微揚起唇角。

等使團的人徹底歇過乏的時候，已是三日後了。

身在跟隨出兵的金吾衛中的尚滕塵，終還是鼓起勇氣，登了將軍府，他想見見沈文戈。

沈婕瑤直接拒絕。「都已經和離了，你也娶了新婦，還見娉娉做甚？」

「瑤將軍不必生氣，我只是想知道她出使是否安好？瑤將軍現在不讓我見她，等大家一起啟程回長安，我一樣可以見到她。」

「那你進去吧。」沈舒航開口。

「大兄！」

沈舒航向沈婕瑤微點頭，而後靜靜地注視著眼前表情稍顯沈重的郎君，在他拱手道謝之際又道：「進去之後，若是見到不該見到的，還望你保守秘密。」

還以為沈舒航在說將軍府機密要務的尚滕塵再度拱手。「應該的。」而後他深吸一口氣，繞進了後院，在小廝的指引下，直朝沈文戈的院子走去。

其實就連他自己都不知道，為什麼要來看沈文戈？那日出征，她對他說祝他武運昌隆，讓他幾乎凍成冰塊的心又能緩緩跳動了。他便是靠著那句話和對她的愧疚，堅持到了現在。

「沈文戈妳內疚什麼？本王又不急著被他們知道。」王玄瑰背著雙手和她一起觀賞著院子裡的海棠。看她還是不能釋懷，索性伸手掐住她的下巴，在即將親到她的時候，她突然開口了——

「我只是不知該如何讓他們相信自己對你的心意，我怕……」她垂下眸子，面露難堪之色。「我早些年對尚滕塵太過癡戀，非他不嫁，鬧出來許多事端，如今一與他和離，便又和你……」

他堵上了她的唇，靜靜與她享受著親吻。難得六郎不纏著他，讓兩人有了獨處的時間。

她摸到他的手，將手指插了進去，他便細細研磨著她的唇，從唇縫中吐出他的話。「本王不喜歡從妳嘴裡聽見他的名字。他們信不信妳不重要，重要的是，要信本王。」在她鼻梁上落下憐惜的一吻，他道：「這事也值得妳煩幾天？本就應該是我這個當郎君的，先行向妳的家人做出承諾才是，何時輪得到妳先來？」

沈文戈仰著頭望他，想著，她與尚滕塵的那段關係中，一直以來都是她先付出、她追著尚滕塵，只有在他這兒，她才會被珍愛。

「如何？可開心些了？」他舉起兩人十指交握的手，吻在她的手背上。

「嗯。」

他捏起她的臉，便又想與她親親，而後聽見腳步聲，警戒地鬆開了她。為了怕六郎突然出現，他們都是將院門敞著的。

在尚滕塵那張臉出現的時候，他暗道一聲晦氣，真是說曹操，曹操就到。

隨即他挑起丹鳳眼，在尚滕塵看清他二人，拱手之際，伸手攬住了沈文戈的腰。縱有護臂相阻，紅色的寬大衣袖依舊在沈文戈的腰上開出了靡豔的花來。

「見過王爺，我與文戈有事單獨——」那不該出現在她身上的、其他郎君的衣裳，讓尚滕塵的話只說了一半。怒火的火苗在他眼中熊熊燃燒，宣王這是在強迫沈文戈嗎？

王玄瑰的手勒得極緊，甚至將沈文戈往他身邊帶了幾步，語氣不善地在她耳畔說：「尚滕塵來了，本王是不會鬆手的！」

這一幕看在尚滕塵眼中，就是宣王故意在他面前表現出與沈文戈的親昵，沒看她剛才都踉蹌了！宣王定是在使團出使的時候，欺負沈文戈了！

沈文戈扭頭看向尚滕塵，微微蹙眉，隨即欲將箝在她腰上的手拿開。

他手牢牢扣著不放，與她僵持。

她道：「王爺？」

王玄瑰眼神陰霾，終還是鬆了手，寬袖甩出了一道殘影。

她便追了上去，攏了攏他的寬袖，當著尚滕塵的面，主動挽上了他的手臂，而後對尚滕塵道：「有何話，你便說吧，王爺不是外人。」

王爺不是……外人……

王玄瑰看著尚滕塵驟然難看的臉色，甚是開懷，便也伸手握住了她的手，和沈文戈衣裳同樣顏色的髮帶就繫在他腕間。他睨著眼，挑釁般地看向尚滕塵。

尚滕塵看著兩人這樣的姿態，脖間青筋都蹦出了。他能對沈文戈說什麼？他本就虧欠她良多，所以他只能質問王玄瑰。「王爺，您這是？」

「嫂嫂已與本王生情，你待如何？」王玄瑰重重吐出「嫂嫂」兩個字。

「王、王爺您……怎能？」

「本王與她男未婚、女未嫁，又愛慕她、歡喜於她、想娶她為妻，有何不能？」

聽到宣王說想娶她，沈文戈側頭，露出了一個尚滕塵從沒在她臉上見過的幸福笑容。如今她的眼中有了旁的郎君，他的心都要裂了。

「喔，對了，本王還要感謝你。」王玄瑰拍著沈文戈的手，一字一句道：「多謝你認錯了恩人，這才給了本王一個機會。當年的兔肉好吃嗎？那是本王烤的。」

尚滕塵愣住，什麼兔肉？他的目光往兩人交握的手上看去，一個恐怖的念頭隨即升起。

王玄瑰嗤笑一聲。「吃了本王的東西，你還不想認了？當年娉娉救了你我二人，那兔子是本王為娉娉烤的，倒是便宜了你！」

「什、什麼？」

「你放心，本王會照顧她一輩子，好好報恩的。」

殺人誅心，不外如是。

這一刻，尚滕塵的耳聾了、天塌了。他失魂落魄地離了府，連沈婕瑤在他身後叫他都沒聽見。

沈婕瑤雙手抱著胸。「他到底看見什麼了？」

沈舒航推著自己身旁的車輪往裡走，笑而不語。

沈婕瑤也很快反應了過來。「大兄，你說，他們兩個能忍到什麼時候才告訴我們？」

沈舒航道：「快了，忍不住了。」

前來西北支援的大軍即將返程，途經西北的使團也要回長安了，西北為大家舉辦了一場歡送宴。

宴間篝火熊熊燃燒，大家席地而坐，沒那麼多講究。

沈文戈自然是要跟著兄姊一起坐的，她四處張望著，尋找著王玄瑰的身影。

「娉娉，妳找什麼呢？」

六郎一句話剛說完，沈文戈已經看到了和蔣少卿、岑將軍坐在一起的王玄瑰，遂起身朝那兒走了過去。

沈婕瑤與沈舒航對視一眼。

沈舒航說道：「這是忍不住了。」

「王爺，你跟我去那邊坐坐吧，嬷嬷和公公也去。」

蔡奴和安沛兒連連拒絕。

撥弄著篝火裡柴火的王玄瑰抬眼，見她就站在他面前巧笑嫣然，他的心又不受控制地怦怦跳了起來。

蔣少卿就道：「王爺，去吧。」

岑將軍離開婆娑後就直接來了西北，尚且還不知道沈文戈與王玄瑰的事情，還端著碗要跟去一起喝酒，被蔣少卿一把攔下。

沈文戈便在岑將軍快要將眼睛瞪出來的目光中，牽起了王玄瑰的手，慢慢走到了兄姊面前，不好意思地紅了臉。「王爺便坐我這兒吧。」她拉著王玄瑰坐下，自己也乖巧地貼在他身邊，用行動告訴大家實情。一時間，火堆前無人說話。

六郎舉著啃了一半的羊腿僵在那兒，「啪嗒」一聲，嘴裡的肉掉了出來；四郎、五郎齊齊被酒嗆到，驚恐地咳了出來。

唯有沈舒航與沈婕瑤了然地舉起碗。「王爺，喝一杯。」

王玄瑰直接拿起了屬於沈文戈的碗，與兩人對碰一下，一飲而盡，承諾道：「回長安後，本王便去提親。」

沈舒航一身溫潤氣質，依舊笑著，可話卻剮人得很。「在嫂嫂面前，王爺還稱本王？」

「嫂嫂說，她喜歡我這樣自稱。」

「嗯……」兄姊五人齊齊瞪向沈文戈。

沈文戈拉了拉王玄瑰的袖子，他便將沈舒航手中新倒的酒倒進了自己碗中。「大兄身上傷未好，我來替大兄喝。」

四郎、五郎、六郎終於反應過來了！

「王、王爺，跟我喝一杯！」

說是杯，杯杯都是碗，不消片刻，三罈子酒就見了底。

王玄瑰的滿身孤寂冷漠，便融化在這一聲聲「喝」中。他看著身側的沈文戈，伸手握住了她的手。

巴掌大小、如一塊碧色翡玉的月娥撲閃著自己寬厚的翅膀，在眾人驚讚的聲音中，從隊伍末尾，呼搧呼搧著飛至了最前方。

這林中仙娥從山中偷跑出來，悄悄跟隨，白日裡落於馬車、牛車之上躲陽，夜裡尋著溫暖的光源飛舞，成為了回長安路上，最為特殊的小生靈。

如今牠落於沈文戈在路上為牠採摘的鮮花之上，收攏翅膀，正美美地飽餐一頓。

沈文戈不敢驚擾牠，只從馬車中出來，望著波瀾起伏的山巒，久久不能回神，在那遙遠的盡頭，隱隱可見人煙。

王玄瑰策馬過來，將手遞給她，她便向他揚起一個笑來，將手放上去，被他拉上了馬。

他擁著她道：「馬上就要到了。」

是啊，要到長安了，就要回家了。

走時尚且炎熱之時，歸來時又野花遍野，他們竟已經出使、離家一年多了。

巍峨雄偉的都城依舊是鮮活的、人聲鼎沸的，他們還未至，便已有樂聲入耳。鼓聲激昂、琴聲空靈、箜篌附和，歌聲與之美妙融合。

王玄瑰停馬，與下了馬車的沈舒航對視一眼，兩人一同道：「整理儀表！」

「是！」

「去吧。」王玄瑰深深地看了沈文戈一眼。

她俐落下馬，卻在走前，要他彎腰，為他整理他的緋袍，撫著他的衣襟道：「好了，那我去了。」

「嗯。」

她回到了使團隊伍中，任安沛兒連她的根根髮絲都要管，而後在她欣慰的目光中翻身上馬，隨在了柳黎川身後。

數萬人整裝待發，沈舒航示意王玄瑰先請，王玄瑰卻道：「大將軍一起進吧。」

他們使團與戰士們各有功勞，沒有一二之分，這個時候也沒有王爺與將軍之分。

「善！」

王玄瑰喝道：「全體人聽令，我們進城！」

「是！」

樂聲越發清晰，長安城外，遍布的男女老少也都能被看見了。

沈文戈幾乎第一眼就瞧見了等候他們的母親與家人們。

人群紛紛給歸來的人兒讓開路面，夾道歡迎。

他們從長安街入，跟在沈舒航身後的是沈婕瑤等將領、士兵。

跟在王玄瑰身後的，則是蔣少卿與岑將軍，緊接著是鴻臚寺官員們，而後是沈文戈及跟著出使的金吾衛們。

沈文戈挺直背脊，沒戴冪籬，繃著一張臉，跟隨眾人入城。剛一入城，她便被道路兩側的人群震到了，密密麻麻，幾乎沒有多餘踩踏的地方。

百姓跟隨著隊伍移動，嘴裡大聲呼喊著他們的名字。

而馬蹄下，竟是一條用鮮花點綴鋪成的花路。

月季、牡丹、丁香、菊花、梨花……各式各樣的花朵，是長安城的人們攢了半個多月，聽聞他們今日會到，特意鋪就而成的。

這還不算，當沈文戈策馬走至周邊有樓房林立的街道時，猛然聽見有人叫她的名字——

「七娘！」

「七娘好樣的！」

沈文戈抬頭望去。

看見她望了過來，樓上的小娘子驚叫連連，無數鮮花被她們從樓上拋出，撒在她的臉上、肩上。

不光她如此，她還聽見了有人叫她大兄、叫她二姊，或者叫不出名字，乾脆直接統稱「你們」太厲害了！

沾著一身花香的沈文戈，繃了一路的臉再也繃不住了，她向為她擲花的小娘子們揮手，她向在旁邊一路跟隨她的母親揮手，她向許多許多陌生人揮手。

他們也都熱烈地回應著她。

她憋著眼中的淚，心想，今日的妝容可是花費了心思的，不能哭。

這一刻，自豪感無與倫比。

他們一路往宮中而去，跟著的人只多不少，聖上就站在宮門口等著他們。

呼啦啦地，他們下馬跪恩。

聖上道：「快起，諸君辛苦了！」

她跟著眾人一起喊：「謝聖上恩典！」只能在人群中瞧見聖上的一抹黑袍，聽聖上誇讚他們。

「爾等立下大功，擊退燕息，保我陶梁，護我陶梁百姓，當功記千載！使團更是歷經千難萬險，破婆娑、擒新王，孤甚是為爾等驕傲！」

她聽得是心潮澎湃，跟著一起揚聲道：「謝聖上！」

「今日爾等平安歸來，孤甚是欣慰，七日後，孤為諸君舉辦宴席。如今，諸君便好生休息，長安城所有湯池，為諸君服務！」

「謝聖上！」

掌聲從圍觀百姓的手中拍響，一個人、兩個人……十個人、百個人，而後是千人、萬人一起拍掌，匯聚成了一條掌聲帶。

沈文戈便是在這條掌聲帶下，與王玄瑰、兄姊們一起踏上歸家路。

陸慕凝已經率眾人等在鎮遠侯府，見他們過來，一雙眼來回在沈舒航、沈婕瑤與沈文戈身上看去。

沈婕瑤推著沈舒航來到她面前，原本還笑著的她，猛地哽咽起來。無論在外她是何等英姿颯爽，她終究也只是母親膝下的一個小女。「母親，我和兄長回來了。」

陸慕凝克制著自己，上前為她這幾次出生入死、險些喪命燕息的女兒攏了攏頭髮，又接過斗篷為沈舒航蓋住腿，撫著他的膝蓋，只一個勁兒地道：「回來便好、回來便好……」一見到兩個人活生生出現在自己面前，她這顆心才落了一半到地上。又轉而看向在一旁的沈文戈，本以為出使像以往般，去那一圈就回來，誰知他們還能遇見婆娑政變，她又險些失去了她的小女兒。

沈文戈道：「母親，我沒事。」然後她向站在母親身後的沈嶺遠招手。「嶺遠來，姑母將你父親帶回來了。」

沈嶺遠挪步過來，用孺慕的目光看著沈舒航，喚了聲「父親」。

沈舒航伸手摸著他的頭。「為父對不起你，讓你操心了。」

沈嶺遠憋著兩泡淚，沒讓自己哭出來。

王玄瑰站在後面，看他們訴衷腸。他本是和沈文戈並排而走，待送至侯府門前便只剩他。眼前，沈家六郎和他的新婚夫人在偷偷避著人群牽手；五郎大呼小叫說自己又有兒子了；四郎在躲避自己夫人打他的手；沈家三郎則帶著夫人上前，將回來的人逐個關心了一遍。

蔡奴與安沛兒提前回府整理，此時寬慰道：「待阿郎娶了娘子，阿郎便也能過去了。」

他「嘖」了一聲。「誰稀罕。」

此時被倍檸抱著的雪團掙扎了起來，「喵喵喵」地跳下了地，快速朝著沈文戈跑過去。

「雪團！」沈文戈蹲下身，歡喜地朝雪團伸出手，卻只來得及摸到雪團的一截尾……

雪團一路「喵喵、喵嗚喵嗚、喵喵喵」地從沈文戈身邊跑過，衝到了王玄瑰腳邊，繞著他，左轉三圈、右轉三圈，還伸著爪子搆他。

王玄瑰彎腰將牠抱進臂彎中，然後，迎面對上了鎮遠侯府眾人炯炯的目光。

「喵嗚！」

「小沒良心的！」沈文戈一路抱著雪團疾奔回自己房間，雪團重得她兩隻手臂都發痠了，幾乎是一進了屋，就趕緊將牠放到了地上。

「喵嗚……」牠歪著黑色的小腦袋瓜，翡翠般碧綠的眼睛無辜地瞅著她。

沈文戈將牠從自己身邊推開。「你還委屈上了？你喵喵也沒用！當著那麼多人的面，你跑得倒是挺快的！」她吃味地點點牠的小腦袋瓜。「你說，是誰將你從巴掌大小養到現在這麼大？」自己又頓了頓，確實巴掌大點時，牠就已經翻牆跑到宣王府了，便只能又惡狠狠地戳了牠好幾下。「家裡是短了你吃的，還是斷了你喝的？王爺就那麼吸引你？你還……你還在他胸口蹭腦袋！生怕別人不知道你跟他關係好嗎？你讓我現在怎麼跟母親他們解釋？將我的計劃都打亂了！」

「娘子，您慢著些！」倍檸和音曉緊緊追在沈文戈身後，跟著進了屋，生怕她罰雪團。

進屋一瞧，虛驚一場。雪團已經跳在她膝蓋上，正拿小爪子扒拉她裙頭的珍珠墜子，她則撐著腦袋，連連嘆氣。

音曉看了倍檸好幾眼，倍檸才上前將雪團抱走。牠現在著實是不輕，再蹲一會兒，娘子的腿都要麻了。

將雪團放到地上，音曉關緊房門防止牠偷跑出去。

倍檸這才道：「娘子，其實也不必如此憂愁，大家其實都……」

沈文戈抬眼看她。

她勉強笑了笑，說：「大家都知道了。」

「全知道了?!」

「是啊，天一暖和，雪團就愛翻牆往王府跑，每日都要和老夫人進行一場大戰，這一次、兩次的還能瞞住，次數多了，甚至一天跑個幾回後，便連幾位夫人都知道了。」

沈文戈伸手扶住額，很好，現在也不用她再想這要怎麼解釋了。

「喵嗚……」

雪團挨了過來，沈文戈躲牠。「王爺不在你還往他府上跑？你別黏我，你去找他啊！你不是和他親嗎？」

「喵喵……」

「我不在王府的這段日子，雪團有過來嗎？感覺牠又重了許多。」王玄瑰張著雙手，讓安沛兒和蔡奴為他摘去身上蹭到的貓毛。

安沛兒收集著貓毛，答道：「奴已經問過了，最多只跑到牆頭，便叫人給捉了下去。」

他「嘖」了一聲，又道：「今日整個鎮遠侯府的人都瞧見雪團跑我懷裡去了，省得她為難，我們該去提親了。」

蔡奴道：「阿郎，提親也不能這般快的，總要給我和嬤嬤準備聘禮的時間。再說了，庫房也需要重新清點一次。聖上已經在宮中等候多時了，阿郎快去吧。」

「嗯。」

等王玄瑰到宮中的時候，聖上已經換下龍袍，穿著一身琵琶紋樣的短衫，招呼他上馬車。「走走，我們去泡湯泉，邊泡邊說。」

見他多看了兩眼馬車，聖上了然道：「我記著你那馬車，在婆娑被搶了，我已經吩咐人給你重新打造一輛，比你之前那輛還舒服，特意下的旨，誰敢彈劾你，你讓他們找我。」

聖上馬車裡放著冰塊，涼爽舒適，王玄瑰歪癱在車壁上說道：「多謝聖上。」

見他累壞的模樣，聖上感慨道：「你們一天不回來，我這心裡就一天不踏實，溫泉泡得都不得勁。你這一路肯定也沒泡上，今兒好好泡泡，解解乏，後面幾日都不找你了。」

說到溫泉，王玄瑰恍惚一瞬，想起了吐蕃雪山上的那兩池子泉水。他可不是沒泡上，還泡得甚美……他伸手抵住喉結，一路上聖上說了什麼，一句都沒進耳。

等下了水，他喟嘆一聲，倚在沉香假山上，聽聖上問他出使這一路上發生的事，便用最簡短的語言給講了一遍。

待聽到他借兵吐蕃轉過去攻打婆娑，差點讓南天王帶的象兵給踩了，聖上憤而起身，伸手在他身上打了幾巴掌。

王玄瑰躲閃之際，便悉數落於背上，巧將在婆娑新受的傷露於聖上面前，頓時讓聖上就捨不得打了，給糊了一後背的湯泉水。

「臭小子！你有幾顆腦袋？被人搶了就搶了，回來便是！你知道我在長安城久等你們不歸是什麼心情嗎？按原本路線，最多半年你們就該回來，西北至少我還能瞧見戰報，你們呢？杳無音信！」說著，聖上氣起來。「孤就差派人找你們，給你們收屍了！」

這一頓吼，吼得王玄瑰老老實實的，就連眼下小痣都消停地待在臉上不敢動。

教訓完自己最不省心的親弟弟後，聖上靠在池壁上，伸手示意一旁的起居郎。「孤剛才罵宣王、打宣王這段別記，只著重記宣王出使路上的事情。」

本也沒記的起居郎應是，在聖上揮手下退了出去。

此處再無外人後，聖上抱怨道：「你叫我惦記，舒航那小子同他妹妹一起，也不叫我省心！一身傷還不回長安，若出點什麼事，讓我怎麼跟故去的老鎮遠侯交代？」

聽他嗓子都啞了，王玄瑰主動給聖上捧著果子飲。

聖上沒好氣地接過來，一口飲盡，「砰」地放在池邊。

「他們兩個的脈診我已叫人送來長安了，太醫署已研究多時，明日便去侯府，為兩人診治。不說救回舒航那一雙腿，也別留下太多病根。」

王玄瑰靜靜聽著，倏地，聖上又說回了他。

「別的不說，你這趟出使完成得不錯，但凡吐蕃插手，婆娑必坐視不理，兩國定會爭鬥，加之燕息戰敗，陶梁至少能休養生息十年。」他瞇著眼，舒服地靠在泉壁上。「他們的賞賜我都想好了，你想要什麼？我想來想去，也想不出來，不如，你去工部如何？」

好不容易在鴻臚寺實現他「人不在，事務依舊正常運轉，且無外患」的王玄瑰，冷冷地回看聖上。「不如何。」這哪是什麼賞賜？這是想讓他去工部當苦力！

「工部多好，你在吐蕃都能製造出絞車弩，去工部事半功倍啊！」

回應聖上的，是王玄瑰的兩聲冷笑。

「你這小子！」聖上點點他，抬手之際，帶起一片水花，隨即向自己的貼身宦官招手，那宦官立即捧著明黃色的聖旨出現在二人身旁。「你既不想去工部，那便好好想想，要什麼賞賜？機會只有一次。」說著，聖上看向宦官。

宦官了然地打開聖旨，做好了一會兒宣讀的準備。

聖上滿意地等著王玄瑰開口請旨賜婚，雖說鎮遠侯府家七娘和離過，但誰不知道她夫君新婚之夜就去了戰場，她夫君剛歸家，兩人就鬧和離了。這樣算下來，也都配得上。

能碰見一個讓長樂喜歡的小娘子不容易，這個小娘子還不嫌棄長樂的狗脾氣，就更不容易了！他這個做兄長的，怎麼能不成人之美？他聖旨都擬好了，只等這個弟弟一開口，當場就能同意！

聖上坐直了身子，吸著氣，溫泉水下鼓囊囊的肚子一癟，鄭重道：「你且說要什麼賞賜，孤都同意！」連自稱都變成了孤，就代表著，現在在王玄瑰面前的人是當今聖上，而非他的兄長。

王玄瑰思量片刻，又問了一遍。「聖上當真什麼都同意？」

「孤說話算數。」聖上做好賜婚的準備。只見王玄瑰從水中站起，鄭重地彎腰拱手行禮，聖上矜持地點點頭，一副「你說」的樣子。

王玄瑰道：「臣願用自己一身功績，換鎮遠侯府七娘沈文戈入鴻臚寺為官的機會。」

為官、為官、為官……聖上耳朵裡不住地盤旋著這兩個字，想好的所有賜婚的說辭，一句也說不上了。就連他的宦官也是一噎，驚愕地看向他。「下去！」

宦官趕緊捧著賜婚聖旨，退了下去。

聖上捧了把水洗了洗臉，平復著自己巨大落差的心情。

王玄瑰一直彎著腰，根本不知道聖上如今臉上神色有多麼精彩，他還在為沈文戈說著好話。「臣站在客觀的立場上向聖上提出此事，本次出使成功，任何一位使團使者都功不可沒，七娘絲毫不差，若因她是女子，便將她拒之門外，臣覺得這是鴻臚寺的巨大損失。故而，臣願用自己的賞賜，換取她為官的機會。」見聖上遲遲不語，他又道：「今有瑤將軍這位女將軍，為何就不能有沈文戈這位女鴻臚寺官員？」

聖上深深吸了口氣，問道：「你當真要向孤換取這個賞賜？」而不是賜婚？

「臣真心實意。」

聖上拍著腦門，無奈地道：「起來吧，此事孤還要再思量思量。」

「聖上，沈文戈著有《使團見聞錄》一書，臣明日為聖上送來一本。上面記載了使團一路上發生的事情，還有她的心路轉變，相信聖上觀後，會作出決斷的。」

「哎，」聖上疲憊道：「行吧，你明日給孤送來。」

泉水汩汩流動著，氤氳出一片霧氣。長安城大大小小的湯池館子裡擠滿了人，從外歸來的人們，呼朋引伴一起去泡湯泉，熱鬧非凡。

七日光景一晃而過，不是所有人都能面見聖上、吃到宴席，能去者，非大功有官職在身不可。因此，沈文戈收到她也要去的消息時，也是不敢相信。

倒是陸慕凝和沈婕瑤為了她，前前後後忙乎了起來。

一個說她穿紅衣好看，一個說宴席大事，不可出挑。

最後陸慕凝煩得不行，將沈婕瑤趕了出去。她可是一身明光甲就搞定了，淨給自己妹妹出餿主意。

沈婕瑤在門外喊道：「我也只是母親七天內的愛女，七天過後啊，就什麼都不是了……」

「沈婕瑤！」

屋裡傳來陸慕凝的聲音，沈婕瑤當即閉嘴。「我去找大兄！」

沈文戈最後穿了母親為她挑的淺黃色寬袖襦裙，裙角用一塊玉壓著，腰間還有一個荷包，裡面裝著零嘴，怕宴席上的東西她吃得不習慣。

這回進宮，自然是跟兄姊一起坐馬車進去。

沈婕瑤從她腰間荷包裡抓出一把果脯，塞給她一個。「別緊張，無非就是先受個賞賜，然後吃吃飯，簡單得很。」

看了二姊一眼，沈文戈含著果脯不語。她哪裡是為自己緊張？她是在為二姊緊張啊！二姊與燕息皇子的事情，聖上怎可能不知情？也不知會對二姊如何。

沈舒航其實早被聖上叫進宮一次，他摸了摸沈文戈的頭安撫道：「聖上心中自有決斷，多想無益。」

進了宮，在柳梨川與張彥下首坐下，看著宦官捧著厚厚的旨意過來，沈文戈連呼吸都放緩了。最先唸的，是參與燕息戰事的將領們，第一個說的便是她大兄。

「鎮遠侯錚錚鐵骨，寧被俘受盡酷刑，也不願蟄伏於燕息，特賜金三百兩、絹四百疋，准回家養傷，暫卸西北大將軍一職。」

「末將，謝聖上。」

看著大兄被兩個小宦官推出來，沈文戈的眼眶立刻紅了。理智上知道大兄雙腿殘疾，不可能再當大將軍，甚至鎮遠侯還為他留著已是不易，可她還是好難過。似是有蠅蟲飛舞過來，她舉手搧了搧，順便擦淨眼旁水漬。

緊接著便是她二姊，她一顆心都提了起來，只聽那宦官宣道——

「瑤將軍深入敵營，營救鎮遠侯，有勇有謀，擊退燕息，特封為西北大將軍，掌西北，賜金三百兩、絹二百疋！」

西北大將軍?!聖上非但沒怪罪二姊，還將大兄身上的將軍職位給了二姊，讓二姊連升三級！沈文戈重重舒了一口氣。之後聽著凡是去過西北的人，按軍功封賞，四兄、五兄、六兄，人均升兩級，四兄更是能當個小將軍了。而且哪怕是最普通的士兵，也拿了二十兩紋銀，她這才露出了今日的第一個笑容。

之後便是使團了，她跟著起身，與眾人站在一起。

「出使使團，平婆娑，生擒婆娑王，帶回大量書籍，又與吐蕃結下深厚友誼，特賞宣王紫袍一件！燕息、婆娑、吐蕃三國使者即將來朝，特在鴻臚寺立禮賓院，由蔣少卿全權負責，賞銀一百兩、絹五十疋！岑將軍護使有功，剛猛非常，封金吾衛左將軍，賞銀一百兩、絹五十疋！其餘使團使者，由吏部考核核定，升一級，賞銀三十兩、絹二十疋。」

所有人都唸完了。沈文戈低垂著頭，無人可見，她的眉頭已經緊緊蹙上了。連岑將軍都直升了四級，蔣少卿都單獨執掌禮賓院了，甚至但凡出使的人都有錢和絹拿，怎麼只給了王爺一件紫袍？她正思索間，猛地聽見了自己名字。

「最後，使團成員沈文戈出列。」宦官站在上首，唸道：「茲有沈家七娘文戈，以女子之身，跟隨使團出使，立下汗馬功勞，特恩賜為鴻臚寺典客署常客兼譯者！」

沈文戈倏地睜大眸子，鴻臚寺常客——九品官！王爺沒有任何封賞，可她卻有了官當！

「七娘子，」內侍監的宦官捧著圓領寬袍來到沈文戈身前，躬身道：「內侍監日夜趕製，僅做出了七娘子的大袖禮服，煩請七娘子隨奴去一換。」

蔣少卿欣慰地看著她。「去吧。」

一眾出使的鴻臚寺官員也紛紛開口——

「七娘去便是，我們在此等候。」

「還沒恭喜七娘呢！」

「是七娘應得的！」

柳梨川和張彥在邏耶跟著沈文戈都跟出習慣了，下意識就抬步要跟著沈文戈一起走，隨即二人對視一眼，紛紛搖頭。如今已不在吐蕃，何來危險？便也只能叮囑那小宦官一二，讓他定要多找幾位宮女幫七娘著衣。

沈文戈聽著他們關切祝賀的話，一一謝過，而後回頭望向高臺之上。王玄瑰坐在聖上下首，距離太遠她看不太清，可總覺得他是在注視著自己的。

宮裡宴席來的人多，是以會專門配備讓賓客休息的房屋，她此時換衣裳的屋子便是。大袖禮服與平日裡穿的直袖袍衫顏色並不一致，平日裡著淺青色，可禮服卻是大紅色。她張開手臂，任兩個宮女為她換上禮服，禮服領口、袖口處均縫製著寬黑綢邊，下身卻出乎她的意料，竟是一條紅色襦裙，是專門為她改製的。裙裳下襬和裙頭均有細密的黑色裙邊，裙頭又加以寶石鑲嵌，下垂黑色繫帶直至膝蓋，腰後亦拖有黑色菱紋綬帶。

待她踩著黑色笏頭履緩步而出時，王玄瑰與其兄姊紛紛望了過去。

沈婕瑤心道：我說什麼來著？娉娉是最適合大紅色的！一身沈穩將紅的張揚悉數壓了下去，她的威嚴便透了出來，任誰也不能小覷了去。

王玄瑰不自覺地伸手撐住臉頰，看她走入使團中，和一眾均穿著紅色禮服的鴻臚寺官員混在一起。不再是突兀的在一眾紅中，點一個黃蕊。這才對，她本該如此。她似是抬頭向這裡張望看來，他便也回了一個嘴角翹起的笑容。

坐在上首同朝臣說話的聖上餘光瞧見這一幕，開懷笑了起來。「來，孤與諸位共飲！」

群臣執起酒杯，一飲而盡，席間其樂融融。

唯尚滕塵看著沈文戈，自覺淒苦地又多飲了幾杯酒，最後醉得不省人事。

第二十八章

宴席散去回到家後，沈文戈被當作猴兒一樣，穿著禮服給家中眾人圍觀。

她好笑道：「家中除我外，不說兄長，便是二姊也出得朝堂，怎地見我穿上如此新鮮？」

「那如何能一樣！」四夫人陳琪雪道。「二姊整日裡同夫君穿得一樣，看來看去都看膩了。」

「鎮遠侯府出位女將軍不稀奇，可出了位文官，還是差得頗遠的鴻臚寺文官，便不得不說一句稀奇了！」三夫人言晨昕接話。

六夫人唐婉眼裡全是欽佩。「七娘這身真好看！為我們女子長臉了！」

五夫人崔曼蕓不會說好話，便只會跟著點頭。

沈文戈索性讓大家看個夠，而後在心疼她忙了一晚上的陸慕凝的叮囑下回了院子休息。

將禮服歸整放好，看著自己的閨房，初回家時的陌生感褪去，她如今才有了腳踏實地回家的感覺。

雪團在床榻上伸了個懶腰。「喵嗚……」

她望向窗外，夜幕低垂，她提著裙襬欲往兩府間隔的牆而去，卻發現自己小院中竟多了兩個粗壯嬤嬤，一人一個方向，將她攔在了牆前。

「七娘子，莫要為難奴了。夫人說了，日後不許七娘子隨意過來。」

沈文戈看著近在咫尺卻不能過去的牆，無奈地嘆了口氣。

陸慕凝白髮下隱隱生了黑根，此時的她在房中任嬤嬤為她按頭，心想：攔不住雪團，我還攔不住娉娉嗎？

次日，音曉偷偷將雪團抱至小院拐角處，手一鬆，雪團就「咻」地在兩個嬤嬤的眼皮子底下躥上了牆頭。她候了半晌，才匆匆回去稟告。「娘子，雪團過去未歸，王爺應是在府上的。」

沈文戈一點下巴，囑咐道：「妳二人盡力便是，能拖多久就拖多久。」

被迫參與整場「調離嬤嬤」活動的倍檸，點頭稱是。「娘子，放心。」

兩個嬤嬤被倍檸與音曉前後給引了出去，沈文戈乘機跑到牆邊，在角落裡尋到梯子，也沒時間搬了，直接登了上去。一探頭，便是伸手能搆住的枝繁葉茂大樹，只能透過樹枝空隙瞧見院中景象。

院中，正在安沛兒的指點下，小心翼翼給雪團梳毛的王玄瑰耳朵一動，看向樹後。

安沛兒見狀跟著一看，除了樹，什麼也看不到。「怎麼了，阿郎？」

這時，樹後傳來沈文戈的聲音——

「王爺、嬤嬤，我在樹後呢！」

王玄瑰眯起眼睛，「哼」了一聲，不理沈文戈，分明是對她昨日未來找他的不滿。

安沛兒趕忙跑到樹下，仰頭一看，果真瞧見了層層樹枝後的沈文戈，驚道：「娘子怎麼走這兒？」又趕緊提點道：「昨日阿郎是宿在湯池房的，生生等了娘子一夜，只清晨眯了會兒。」當然，她就不說阿郎醉了，一直撐著不睡覺的事情了。

沈文戈聽聞，當即滿滿的愧疚，又不敢抬高聲音，解釋道：「昨日非我不願過來，實在是母親派了兩個嬤嬤守在牆邊，不許我來。」

本就敏銳的王玄瑰自然將這話聽進了耳，眉眼間有些鬆動，又聽沈文戈說自己撐不了多久，嬤嬤一會兒就要回來，便鬆手放開雪團。

雪團翻著肚皮，被梳毛梳得正舒服，見他一停，伸著兩隻小爪子勾他。

他便將牠抱起，走到樹下仰頭看沈文戈被樹枝擋了一半的臉，索性直接爬到樹上，從樹枝中鑽出半個身子，還一手護著雪團。

她噗哧一笑，伸手將他髮上黏著的樹葉摘了下去，揉了揉他懷中雪團的腦袋，問道：「王爺可消氣了？你瞧，我今日讓婢女將嬤嬤引走，來尋你了。」

王玄瑰的目光掃過她脖頸上自己送的玉牌，矜持地點點頭。「本王何時生氣了？」

沈文戈笑了起來。

他懷中雪團試探地伸爪勾住他身旁的枝椏，躍了上去，動作輕巧靈敏——當然，如果忽略掉牠腳下搖搖晃晃、險些斷裂的樹枝就更好了。

她感嘆道：「王爺，雪團真的不能再多吃了。」

王玄瑰挑眉。「本王和妳一樣，都才回長安。」

是，都才回。母親和他真是一個樣，寵起雪團沒個度！

看雪團已經踩著樹枝跑遠了，她凝望著他。「王爺，我的常客可是王爺幫我向聖上討的？王爺生擒婆娑新王這功績，怎麼就只賜了件紫袍？」

王玄瑰不在乎地道：「本王已經賜無可賜了，還不如給妳換個官兒當當。妳在《使團見聞錄》中有言，出使方知天地之廣闊，感嘆自己沒有下一次機會了。看妳還想出使，索性幫妳一把，如何，可喜歡？」

何止喜歡？他什麼時候看的書她都不知道，但他將自己隨筆寫下的話記在心裡，光這份心意，就不知讓她如何感動了。她久久注視著他，問道：「若是有朝一日，我不想當譯者了怎麼辦？」

「那本王就再賺個功績，掩去妳請辭一事。」

她覺得她不用再問，他在不在意自己的夫人出去拋頭露面了，他何時在意過他人看法？便扒著樹枝，湊上去在他唇上親吻。

他眸子深了一瞬，加深這個吻。

難捨難分之際，她磕到臉龐枝條上，笑出了聲。

王玄瑰不滿地看著她，這種時候笑什麼？

「娘子，表郎君來了，夫人喚您過去呢！」拖著嬤嬤的倍欔大聲喊著提醒她。

沈文戈一驚，險些沒扶住枝條，快速在他唇上點了幾下後，匆匆道：「我先去，這幾日恐怕不能時時過來，王爺別等我。」

王玄瑰捉住她的手，在她回頭之際飛快道：「聖上雖給使團放了一月的假，但因鴻臚寺增設禮賓院，不管哪個署的都在幫忙，本王也會去盯著。」

她自己是典客署的，當即就懂了，便又湊上去，在他臉頰親了一下。「從明日開始，我便過去。」

看她提著裙襬消失在院中後，他才將跑到樹上下不去的雪團抱起。

蔡奴在樹下同安沛兒感嘆道：「阿郎好哄也。」

王玄瑰腳一落地，便問二人。「我什麼時候才能去提親？」

被日日問、刻刻催的安沛兒，攏著身上的披帛，回道：「阿郎，大雁打了嗎？總該你親手捉兩隻活雁才行。媒人請了嗎？至少也得德高望重者，隨隨便便街上拉一人可不成。聘禮備了嗎？我統計出的庫房單子你看了嗎？你挑了嗎？要不要去問問娘子喜歡什麼？送的聘禮畢竟是給她的。什麼都沒有，阿郎用嘴去提親嗎？七娘是鎮遠侯府最小的嬌女，總歸得叫人家看見我們的心意才是。」

王玄瑰幽幽地睨著安沛兒。

蔡奴在他身後，險些笑出聲。

他將雪團放進安沛兒懷中，這才道：「妳將庫房單子再抄一份給我。媒人……我這就進宮請皇嫂。至於大雁，等你們什麼時候看見天上有雁了再叫我。」

快速走出府，上了馬車，遠離被惹怒了的安沛兒，王玄瑰才對蔡奴道：「她那個表兄怎麼回事？還沒外放嗎？一會兒先去趟吏部問問，正好禮賓院還缺人。」

「是，阿郎。」

「你給我往宮裡遞消息，說我要見皇嫂。」

「這……」蔡奴給他泡了杯清熱解毒的菊花茶。「讓皇后娘娘去當媒人，不妥吧？」

王玄瑰一飲而盡，將吃到嘴裡的菊花兩三下嚼了嚥下去，才道：「求皇嫂幫我找媒人。」

「是！」

「另外告訴蔣少卿動作快點，把鴻臚寺閒著的人全部叫去架構禮賓院。燕息使團和我們前後腳出發，快到長安了，本次會談涉及割城，馬虎不得。」

「是，阿郎！」

與此同時，燕息使團正在陶梁境內駐紮休息。他們這五十人，個個風塵僕僕。

燕淳亦飲下半個水囊的水後，將剩下的水悉數倒於臉上散熱，水珠墜於英眉之上，其下的眸子如一汪漩渦。他下令道：「啟程。」

近幾日天氣都明朗舒爽，走在街邊綠蔭下，還能聞到陣陣清香。

沈文戈此時乘著家中的馬車去往鴻臚寺，她的淺青色官袍還未做好，根本領不出來，便找出顏色相近的碧色衣裙換上了。

剛走出沒多遠，就見到了等候多時、嶄新的白銅馬車。

皮鞭挑起車壁上的車簾，王玄瑰的臉出現在她面前，見她只淺淡地描了下眉，塗了唇脂，配上碧色衣裙，沒了出使使團時的華貴，倒是更清麗了，便又想親親她了。

他看她，她也在看他。

王爺今日未穿紅衣，反而穿上紫袍。紫色是一種很奇妙的顏色，穿得好了雍容華貴，穿的不好便顯老氣。穿在他身上，自然是襯得他皮膚更加白皙了，比之他穿紅衣時的豔麗靡醉之感，更多了分矜貴。

他大拇指上還配了枚白玉扳指，此時有一下、沒一下地握著皮鞭敲在窗櫺上，都能叫她看愣了，想把玩一下他修長的手指。

兩輛馬車並駕齊驅，他們二人互相對視，已經成了這幾日去鴻臚寺總會出現的場景了。

明明鴻臚寺離他們居住的地方頗遠，可總覺得坐在馬車裡，短短一瞬就能抵達。

向來非必要大事不出現在鴻臚寺的宣王，這幾日幾乎是天天準時抵達，弄得這幫鴻臚寺官員們都不敢遲到，只能一個比一個早到，然後呵欠連天的。

但今日卻是個個神采奕奕，可見昨日不約而同早睡了。

各種顏色官袍的官員齊齊拱手道：「見過宣王。」

王玄瑰頷首。「都準備得如何了？」

「已全部準備好。」

「好。」隨即皮鞭指向蔣少卿。「先說說你的禮賓部。」

禮賓，顧名思義，專門負責招待宴請來訪使團的。

蔣少卿不急不緩地道：「燕息使團來訪五十人，除去護衛四十人，真正可以上宴者十人。臣已佈置好菜單、歌曲，並將全部流程過了三遍，沒有問題。」

「嗯。」王玄瑰帶頭往鴻臚寺裡面走，後面烏泱泱跟著一群官員，又問：「典客署接人一事可安排妥當了？」

「已安排了兩個人在城門口等待，一見到燕息使團出現，便會來稟。屆時王爺不必過去，直接上宴便是。我等過去接人，會直接將人帶到禮賓部。」

王玄瑰「嗯」了一聲，補了句。「不要讓他們在長安城亂逛，記得跟金吾衛做好交涉。」

「是，王爺。」

進了屋，坐在他的矮榻上，他在人群中搜尋跪坐在最末尾的沈文戈。

這時遲遲聽不到王爺點名的司儀署，主動起身道：「稟王爺，整個司儀署僅留出十人負責日常的凶事儀式、喪葬之事，其餘人全力配合禮賓部與典客署。」

「甚好。」他擺手。「該做什麼就做什麼去。」

眾人拱手告退。

沈文戈抬頭與他對視一眼，露出一個清淺的笑來，便收回視線，跟著典客署的人出去。

「七娘，少卿叫妳與我們一同出城迎接使團。」

柳梨川與張彥原本就是典客署的人，與沈文戈一樣沒有休假，直接來了鴻臚寺上衙，正好趕上迎接燕息使團一事。

她向二人點點頭，上了馬車往城外走，一路聽著他們兩個拌嘴，和同僚開著玩笑。

剛剛傳信，燕息使團距長安不到一公里。

每次聽到打探消息的人告知燕息使團方位，她都生出一股燕息來勢洶洶之感。除非他們日夜兼程，否則怎麼可能來得這麼快？可一個戰敗國的使團，有什麼要緊事催著他們往長安趕？難不成上趕著割城？

微風拂袖，她壓著自己的寬袖不被風吹起，站在隊伍中靜靜等待著。

兩輛華貴精美、通身嵌金的馬車最先進入眼簾，讓她瞧著頗為熟悉。很像是救出兄姊時，二姊所駕那輛，畢竟她也在那輛馬車上睡過一段日子，瞧這形制、樣式，不說頗為相似，根本就是一模一樣。大抵是他們燕息的制式馬車？也是怪奢侈的，連馬車都要嵌金。

而後是載著物品的十輛馬車緩緩駛來，周邊舉槍士兵一個個看著精神抖擻，可他們鞋子上的風沙、疲憊的眼神可不是這麼說的。

典客署的馮少卿已經拱手迎了上去，不知與馬車中不露面的人說了什麼。

沈文戈清晰地看見，馮少卿的臉色變了一變，但強撐著沒有露出端倪，反而伸手示意他們優先拿出路引，排隊進城。

守城士兵原本是被鴻臚寺叮囑隨意查查便放行的，可收到馮少卿的另一個手勢，當即便要他們馬車上的人下來檢車。

既進陶梁長安，自然要守長安的規矩，燕息使團的士兵敢怒不敢言。

馬車裡卻傳出一道男聲。「無妨，只是另一輛馬車中坐著家妹，我燕息女子是不可隨意拋頭露面的，還望見諒。」

馮少卿點頭，守城士兵應允。

車簾被掀開，一位臉上帶著病態的八尺男兒從馬車上下來，雖看著孱弱，可他猿臂蜂腰，動作俐落，絲毫不在意身體狀態。

英眉下的一雙眼睛掃過使團眾人，瞧見內裡還有個女子，便多停留了一瞬。

這一瞬，足夠沈文戈與其對視，雙方互覺對方眼熟。

沈文戈吸著氣，她前後兩輩子都沒和燕息的人打過交道，唯一一次近距離接觸燕息人便是去接應大兄和二姊。試問，她怎會覺得他熟悉？

而後，燕息使團士兵們的一聲吼，炸裂在她耳畔——

「是，三皇子！」是燕淳亦讓他們拿出路引。

三皇子?!沈文戈倏地抬眼看去，眸中滿是不敢置信，熊熊怒火迅速從眼底竄起。

折磨大兄、欺辱二姊，他竟還有臉帶隊來長安？

許是感知到她的目光，燕淳亦冷淡地瞥了過來，沈文戈當即側頭迴避。她現在代表的是鴻臚寺，是陶梁的臉面，行事不能出差錯。

將人接到後，馮少卿命柳梨川與張彥速速回去稟告王爺——燕息之前給的出使名單並不準確，他們掩藏了三皇子帶隊這件事！

不說聽到消息的鴻臚寺眾人如何譁然，只說王玄瑰敲了敲几案，擰緊眉心，吩咐蔡奴道：「速進宮，將此事稟告聖上。」待蔡奴應是退去後，他才又對鴻臚寺眾人道：「之前如何準備，現在依舊。縱使是燕息皇子來訪，他們也只是個戰敗國而已。」一句話將眾人安撫下來後，他起身趕往禮賓部，親自與蔣少卿又確認了一遍宴席菜品無誤。

車輪滾滾前行，為燕息使團車隊避讓的長安百姓們，一個個臉色不悅，就差跟在他們屁股後面罵出聲了。

車隊直接駛到鴻臚寺禮賓院，聽著馮少卿介紹，說這裡是專門宴請他們的地方，但燕淳亦卻連馬車都沒下，只隔著馬車道：「竟連我都不能面見你們陶梁聖上？這就是你們陶梁的待客之道？」

不用馮少卿想說辭，王玄瑰人已至。他一襲紫袍立在門前，便將所有鴻臚寺的人心給定了下來。

只見王玄瑰似笑非笑道：「三皇子自是可以，可我們考慮到爾等舟車勞頓，特意先為爾等接風洗塵，待休整過後，我陶梁聖上自會召見。」他用的是「召見」二字，且未說明何時召見，明顯在給燕息下馬威。

馬車中的燕淳亦舔了舔唇。

王玄瑰又道：「三皇子身分尊貴，本王特備好酒好菜招待，請吧。」言下之意——我是陶梁王爺，你也不過是個皇子，我給你面子了，你可別不要面子！

一進城就連連吃悶虧，燕淳亦閉上眸，攥緊雙拳，半晌五指用力張開，才道：「如此，幸甚。」

見他下了馬車，又去另一輛馬車旁等候，王玄瑰才看向沈文戈。

沈文戈向他揚起一個不用擔心的笑容。她是知輕重的，稍後的宴席名單上有她的名字，是蔣少卿與馮少卿合計一起要求帶上她的。以女子身分成為鴻臚寺官員，即可體現我陶梁大國之威、包容之度，又能表現出我陶梁不拘一格用人才。是以，她不光不能有絲毫情緒外顯，還要表現出陶梁女子的良好教養。

沈文戈的座位，恰恰好就在燕息公主對面。據燕淳亦介紹，此霓裳公主乃是他胞妹。縱觀整場宴席，上面有王玄瑰與燕淳亦你來我往、唇槍舌劍，下面有沈文戈安安靜靜用飯賞歌，不敢隨意去看。

燕息的霓裳公主則面戴輕紗遮顏，不吃不喝，一直枯坐，面紗外露出的眼睛忽閃忽閃，時不時就好奇地看沈文戈一下。

早就聽聞燕息對女子甚為苛刻，當真百聞不如一見，竟是連出席宴會都要輕紗遮面，不能吃東西，也怪不得她柔柔弱弱，風一吹就能倒的樣子。

大家都心知肚明，這位公主就是被送來和親的，感嘆她命運之際，又有三皇子燕淳亦的到來，沈文戈心裡壓著事，根本沒吃兩口，白費了蔣少卿命人備的這陶梁美食了。

宴席結束，沈文戈幾乎是迫不及待要回家將三皇子來到的消息告知兄姊，哪裡還能待得住？

柳梨川與張彥一回頭的工夫，沈文戈已經去與馮少卿告假了。

知道她家事情的馮少卿自是當即准假，還安慰她，燕息翻不出什麼風浪。

道過謝後，沈文戈疾步行走，根本沒瞧見在她身後，想與她說上幾句話的霓裳公主眼露失落。

馬車以最快的速度專挑無人小路行駛，到了侯府，在一路上響起的「七娘子今日下徜的早」的話語聲中，徑直去到了大兄書房。

沈舒航正在教導嶺遠，見她一副險些失卻冷靜的難看模樣，溫聲讓嶺遠先出去練武，才問她。「這是怎麼了？最近都甚少見妳這樣。」這幾年不光他們在改變，沈文戈也在改變，且是改變最大的那個。以前那個會哭哭啼啼尋求他們幫助的小妹，不知不覺已經成長為可以出使相救他們的人了。

沈文戈半點轉彎的意思都沒有，直接道：「此次燕息出使，帶隊的人是三皇子！我懷疑他是衝著二姊來的，我們是否要告訴二姊這件事？」

沈舒航放下手中的書本，沈默地看著自己這雙到現在為止只能堪堪站起的腿，而後才道：「自是要告知妳二姊的。妳放心，她沒那麼脆弱。」

自然，能在燕息大營帶出大兄的二姊，非常人所能比，但她終究也只是個受到傷害的女子罷了啊！「這燕息三皇子到底想做什麼？」沈文戈恨恨出聲。「他就不能放過二姊嗎？」

自從墮胎之後，二姊的身體就大不如前，如今被母親拘著，日日都在喝湯藥調理身子，別說不能見風了，連門都不准她踏出一步。用她母親的話說，小產也要坐月子的。

陸慕凝還不了解自己的女兒嗎？定是沒幾日就跟著上戰場了，不然如何會落下怕寒之症？正好現在聖上恩准他們在家，一個個都得給她喝夠了藥才行！

所以沈文戈進了二姊屋子，聞到的便是一股濃烈惡苦的湯藥味。

沈婕瑤剛嚥下最後一口藥，正猛灌白水，連吃了四、五個果脯，才緩過來癱在榻上。

「妳怎麼來了？今日不是要迎燕息使團……」她猛地坐起，一把抄起被她扔在榻上的佩刀。「燕息使團怎麼了？那幫狗娘養的欺負妳了？他們一貫看不起女人，走，二姊給妳出氣去！」

沈文戈都被她這一連串的動作給弄懵了，回過神來，眼裡便帶上淺淚。也只有她的二姊，見不得她受半點委屈。她攔著要出門替她喊打喊殺的二姊，都不知道該怎麼開口跟她說。

沈婕瑤卻是太了解這個從小跟在她屁股後面長大的妹妹了，直接雙手抱胸道：「跟妳無關，那便是跟我有關了。說說吧，什麼事？妳可別告訴我，燕息來了位皇子。」

沈文戈沈默地看著她。

沈婕瑤爆了粗口，從眸底開始寸寸結上冰。「可是燕淳亦來了？」

「……是。」

沈婕瑤側過頭，重重吐出一口氣，聽著自家小妹說，覺得燕淳亦來者不善，讓自己別出府，以防碰見不該碰見的人，她會在鴻臚寺盯著他們的，有什麼消息就第一時間傳過來，這才憋退眼裡那抹無助。

「妳放心，妳姊我是什麼人，還能被他拿捏了？」她拽了下沈文戈的髮髻。「行了，我若是想出去，妳看母親讓嗎？」

這倒是，陸慕凝已經在拿坐月子的架勢看著沈婕瑤養身子了。

沈文戈主動握住沈婕瑤的手。「姊妳別怕，今日王爺已經狠狠打壓了一番燕淳亦的氣焰。有王爺在呢，我不會讓他欺負妳的！」

沈婕瑤怪笑起來。「喲，妳都能指使得動王爺了？對了，我怎麼聽母親說，王爺給了妳一本他庫房的清單讓妳挑呢？」

面對二姊眼裡的促狹，沈文戈不僅沒臉紅，反而說道：「是啊，我當日嫁給尚滕塵的時候，聘禮還不及嫁妝一半，可我與王爺婚事連半點影子都還沒有，他已經將庫房單子全給我了。可見有的時候，衡量一個人將不將妳放在心上，看他給妳什麼就夠了。王爺帶給我的，還有可靠和安穩。」她沒捨得說重話，只提點道：「我今日在宴席上，只覺得對面燕息的霓裳公主好生可憐，出了燕息還要守燕息的規矩。她的親生兄長燕淳亦只顧著和王爺說話，看都沒看她一眼，但凡他說一句『妳便吃吧』，她也不至於戴著面紗枯坐。」所以阿姊，他連他親妹妹都能送出來和親，對妳又會有幾分真心？妳可千萬別在這個節骨眼上犯傻啊！他帶給妳的除了痛苦和一身傷，還有什麼？

沈婕瑤是個聰明人，聞弦歌而知雅意，所以她捏了捏沈文戈的手骨，笑道：「妳先擺平母親，讓妳與王爺能在牆頭見面再說。」

「姊！」

屋裡傳來沈婕瑤舒爽大笑的聲音，屋外過來查看女兒有沒有喝藥的陸慕凝搖搖頭走了，讓屋裡的姊妹兩人說說悄悄話。而後就見脖子上戴著白色綢帶的黑貓雪團，明目張膽地邁著優雅的貓步從她腳邊走過。這綢帶……她會心一笑，全當自己沒瞧見。罷了罷了，已經怕落人口實，不讓兩人私底下翻牆了。

接下來的日子，燕息使團便在鴻臚寺的帶領下，今日逛長安城的園林，明日逛長安城的某個寺廟，後日再去南市、西市買點東西，別說被聖上召見了，正事一點也沒幹。

王玄瑰轉轉脖頸，「嘩啦嘩啦」，鐵鞭一動，鴻臚寺官員們背脊便是一寒，寒毛豎起。自發現燕息使團是由三皇子帶隊來的後，王玄瑰手裡裝飾性一般的皮鞭，便換成了出使時用的鐵鞭。那也不知是鐵鏽味還是血腥味，在炎炎夏日，總能令鴻臚寺的官員們嚇得戰戰兢兢，不敢靠近。

趕來匯報的馮少卿倒是穩得住，同王玄瑰說起燕淳亦再次提出面聖的請求。

王玄瑰嗤笑一聲。「繼續晾著。」任他是誰，來了陶梁也得聽他們的話。

馮少卿面露難色。「實在是長安城都沒有可以一逛的地方了。」

「那就帶他們去踏踏青，讓禮賓院再找藉口宴請一、兩回。」王玄瑰煩悶地用手撐住臉。燕息一來，除了他能在身分和官職上牽制住燕淳亦，別人不行，聖上也不放心，拖得他連在鴻臚寺見沈文戈一面都難。

蔡奴再為續了杯菊花茶祛火。

他眯起眼打量著杯中轉著圈的菊花，突地道：「走，隨我去會一會三皇子。」順便看看沈文戈。

一行人往番館而去，正見著燕淳亦身邊的幾個侍衛，將捧著一摞文書的沈文戈圍了起來，好生不客氣。

「哎，小宮女！就是在叫妳，妳走什麼？我們三皇子的屋裡有老鼠，妳去將牠捉了！」

王玄瑰眼中驟然掀起風暴，讓一個女子捉老鼠本就是欺負玩弄，更何況接使團的時候，沈文戈同鴻臚寺的官員是一同坐在宴席上的，這一句宮女喚誰呢？

他看了一眼身旁的馮少卿，眼中不乏指責的意味。若非涉及翻譯等事項都在典客署，他就將沈文戈調去蔣少卿在的禮賓院了！剛一抬腳，蔡奴與馮少卿便一前一後地開了口。

「阿郎你看！」

「王爺，給七娘些自信。」

只見沈文戈含笑道：「如此是我們鴻臚寺的疏忽了，放心，我這就派人進番館捉老鼠，保證不跑丟一隻。今日也是怪我，忘記穿官袍了！」隨即「哎喲」一聲，面露懊惱。「我本以為鴻臚寺就我這一個小娘子，如何也不至於眼瞎認錯，哪知，還真有眼睛不好的！當然，我不是說你們。」

那些侍衛被說得臉色鐵青。

可沈文戈臉變得比他們還快，當即笑臉一隱，沈了下來，見柳梨川、張彥還有同僚們發現她被堵，都悉數跑了過來，趕緊揚聲道：「燕息三皇子的房間裡進了老鼠，這可不行，如今是夏季，最易滋生鼠患了，我看我們需得請金吾衛的人幫忙，將番館每個房間從上到下捉乾淨了！」

柳梨川與張彥同沈文戈一路出使，互相熟悉，立刻拱手，柳梨川道：「七娘放心，我這就去叫人！」

張彥則巴巴地跑了過來，一把搶過沈文戈懷裡的文書。「這麼重的東西，以後七娘可不要自己拿了，使喚我們一聲就好，諸位說是不是？」

鴻臚寺的人齊齊應是。「七娘今日還有什麼活兒沒處理完？我來幫七娘做。我們可還要靠七娘呢！」

還有人非要用「小聲」到侍衛都可以聽見的聲音道：「哎喲，我陶梁小娘子那都是得供起來的！嘖嘖嘖，燕息的小娘子可憐啊！」

幾人唱紅臉的唱紅臉、唱白臉的唱白臉，逼得侍衛們連連表示，不用他們叫金吾衛進屋捉老鼠，說完就要落荒而逃。開玩笑，入了番館，叫陶梁的金吾衛進屋，那是去捉老鼠，還是去搜查他們燕息？

「來人，拿本王的牌子，請金吾衛左將軍率二百人，到番館捉拿老鼠！」

王玄瑰一開口，幾批人相繼看了過去，就見他手指夾著金牌。

柳梨川自認為一路出使，已經和王爺混熟了，當即小跑過去接過牌子，大聲道：「是，王爺！」

幾個出來本是要負責打探消息的燕息侍衛，頓時臉都白了。

番館中，三皇子躺在軟榻上，問道：「可有探查到瑤將軍的消息？」

房間內的侍衛長回道：「瑤將軍自受封之後，就一直待在鎮遠侯府，再也沒有出來過。不過，下屬今日聽說瑤將軍的小妹——」

「三皇子，陶梁的金吾衛將番館圍起來了！」

「公主、公主小心！」

「你們要做什麼？」

燕淳亦睜開眸。「怎麼回事？」

「屬下這就去看看。」

岑將軍一手一個流星錘轉著，立於番館門外，人不是真的想進去，但氣是一定要幫七娘出的！「不是說番館出了老鼠，還去為難鴻臚寺的七娘，讓她幫你們抓嗎？怎麼，看見本將軍這個大老粗來，不開心啊？」

獲知前因後果，低聲下氣才將岑將軍等二百名金吾衛勸走，並承諾會自己捉老鼠的侍衛長，這才一臉凝重地回去向燕淳亦稟告。

「不過一個小娘子，也值得他們如此？你繼續說。」

「瑤將軍的小妹，便是鴻臚寺唯一的女官，三皇子口中的小娘子……」

燕淳亦定定地看了侍衛長半晌。「……讓他們自行領罰，再去同王爺認錯。」

「自家妹到長安後，連個說話的人都沒有，我看不如讓你們鴻臚寺的七娘，與我們一同出城踏青？」

原以為再拖下去燕淳亦會生氣的馮少卿，萬沒想到他要求的僅是沈文戈陪同，當即應了下來。

沈文戈縱使心裡百般不願意面對燕淳亦，但想著可以更近距離地觀察他，也就答應了。

王玄瑰不放心，本想自己跟著，但那也太給燕淳亦面子了，只好將蔡奴派到沈文戈身側，看護她的安全。

霓裳公主是位好脾氣的公主，從沒有懲治過婢女，見沈文戈過來亦十分開心地讓她陪伴左右。初時還有些靦腆，後來好奇心占據上風，想與之說話，想了半天終於找了個話題，開口問了周邊溫泉的事情。

沈文戈笑著一一答了，說長安城的百姓都喜歡泡湯泉，公主要是喜歡，她就回去稟告，讓人給公主準備。

哪知剛才還笑著的公主，眼中瞬間熄了光。

她身邊婢女悄悄望了一眼燕淳亦，見他沒有看過來，方才道：「七娘子好意，奴婢替公主心領了，但我們燕息女子是不能在外脫衣的。」

泡溫泉也是女子自己泡，又不是在人前，這怎麼還不行了？沈文戈張張唇，眉頭蹙了起來，隨即想到什麼，便道：「可當下，公主在的地方是陶梁，自然該領略陶梁風光。」

霓裳公主眼中瞬間升起細碎的光芒來。

被她一雙美目信賴又崇拜的盯著，沈文戈險些直接應承下來，好在理智拉住了她。正好她想去試探燕淳亦喚她來何意，便道：「待我去問過公主的皇兄。」

沈文戈帶著蔡奴過去行禮，將想帶著公主去泡湯泉一事說了，乘機近距離觀察了一下這位燕息三皇子。劍眉星目、面如冠玉，鼻梁上那微微拱起的駝峰如神來之筆，讓他整張臉多一分、少一分都不行，確實生得一副好相貌。然，做出的事情，便令人不敢苟同了。

正琢磨怎麼和沈文戈搭上話的燕淳亦，先打量了一下蔡奴，這位平日裡只會跟隨在王玄瑰身邊的宦官，而後才若有所思地看向沈文戈。「我燕息確實不准女子在外做出格之事，不過也不是不行。」

沈文戈洗耳恭聽，只聽他壓低聲音道——

「只要七娘讓瑤兒見我。她是故意在躲著我嗎？七娘曾跟隨宣王出使，不會對我與瑤兒之間的事情——」

「三皇子，慎言！」這一口一個的「瑤兒」，聽得她渾身雞皮疙瘩都起來了！「首先，請尊稱我阿姊為大將軍。其次，我阿姊為何要躲三皇子？三皇子高看自己了，不過是被母親關在家中喝藥罷了。三皇子可能不知道，我阿姊身上落了病根，需得好好醫治才行。」

有什麼病根需要治？不外乎是將兩人的孩子墮了。兩軍交戰，所有人皆沒見過沈婕瑤大過肚子，那一點點僅有的希望，早被擊碎了。沈文戈句句戳在他心上，他那被扎了一刀的胸口又隱隱作痛起來。他哈哈笑了起來，笑得眼中都帶著淚花。「既如此，那沒得談了。請七娘回去轉告王爺，若陶梁聖上再不見面，我們燕息就要返國了。」既見不到沈婕瑤，燕淳亦的耐心便徹底告罄。

看他痛苦，沈文戈便開心了，遂福身道：「定會如實轉告。」

霓裳公主見她無功而返，微微失落，卻未多言一句，只是羨慕地看著她可以和鴻臚寺的官員們肆意交談，又對她出使一事感興趣，便托著戴面紗的臉，一直聽到他們返回番館。

人晾得差不多了，王玄瑰同聖上說了此事，聖上終於同意召見燕息使團會面。

之後便是漫長的割城拉鋸戰，陶梁開口要燕息與陶梁相鄰的三個城池，被燕淳亦直接拒絕了，雙方討價還價、你來我往。

陶梁最低要求是割讓一城，獅子大開口無非是想在底線上再多討要點東西。

比如割不了城，那便給黃金。聽聞燕息多金礦，全被皇家把持，讓個金礦出來也是可以的吧？喔，金礦在燕息境內不能給啊？那簡單，你們折算一下金礦產值黃金，賠我們好了。

燕淳亦都快被陶梁這幫官員的無恥及厚臉皮氣笑了，但他硬是忍住，從中周旋。

先是定下割白羽城賠給陶梁，而後拒絕每年上貢黃金。燕息是與陶梁實力相當的大國，可不是周邊要依附陶梁而活的小國，上貢？絕無可能！

但他同意兩國之間互開商貿，燕息缺糧多礦，陶梁地廣善耕種，雙方合作豈不快哉？

關稅定價又開始拉扯，雙方都防著對方，將價格提得極高，不利於百姓生產，便約定了每年低價的額度，若超過一定限度，再開始收起高額。

如此，雙方便都滿意了下來。

有燕息大筆黃金入帳，聖上今年又可以減免賦稅，讓百姓們過個好年了。

一切似乎都朝著極好的方向發展，燕淳亦甚至主動提出與陶梁休戰二十年。

周邊婆娑與吐蕃正在就婆娑新王讓誰來當而爭吵不休，無暇顧及陶梁，二十年，足夠陶梁休養生息，兵強馬壯！

眼看商議已經接近尾聲，聖上開懷，特在宮中設席宴請燕息使團，欲當場簽訂盟約。

席間其樂融融、互相舉杯，絲毫不見當初的唇槍舌劍、刀光血影。

沈文戈也受邀出列，她一身黑紅禮服，端端正正地坐在霓裳公主對面，負責照顧並與霓裳公主閒聊。

然而霓裳公主又是挨著燕淳亦坐的，座位這樣一排，向來只能待在鴻臚寺最邊邊角角位置的沈文戈，突然搖身一變，坐到了僅次於太子的第二位上。

就連王玄瑰都只能在她之下，藉著要側身聽燕淳亦說話，實則目光頻頻落在她身上。出使一趟，既經歷了險些在婆娑喪命，又經歷了在吐蕃當人質，沈文戈已然是不懼這種場合了，表現得落落大方。

知道公主不能摘面紗吃東西，所以沈文戈早叫宮中給準備了指甲蓋大小的奶果子，這還是她在吐蕃看到的，讓公主可以從面紗下偷偷往嘴裡塞東西吃。

霓裳公主可以吃東西，不用餓肚子，很是感激沈文戈。

小娘子們之間氣氛融洽，可是上首的聖上與燕淳亦之間，卻只剩提防。

盟約已擺，所有條款均是兩國商議出來的，可燕淳亦卻推三阻四，就是不簽字蓋章！

聖上那垂白珠的十二旒袞冕微微晃動，先是看向已經察覺不妥，但不知該如何做的太子，又看向一雙眼睛快黏在人家七娘身上的王玄瑰。「宣王，孤覺得燕息三皇子剛剛提到的事情十分有趣，宣王如何看？」

壓根兒沒聽他們在說什麼的王玄瑰，和自己都不知道自己說了什麼有趣事情的燕淳亦，目光在半空交會了。

王玄瑰瞬間洞悉聖上的意圖，這是要讓他打破僵局。反正他脾氣乖戾的形象早已經深入人心，他自己是半點不在意的，便慵懶地將手搭在膝蓋上，直接問向燕淳亦。「三皇子可是對盟約有意見？」

這話一出，席間絲竹聲驟停，所有人皆看向王玄瑰，又倏地看向開了口的燕淳亦。

「兩國邦交，若只靠一紙盟約，我覺得不甚牢固。」燕淳亦說完，又轉頭看向聖上。「聖上覺得如何？」

聖上透過白珠看到霓裳公主的身影，卻沒有被他牽著走，根本沒有答話。

王玄瑰替他反問道：「三皇子有話就說，你待如何？」

燕淳亦正正經經坐好，雙手置於腹前。「自古姻親更為牢固，我燕息想與陶梁結秦晉之好。」

沈文戈心中一跳，指尖瞬間變涼，揮起寬袖遮臉，飲了杯酒，重重呼出口氣，看向燕淳亦。

燕淳亦十分鄭重地道：「陶梁與燕息交戰多時，我對陶梁的瑤將軍更是一見傾心，欲借此機會求娶她，還望聖上看在兩國盟約的面子上，同意此婚事。」

此話一出，無論是陶梁重臣，還是燕息使臣，均用看瘋子一樣的眼神看向燕淳亦！

一方暗想：我們國家的西北大將軍，你竟想求娶回去？讓你們燕息如虎添翼不成？

一方心道：若是要求娶瑤將軍，我們為何還要帶公主前來聯姻？三皇子妃是敵國將領，這怎麼想都不成啊！

而後雙方一致認為：胡鬧！

「聖上，臣有一言……」這是陶梁臣子在言辭激烈地反對。

「三皇子，您看……」這是燕息使團正在與燕淳亦溝通。可燕淳亦貴為三皇子，所作決定豈容他們質疑？

一時之間，整個宴席吵吵嚷嚷，燕淳亦又是一副「你不同意，我就不簽盟約」的拒絕商談態度。

白珠在眼前晃蕩，聖上餘光掃見坐得比燕淳亦還直的沈文戈，心中有了思量，將手向下壓了壓。「吵成這樣，成何體統！」

陶梁重臣們紛紛甩袖落坐，個個用仇視與不妥的眼神看向燕淳亦。

沈文戈扣在腹前的手都已經捏白了，聽見聖上的聲音，下意識便是一顫，生怕他一開口，就要礙著兩國盟約，將她二姊嫁過去！

「沈文戈，呼吸！」

王玄瑰的聲音在耳畔炸裂，她將屏住的呼吸鬆開了，空氣湧入鼻腔，並不是多麼新鮮的味道，反而是帶著令她不適的污濁，如同她聽見燕淳亦借兩國結盟威逼求娶二姊一樣。

「沈文戈，妳信本王嗎？」

她側過頭去，原還有些慌張閃爍的眸子，在瞧見他那張美色無比卻神情冷凝的臉時，鎮定了下來。是的，她信他，而他信聖上，所以她也會相信聖上的。

因而在聖上點到她時，她不卑不亢地站了起來。

「三皇子想求娶者是我陶梁人，而我陶梁婚嫁，是要徵得家人同意的，正巧席間有大將軍的親妹在此，不妨問問她可同意？沈常客，妳是何意？」

沈文戈不同意！出於對聖上的信任，她不管什麼兩國邦交，她只知道，她阿姊不能嫁！她擲地有聲地道：「臣不同意！臣替家姊謝過三皇子厚愛，不敢高攀。」

燕淳亦星目涼了下來，開口嘲諷道：「妳不過是她妹，有何資格替她作主？」

「憑我了解她！」沈文戈直直地朝他看去。「我阿姊乃陶梁最優秀的將軍，也是陶梁唯一的女將軍，她麾下數萬萬將士與她一起守護著陶梁百姓！她是翱翔於藍天的獵鷹，不是甘於困在後宅的百靈！」瞧瞧你身邊那個整天宴席下來只吃了幾顆奶果子的親妹妹吧！我阿姊嫁給你，要折斷雙翼，不可出馬遊街、不能戰場殺敵，就連出個門都不能敞開來吃東西，整天看你這張臉，也會看膩的！發現燕淳亦在瞪視著自己，沈文戈亦不甘示弱地看回去。

「常客說得在理。」聖上借她之口，一錘定音道：「孤雖也贊同三皇子要聯姻的做法，但我陶梁的西北大將軍不可。」

燕淳亦將酒杯重重磕在几案上。「可若我執意娶她呢？我對瑤兒一片真心，陶梁硬要拆散我們，這是不想與我國結盟了？」

沈文戈面色一變，他這番話是將阿姊架在火上烤！可王玄瑰卻在她欲開口說話時，敲了敲膝蓋上的手指，示意她坐下來，不要急躁。

果然，聖上的聲音也跟著沈了下來。「孤看是你燕息不想與陶梁結盟才是！我陶梁不接受威脅，我陶梁的大將軍更不會下嫁你燕息！此事絕無轉圜餘地！」

燕息使團的人跟隨著陶梁重臣跪了一地，就見聖上一甩寬袖，無數禁軍刀劍相向，冰刃閃著凜冽的寒光。

「聖上息怒！」

可饒是如此，燕淳亦仍執迷不悟。「我要求見瑤兒！便是不嫁，也要聽她親口與我說！」他是拚著可能會血濺宮中，也要見沈婕瑤一面。

沈文戈閉上眸，只覺耳中嗡鳴聲一片。一口一個「瑤兒」，燕淳亦這是生怕別人不知道二姊曾與他有過關係是吧？還當著聖上的面這樣說，這是要逼她二姊眾叛親離，在陶梁無容身之處，必須跟他回燕息嗎？他是故意的！這就是他的愛嗎？無恥！

僵持片刻後，聖上離席，燕淳亦撥開圍在他身邊的燕息使臣，大步朝沈文戈走去。

王玄瑰見狀，直接起身擋在沈文戈面前。

兩人對視片刻，燕淳亦停下步子，對沈文戈說道：「回去給妳阿姊傳話，我對她勢在必得，她一天不見我，我便一天不放棄！七娘是吧？我等著妳改口喚我姊夫！」

沈文戈嗤笑。「你作夢！」

「哈哈哈……果然是沈舒航與沈婕瑤的親妹子！」他宛如毒蛇一般的目光凝視她片刻，這才帶著人趾高氣揚地離去，好似與陶梁的和談對他而言，真的不如將沈婕瑤娶回去。

冰涼的手被揣進王玄瑰寬厚的掌中，從他身上源源不斷地將熱度傳至她身上，他說：

「莫怕，聖上不會同意的。」

大將軍可是一國重將，自然不能輕易讓給燕息，可風言風語卻足以讓人轉變想法。

就像千里之堤毀於蟻穴一般，當一個人開始不再信任你時，那任你再優秀，他都不會再重用你了。

她的阿姊，闖過了多少屍山血海，以女子之身受了多少傷才換來的大將軍的殊榮，如今拿到手還不到一月，就要被燕淳亦開始抹黑了！

對於小娘子而言，只要道她一句水性楊花，甚至捕風捉影說上兩句看見她和哪個郎君說過話了，都足以讓她身敗名裂。

她阿姊更甚。

「氣死我了！」四夫人陳琪雪一掌拍在几案上。「不行，我不能任由他們說二姊，我去找四郎，打死那幾個亂說的！」

坊間已經有謠言，說沈婕瑤被俘期間與三皇子恩愛兩不疑，是她求人家三皇子，三皇子才放了她大兄的。還有什麼燕息退兵啊，那都是因為三皇子愛沈婕瑤，故意令人這麼做的。

不說這話有多荒誕，可偏偏信得人極多。

他們彷彿忘了，去年還為她送葬，今年還迎她歸來，如今只因她是小娘子便隨意詆毀。

更甚者，他們還說「既然瑤將軍心已經不在陶梁了，不如趁早嫁去燕息，否則萬一日後戰事起，她胳膊肘往外拐怎麼辦」。瞧，這就開始了，謠言殺人於無形！

向來最膽小的五夫人崔曼蕓，這次都沒有攔四夫人，她大力支持道：「讓五郎也去，見一個說瞎話的，就打上一巴掌！太過分了！怎麼可以就這樣將二姊的功績抹殺掉了！」

唐婉也在一旁點頭。「大家放心打，我鋪子賺了錢，足夠賠償看醫者的藥費了。」

三夫人言晨昕看著低垂著眸子、沈默不語的沈文戈，輕聲喚道：「娉娉？」

沈文戈回神，滿口苦澀。現在外界都傳成這樣了，阿姊曾為燕淳亦懷過孕一事若是洩漏，她簡直不敢想後果！「金吾衛左將軍是與我和王爺一同出使過的將軍，我們已經拜託他上街嚴懲亂議朝政之人了，大家放心。正值兩國遲遲不能簽訂盟約之時，萬不可做出過激之事。」

四夫人陳琪雪就是個炮仗性子，聞言受不了地灌了一杯涼茶。「那我們就龜縮在府裡，任憑外面的人說二姊嗎？」

「不！」沈文戈的聲音猛地大了起來，可見她內心也不平靜。「他們燕息使團長了嘴，我們也長了。要拜託幾位嫂嫂，請大家寫寫話本，我去請人演成參軍戲。百姓們不了解二姊，那我就讓二姊奮勇殺敵的事跡，傳遍長安城的大街小巷！」

幾位嫂嫂一同開口道：「我等義不容辭。」

洗脫污名最好的辦法，就是用更容易讓大家感興趣的事情吸引注意力，可她想不到。因此每每在番館瞧見燕淳亦那張欠揍的臉，她都氣自己無能為力。
王爺帶著大兄進了宮，去向聖上澄清此事。
沈婕瑤摸著沈文戈的髮髻說道：「傻丫頭，他這是在逼我去見他呢！」
沈文戈的髮髻在她手中轉了半個圈，她側著臉道：「妳不許去見他！若叫聖上知道了妳與他單獨見面，會惹火上身的！」
「所以啊，我幫妳引開母親那兩個嬤嬤，妳爬個牆，叫上王爺，我們三個一起去吧！」
她說得好像兩姊妹要背著母親偷偷做什麼有趣的壞事一般，可沈文戈卻半點都笑不出來。「阿姊，妳去見他做什麼呢？他都將妳名聲敗壞了！」
沈婕瑤已經站起身，在自己的兵器上逐一摸了摸，最後還是握住了自己最熟悉的砍刀，刀身上映著她犀利的眉眼。「自然是與他說清楚。」
看她心意已決，一副「妳不帶著王爺，那我就自己單獨去見燕淳亦」的模樣，沈文戈終究還是敗下陣來。也沒去爬牆，用不著堂堂西北大將軍去引開兩個嬤嬤的注意，她抱起雪團，在一條乾淨的髮帶上寫上幾個字後，纏在雪團脖間，讓牠自己去尋王玄瑰。
見到雪團傳信的沈婕瑤嘖嘖稱奇。「妳不會就是這樣私底下與王爺交流的吧？大嘍，管不了嘍，有自己的小秘密嘍！」
正在氣頭上的沈文戈背著身子對她，壓根兒不想理她。

第二十九章

宣王府府門大開，白銅馬車從中而出，姊妹兩人出府上了車。

雪團在馬車上喵喵叫著，興奮地在王玄瑰懷中踩來踩去。

縱使見過雪團喜歡纏著王玄瑰，可再一次見到，還是覺得不敢置信，這可是宣王啊！

白銅馬車很快就駛向了長安城中的園林，這裡已經讓岑將軍派金吾衛看守著，無任何一個外人。三人坐在石亭中，喝著蔡奴給熱的紅棗茶，好不愜意。

直到燕淳亦前來，他身邊護衛被金吾衛攔住沒讓跟著而引發的小小騷動，打破了這份靜謐。

遮天的樹木抵擋住了驕陽的熱情，但抵擋不住燕淳亦的。

看見沈婕瑤的第一眼，他便發自內心地笑了。「瑤兒，妳終於肯見我了！」

沈婕瑤放下手中杯子，挎著腰間佩刀，向著在密林中的燕淳亦走去。

陽光透過縫隙照在她身上，隨著她的走動，形成一塊又一塊的光斑。

林中之鳥不懼人，盤旋在她周身，似是想與她親昵討食，倏地振翅驚慌，鳴叫飛遠。

砍刀脫鞘，寒光乍起！

沈婕瑤一句話都沒有說，就先對著燕淳亦揮了刀。

燕淳亦的笑便那麼僵在了臉上，他咬牙切齒道：「沈婕瑤！妳以為我還會再對妳沒有防備嗎？」他抽出自己的佩劍，擋下了她的第一刀，而後是第二刀、第三刀。林中樹葉紛飛，刀劍磕碰，他與她打了起來，他的聲音隨著揮劍字字吐露。「被妳匕首刺中的當下，我恨不得將妳拆吃入腹！知妳不肯留下妳我骨血，我更是恨得幾欲發狂！而後，便是日日夜夜的思念。沈婕瑤，我燕淳亦從沒那麼想過一個人。」

沈婕瑤手下一抖，刀鋒微微一偏，而後凝神，趁他愣怔之際，將他牢牢抵在樹幹上，砍刀橫亙在他脖間。

燕淳亦絲毫沒理會自己頸間削鐵如泥的砍刀，他鬆手任自己的寶劍墜落在林中落葉上，摸索著握住了沈婕瑤握刀的手。

「我後悔了，瑤兒。我不止一次陷入我們兩個耳鬢廝磨的景象中，即使心裡清楚的知道，那只是妳在跟我周旋，但我還是固執的認為，妳對我並非全無感情。那些妳我恩愛的日子，怎麼可能全是假的？是，妳當然可以不要我們的孩子，他名不正、言不順。所以我來了，我向你們陶梁的聖上求娶妳。我所言句句發自肺腑，沒有一句欺瞞，妳便再給我們一次機會吧？」他低聲下氣地求沈婕瑤，就像一隻無助的、迷失方向的幼狼，足以讓任何一個心軟的小娘子生出一股將他抱進懷裡的衝動。

可沈婕瑤只是眸子微動，手上的砍刀甚至往下壓了壓，在他脖頸處留下一道血痕。

她注視著他見到自己時那般欣喜、現在被砍刀壓迫著又那般哀切的眸子，一字一頓地道：「燕淳亦，你我之間早在那天起，就結束了。」

燕淳亦瞳孔一縮。「不！」他劇烈掙扎，甚至徒手接刃。

沈婕瑤低喝道：「別亂動！」

「瑤兒，妳別這樣！難道那些歡好的日子，妳全都忘了？」他眸底滿是哀鳴，顫抖著執起她那空著的手，放在自己臉頰上。「妳看看我，妳不是說，最喜歡我這張臉？」

沈婕瑤手指動動，就著他的力氣，在他眉骨上描畫著，他的眸子頓時亮起期望，可隨即便被她打碎成光沫。

「那又怎樣？」她逼視著他，上前一步，因他靠在樹上，腿部彎曲，正好與他平視。「你敢說兩國之鬥，跟你沒有半個銅板的關係？你敢說，我大兄身上大大小小的傷，你一根手指都沒伸？他那雙腿是誰廢的？就連你我初遇、你捉我，也不過是想讓我大兄投降而已。燕淳亦，我們的開始就是錯誤的，再延續下去，那就是錯上加錯。」

燕淳亦彷彿溺水之人，整個人都在往下沈，心都抽疼了！他察覺到了要失去她的恐慌，他不能接受，急忙辯解道：「怎麼會是錯誤的？我們日日夜夜在一起的日子是對的就行了啊！」見她不為所動，他問：「若是沒有以前種種，我現在才遇見妳，瑤兒，妳會同意嫁給我嗎？」

沈婕瑤只道：「可惜沒有如果。」

燕淳亦眸底的水光散去，那雙形狀姣好的星目裡泛著瘋狂。「那妳叫我怎麼辦？我不能沒有妳，也不能失去妳！」他看著她，喃喃道：「妳偏生要對我這麼狠嗎？我冒著違抗父皇之令的風險過來，我拿我的皇妃之位來娶妳！我連妳曾想殺我都不在乎！妳還想讓我做什麼？我還能怎麼做！」一股瘋狂隱隱要從他身上鑽出來。

沈婕瑤倏地鬆開他，退後三步，和他拉開距離，毫不留情道：「你可以忘了我。燕淳亦，你抹黑我的名聲，不外乎是想抹殺掉燕息戰敗這一事的負面影響，你甚至還算計著，娶了我之後，怎麼利用我繼續對陶梁征戰吧？」

「我沒有，我只是想見妳……」燕淳亦低聲自語，而後冷笑連連，倏而大笑出聲。「原來我在妳心裡便是這種人？」

沈婕瑤沒有多說，他的肆意抹黑，是在對她過往二十多年努力的褻瀆，而他不懂。他們燕息對小娘子的苛刻，是他骨子裡根深蒂固的東西，所以他會覺得，他已經付出很多了。

她轉身，望著比她高出許多，連樹冠都要費力望去才能瞧見一二的巨樹，狠狠握住刀把，將其插入刀鞘中。

「沈婕瑤，我不會放棄的！」燕淳亦用一種陰冷的目光盯著她的背影。「妳最好還是同意和親，不然我也不知自己會做出什麼事情來！」

沈婕瑤步子未停，聽他道——

「別逼我將妳懷過我骨血的事情昭告天下，屆時，妳陶梁聖上豈還能容妳？妳將再無立足之地！我說過，我對妳勢在必得！」

沈婕瑤微微側頭。「這是你一貫的作風，我竟一點都不覺得奇怪。你大可去說，看看我怕嗎？你又怎知聖上不知此事？燕淳亦，別讓我瞧不起你。」說完，她轉過頭，大步流星往前走去。

他是個什麼樣的人？燕淳亦摸著自己脖頸上淌著的血，放於眼前細看它在手指上流動，久久未言、久久未動。直到它在手指上徹底乾涸，凝固成暗紅色的血漬，輕輕一捻，便成渣一般簌簌落地，混在泥土中，再也消失不見。

他俊朗的容顏，在悲傷、痛苦、難耐上輪番切換著，只要想到兩人當初恩愛，如今卻這般結局，他就痛不欲生。

他在腦中不斷描繪著，將她囚禁在自己寢宮，在她的腳踝拴上細鏈，為她打造一頂黃金鳥籠，讓她只屬於自己的場景。他可以讓她為他生孩子，有了孩子，她就不會再想著跑了，會安安穩穩地做自己的皇妃……不，怎麼會呢？她連未出世的骨血都能扼殺，何況是在她恨著自己的時候誕下的孩子？她只會越來越厭惡他，時時刻刻想著從他身邊跑掉，就像她帶著她大兄一起逃跑那般。

要是她真向他屈服了，就不是那個讓他甘願掉進陷阱、刺傷他的沈婕瑤了。

她是沈婕瑤，所以她真的不會在意自己的名聲，只要她還是西北的大將軍，什麼未婚生子，什麼和燕息皇子的二三事，都攻擊不到她半分。

關鍵是，他突然發現自己捨不得。

長安城的消息是他放出去的，可他每每聽見旁人肆無忌憚地議論她，他就恨不得上去撕了他們。那在戰場上能揮起一刀血的沈婕瑤、護著他們的沈婕瑤，為了他們這些人，她連他都不要了，他們有什麼資格評論她！

他狠狠捂住胸口。為什麼？他應該窮盡各種方法將她抓在身邊才是！

他的心一半還跳著，名為野心；一半已經死了，是那愛著沈婕瑤的心。

「三皇子，我們該歸了，長安有宵禁……」

侍衛長小心翼翼喚他的聲音，似乎是從遙遠的天際傳來，有些模糊不清。

長安的宵禁，禁不了越演越烈的謠言。

不用燕淳亦去散播，「機智」的百姓們已經透過自己的推論，得出「沈婕瑤恐怕懷有身孕，甚至還將孩子偷偷生了下來，就等燕淳亦娶她，帶著孩子嫁過去」的結論。

自古沾上桃色的謠言最愛被人傳播，一傳十、十傳百、百傳千的，三人成虎，眾口鑠金。

但凡心智不強大點的人，都能輕生在這無恥的謠言下。

但誰也沒有想到，出來澄清謠言的竟會是燕息的三皇子燕淳亦。他說：「我多希望你們說的是真的，她愛我愛到無法自拔，還生下了我的孩子。」

鎮遠侯府乘機將參軍戲演了出來，不光為沈婕瑤擺脫名聲，還宣揚了戰士們的艱辛。

沈婕瑤也借此機會，進宮面聖了。

「末將與燕息三皇子只有俘與被俘的關係，從無兒女私情，還望聖上明鑒！末將絕不同意嫁給燕息三皇子和親，甚至認為這是他挑撥末將與陶梁的手段，他只怕是想報復末將！」最後，她揚聲對聖上訴說著自己的決心。「請聖上准許末將提前回到西北！」她大兄身體未好，恐怕再無上戰場的機會，鎮遠侯府需要一位西北大將軍，若想護住家人，她退無可退。

「准。」聖上親自將沈婕瑤扶起。「瑤兒，孤今日且這般稱呼妳。孤怎會懷疑自己親自封的西北大將軍呢？只是苦了妳這孩子。若妳哪日有了心儀郎君，同孤說，孤為妳賜婚！」

沈婕瑤熱淚盈眶，再拜聖上。「謝聖上體恤。」

而後，聖上讓禁軍放消息出宮——西北大將軍在燕息被俘期間飽受折磨不說，回來還要經受百姓詆毀，種種壓力下，她被逼無奈，毅然決定返回西北，遠離長安城！長安城之於她，便如當初的墨城！

此言戳了長安城百姓的心啊！這……他們怎麼就和墨城的人一樣了？而且消息是從宮中傳出的，那就是真的啊！所以他們在沈婕瑤心中，真的已經是墨城人了？

凡是在背地裡說過沈婕瑤壞話的人，都開始愧疚反省，而後追根溯源，發現根本沒有什麼證據，這事都是瞎說的！這、這……這可如何是好？

鎮遠侯府門前，一夜之間多了許多賠禮道歉的吃食，有的只有孤零零一、兩個雞蛋，有的是胡餅，有的是自己田裡種出的蔬菜。

沈舒航推著輪椅來到沈婕瑤院子裡的時候，就見她揮著手，讓婢女將門口堆的道歉之禮送去廚房。

她冷肅著一張臉，婢女們忙得不行，不過也知道了，下次這些東西不必再搬來二娘跟前了，趕緊俐落地喚人將東西搬走。

「大兄怎麼來了？差人喚我過去找你便是。」沈婕瑤推著沈舒航進了屋子，十分貼心地在他的腿上蓋了件披風。

正值盛夏，沈舒航是腿瘸了，不是感官失了平衡，但他只是仔細掖好她的披風，讓她將房門掩好，而後在她關上房門轉身之際，朝她伸出手。「來。」

沈婕瑤抱住自己的肩膀上下摩擦。「做什麼？別整得肉麻兮兮的。」

沈舒航堅持道：「過來。」

她便走上前去，將手塞進大兄手中。

他輕輕一拽，她就趴在了他的膝頭，他時而在她背上拍了拍，時而摸著她的髮，用溫柔的語調說著自己未來的規劃，堪稱絮絮叨叨。

「大兄打算參加來年的科考，妳知的，我一直想知道自己的水準。」

她哽著嗓子說：「你都是侯爺了還參加什麼科考啊？給別人留點活路吧。」

他又說：「經西北一事，大兄發現，家中全是武將，也不全是好事。武將要鎮守邊疆，可往往聖上發出的命令卻是在長安，我們家缺個文官。大兄便想，日後當個閒散侯爺，在長安城領點差事做。總歸我一日是侯爺，就一日斷不了你們的糧。三郎呢，雖斷了一隻臂膀，但家中走商生錢之事可盡數交予他，四郎、五郎、六郎也都逐漸成長起來了，可以獨當一面。娉娉也不用我們操心了，現在都是常客了，剛才忘記算她了，她也是個文官了。唯獨妳，瑤兒啊……」他頓了頓。「大兄其實最放心不下妳。說妳豁達，妳又有女子的敏感；說妳勇武，但最怕的也是這個，生怕妳哪天在我看不見的時候，受了傷。大兄只是想和妳說，陶梁少妳一個將軍不少，沒了妳，還有四郎、五郎、六郎，再遠些，那岑將軍的流星錘，妳對上都得吃些苦頭。若是為了鎮遠侯府，就更不必如此，有大兄在呢。所以，做妳想做的，不開心了、不想當這個將軍了，那我們就培養個適合的人當，回家來，大兄養妳，好不好？」

像是幼時一般，沈婕瑤纏著兄長抱住他的腿不鬆手，她今日也抱著兄長的腿，不撒手。他無聲地拍著她聳動的肩膀，她不曾在母親面前展露脆弱，亦不曾在沈文戈面前掉下淚珠，卻在大兄膝頭委屈地哭了出來。

只有他們兩人經歷了燕息被俘一事，只有他們兩人互相知道對方都遭了多大的罪。

淚水簌簌而下，沾濕了她蓋上的披風，透過了層層衣裳，讓沈舒航感受到了濕意。

沈文戈捧著煮好的牛乳羹站在房門口，聽著裡面傳出的壓抑的、細弱的哭聲，自己也濕了眼眶，悄悄走遠了。

從沈婕瑤向聖上提出她要回西北，到她準備要走，連三日都不到。

這一日，天際剛剛泛白，她便從馬廄牽好馬，不想打擾家裡人，打算自己一個人靜悄悄地離開，可沒想到走到府門的時候，就見全家人都候在那兒。

四郎、五郎、六郎更是收拾了包袱，瞧她來了一起道：「二姊，我們與妳一起走。」

沈婕瑤心裡酸酸澀澀的。「你們真是，一走便是一、兩年，這才剛歸家，不好好陪著弟妹，同我回什麼西北？」

六郎跑了過去，搶過沈婕瑤肩頭的包袱。「二姊不帶我們走，我們就跟在妳後面，賴著妳！」

「就是！二姊，妳休想甩掉他們幾人。」四夫人推著四郎。「還不快幫二姊牽馬去！要是沒能好好保護二姊，小心回來我揍你！」

四郎從善如流地牽過沈婕瑤的馬。

五郎跟在大家身後道：「二姊，便讓我們跟妳一起走吧。」哪有讓她孤身回西北的道理。

沈婕瑤側頭飛快地眨了下眼，而後道：「那好，小心路上追不上我，被我趕回家！」

三人齊喝。「那不能！」

而後她走到陸慕凝身前。「抱歉，母親。」

陸慕凝只是將一個小包袱遞給她，作為一個母親，看見自己的女兒拚至大將軍，只有自豪的分，雖然她很心疼。「在之前，母親總想著讓妳回來嫁人，可我的女兒太優秀了，優秀到其他的郎君拍馬都趕不上。」

「母親……」

「瑤兒，母親再也不阻妳，只求妳，活著。」

沈婕瑤重重地點頭。「我會的，母親！」

而後她又走到沈文戈面前。

沈文戈給她備了路上的吃食，堅定地對她道：「二姊，妳沒錯！」不管是和燕淳亦徹底分道揚鑣，還是墮了那個孩子，她都沒錯！

伸手揉了揉沈文戈的髮，險些將她的髮髻揉散了方才放手，而後她與一位位出來送別的家人道別，最後翻身上馬。「駕！」

「駕！」

青石路上先後閃過四匹棗紅馬，為首女子的披風被風吹彎，可底邊卻又鋒利筆直。隱匿在小巷中的燕淳亦，便這麼注視著她越走越遠的背影，眼深得如一汪深潭，一眼望不見底。

他聽說了沈婕瑤要回西北的消息，怎麼也沒有想到，她連同他在一個城中都膩煩。

她說，他們是錯誤的開始……

他轉過身往番館走去，下顎繃緊，露出優越的側顏，吸引著出來擺早攤小販的視線。

柳枝垂落肩頭，他伸手緊緊握在手中，奮力一扯，柳枝崩斷。

他說過他不會放棄的，那便再來一次正確的相遇吧！

天色漸暗，行至河邊，幾人下馬休息，沈婕瑤拿出母親給她的小包袱，打開一看，眼眶倏地紅了。

裡面是被疊得整整齊齊的月事帶，每一個都有長長的繩子，可以在她身上纏上好幾圈，而不至於掉下來。繩子用的是棉布，是怕她出汗太多難受，月事帶中填的則是宣軟的棉絮。每一條都是陸慕凝一針一線親自縫製的，她將這些月事帶妥貼地用乾淨的汗巾包好。

邊角中還有一物，拿出一看，是一隻蘇繡小雌鷹，翅膀上還縫著細軟的毛。

唯有當母親的知道，無論女兒在外是多麼英武的將士，回到房中，她也只是個睡覺時喜歡摸著母親給繡的柔軟東西入睡的人。之前的那一隻已經舊了，母親又為她換了新的。

她望著面前波光粼粼的河，低頭親了親小雌鷹，而後迎著風，展顏笑了。

此時此刻，鎮遠侯府中，沈文戈坐在牆頭，緊緊擁著站在梯子上的王玄瑰，熱淚灼熱滾燙，順著她的臉頰流進他的脖子中。

王玄瑰攬著她的腰。「妳還真是水做的，細細數來，妳在本王面前哭過多少次了？沒事的，聖上沒有怪罪妳二姊。」
沈文戈繼續抽抽噎噎。「我二姊都被逼走了！燕淳亦什麼時候走？我不想再看見他了！」
「快了，聖上已經明確表示不會同意妳二姊和三皇子聯姻的，三皇子再堅持也無用，剩下的就是給霓裳公主挑夫婿了，且讓他們去愁吧。」
她攬著他的脖子晃他。「那我英俊非凡的王爺能不能加快些進程，讓兩國早日完成和談？最重要的條款不是都已經談完了？」
王玄瑰先是向牆下瞥了一眼，確認沒有人，才道：「那本王有何獎勵？」
沈文戈就眨著還帶淚光的眸子，在他唇上親了好多下。「這樣好嗎？」
他伸手擦去她臉上淚珠，左右兩邊臉頰憐惜地吻了吻。「好，本王答應了。」
王玄瑰給了燕息使團一個臺階，說他陶梁郎君眾多，定能為霓裳公主擇一位好夫婿。
燕息使團直接應下，連連同意。
燕淳亦默不作聲，全由使團中人作主。
他放棄了沈婕瑤嗎？不，他只是現在滿腔都充斥著自己的野心罷了。
既然失去了沈婕瑤，那他必須要為自己選一個好妹婿。
陶梁聖上共八子五女，除去最幼的兩人，可在剩下的五位皇子中挑一人。而這其中，已有三位有了夫人，公主下嫁只能當側夫人，另有兩人尚未婚配，倒是可行。

可他燕淳亦，想讓自己的妹妹嫁給太子。

口風剛一放出，不用聖上，陶梁重臣就先拒絕了——我陶梁太子，豈能娶一個燕息的公主當側夫人？再說了，也沒有公主當妾的道理。

燕淳亦嚥下嘴裡含著的酒。「可我覺得，此舉能讓陶梁與燕息兩國更緊密地聯繫在一起。大將軍不讓嫁我，公主也不讓嫁給貴國太子，看來陶梁是真無意與我燕息聯姻啊！」

這回，換他將陶梁架在火上烤。說起來，嫁給太子當側妃，還是霓裳公主虧了，畢竟人家可是堂堂公主啊！

自己的親妹妹，要讓她當妾，燕淳亦一如既往，好狠的心。

可這又礙王玄瑰什麼事呢？他此時被蔡奴神神秘秘地帶到長安城外的一家農戶中。

「阿郎，最近實在不是大雁會出沒的季節，可阿郎猜，奴想到了什麼好點子？阿郎，你可以買一對大雁！屆時奴給阿郎放飛了，阿郎再打下來，不就是阿郎親手獵的了嗎？」

王玄瑰眉梢一揚，看著自己面前關在籠中的大雁們，誇讚道：「大善！」

兩人乾脆俐落地交了錢，挑了一對大雁。因不會飼養，所以暫時還養在農戶這兒。這回去的時候啊，走路都帶風呢！

與此同時，聽聞皇帝正在憂煩太子與燕息公主是否要聯姻一事，王玄瑰之母陸國太妃遂求見皇帝。

聖上不願見她，將人給打發去了皇后那兒。

體態豐腴，瞧著比皇后還要豔美的陸國太妃，直接說道：「哀家要說的這事，恐怕皇后也作不得主。」

穆真皇后因著王玄瑰，對這位太妃的印象也不好，聖上當年帶著小長樂回來的時候，與其說是養在聖上膝下，不如說是養在她這兒，因而冷淡地道：「太妃且先說來聽聽。」

「哀家知現下燕息的霓裳公主是個燙手山芋，誰都不願意娶，正好哀家家中的二十四郎尚未娶妻，哀家今日便是要替他求娶霓裳公主。」

剛為王玄瑰求了自家母親去鎮遠侯府提親的皇后瞇了眼。「……嗯？」

陸國太妃為王玄瑰求娶霓裳公主的消息，如一道驚雷從上至下劈開了眾朝臣爭論不休的局面。對啊，他們怎麼將宣王忘記了？他也沒娶妻啊！

太子是未來的帝王，身側不能臥有一隻燕息的虎豹；而其餘幾位皇子，但凡對帝王之位有點心思的，就不能娶霓裳公主做正妻。

可王玄瑰不同，他僅是聖上親弟，怎麼排帝位都排不到他頭上，讓他為幾位皇子分憂豈不是妙哉？

因而大朝會就在太子黨、各皇子黨極力贊同王玄瑰娶霓裳公主，而王玄瑰臉色越來越差、眉頭緊皺的狀態下完成了。

他怎麼不知他那好母親要為他求娶霓裳公主？陰沈著一張臉，面對拱著手對他道一句恭喜的朝臣們，他用許久不曾出現的陰惻惻目光回望，看得他們背脊發毛，連忙跑走方才罷休。這些在大朝會上，凡是出言同意霓裳公主嫁他的官員們，一個不差地被他記住了，且給他等著！

手指上的白玉扳指越轉越快，他磨著牙，轉身往陸國太妃的宮殿走去，卻在半路被追了他一路的宦官攔下。

「王、王爺，聖上急召！」聖上身邊的宦官喘得上氣不接下氣。

王玄瑰冷著一張臉。「有何事？」

宦官趕忙賠笑道：「是好事！聖上要與王爺說霓裳公主的事情，請王爺過去一敘。」當然，聖上的原話是萬萬不敢傳達的——快去給孤攔下宣王，別讓他去找陸國太妃麻煩，免得到時候扣下個不孝的罪名！

王玄瑰盯視著遠處陸國太妃的宮殿，壓抑著自己的一腔怒火，奔赴了聖上的書房。

聖上看見他的第一句話便是——「宣王，你覺得霓裳公主嫁給哪個皇子較好？太子便不用想了。」

王玄瑰挑起眉，目光放肆地打量著聖上。

聖上也不惱。「這般看孤做甚？孤糊塗了不成，會讓你娶霓裳公主？讓他們肆意議論，也不過是孤想看看他們如何站隊的。」

被聖上用極肯定的語氣，說絕不會讓他娶霓裳公主，王玄瑰那被陸國太妃燃起的、心中已經沸騰的岩漿，緩慢地平靜了下來。

若論對霓裳公主的了解，作為經常能從沈文戈那兒聽說霓裳公主有些可憐的王玄瑰，恐怕是這殿中最清楚的人了。

之前沈文戈還向他感嘆，說公主身不由己，連婚姻都無法掌握，嫁個良人還好，若嫁個性格暴躁、掌控慾強的，只怕後半輩子都毀了。

因此思索一會兒後，他便道：「雖是聯姻，但若日後成了怨偶總是不美，不如讓未娶妻的皇子們都與霓裳公主見見面，互相熟識一番，說不定能成就一段佳話。」

被這和親之事惱得幾天睡不好覺、泡不好溫泉的聖上，聽到王玄瑰的計策，頓時渾身都舒坦了。「這招好，要是霓裳喜歡上哪個，也省得燕淳亦咬死太子不放。

就讓這些小兒女們自己相處試試，總之，他那兩個未娶妻的皇子，是肯定有一個要娶霓裳公主的，躲是躲不過的。

看王玄瑰肅著一張臉，明顯在想著怎麼找人麻煩的樣子，聖上擺擺手趕他。「行了行了，快走吧！孤已經批評過你母親不可干政，你便不要過去尋她了。」

「是。」

王玄瑰出了殿，只微微轉頭掃了一眼陸國太妃宮殿的方向，就被聖上身邊的宦官催著趕緊離宮。

他深呼吸一口氣，徑直往宮外走去，丹鳳眼瞇起上挑，有種風雨欲來的氣勢。

在宮外候著的蔡奴，已經在朝臣們出來時聽了一耳朵，知道陸國太妃為自家阿郎求娶霓裳公主，氣得直罵，這都叫什麼事！

等了好半晌，在心裡擔憂阿郎是不是又去找太妃了，就見阿郎出來了！雖眼尾有些嫣紅，可理智尚在，還好還好！

他趕緊掀開車簾，讓阿郎鑽上馬車，小心勸慰。「阿郎，當務之急不是去管太妃如何做、如何想，是要先看看娘子啊！」

王玄瑰盯著車壁上被沈文戈又重新掛上的小雪團貓毛球，伸手抵著自己的喉結，冷聲吩咐。「回府。」

蔡奴趕緊揚聲。「不去鴻臚寺了，回府！」

白銅馬車不用拐彎，徑直往前駛去，不用片刻的工夫，就到了宣王府。

跳下馬車，王玄瑰對正同蔡奴嘀咕著發生了什麼事的安沛兒道：「嬤嬤，現在聘禮裝了多少了？」

沈文戈哪裡好意思真的挑聘禮，早就將庫房單子還給王玄瑰了，這已經挑出來的聘禮，都是他們三個人看哪個好，就往箱子裡裝的。

安沛兒趕忙道：「裝了六個箱子了，都是些珠寶首飾，古玩字畫尚且未挑。」

王玄瑰便頷首道：「叫人搬上，我們現在就去鎮遠侯府提親！庫房單子給我。」

知道事情緊急，再也不要求王玄瑰要有媒人、要有大雁，什麼都要準備好的安沛兒忙說：「是，阿郎。」

大朝會開得早，散得也早，鎮遠侯府中沒有需要上早朝的，除了已經早早去鴻臚寺上衙的沈文戈，其餘人此時才剛剛起，連早膳都未用，就聽說隔壁的宣王來敲門了。

陸慕凝心疼沈舒航腿腳不索利，所以免了他早晚的請安，此時聽聞宣王來訪，還帶著幾個紅木箱子，當即便有所猜測，讓人去請沈舒航，她自己先去招待。

向來無法無天的宣王，此刻規規矩矩地跪在榻上，背脊挺得筆直，面前婢女端來的熱茶，白煙裊裊進不了他的眼。

陸慕凝是笑著進來的，宣王多有照拂，與嫂嫂一同出使又建立了深厚的感情，她其實心裡是同意這門婚事的，便越看王玄瑰，越覺得合適。既能率領吐蕃軍隊攻打婆娑，又能捨得一身功績為嫂嫂換來官職，能力、手腕都不缺。長相不俗，十分疼寵嫂嫂，還是個王爺，比尚滕塵那是不知強上多少了。最關鍵的是，離家頗近。

王玄瑰見她過來，莫名開始心跳加速，他來的一路上都沒這般慌張過，此時手心都有些出汗了。聽她問所來何事，當即給陸慕凝行了大禮。

陸慕凝端坐著應了，聽他道——

「某今日，來求娶七娘。」他伸手，安沛兒將庫房單子放在他手心，他將單子呈給陸慕凝，低垂著頭，十分恭敬。「這是某的聘禮，還望夫人觀之。」

陸慕凝一瞧這熟悉的單子，就控制不住地笑了，怎麼又是這庫房單子？「王爺這是？」

「夫人喚我小字長樂，或是二十四郎均可。」王玄瑰先是擺低身分，而後才道：「這是府中庫房單子，我願拿出全部財產求娶，娉娉嫁過來後，府上東西悉數都是她的。」

陸慕凝只翻了一下，如一位慈愛的長輩道：「長樂有心了。」

這時沈舒航也趕到了，與王玄瑰互相見禮，雖甚是滿意他交出庫房單子的行為，卻還是一針見血地問道：「王爺今日匆忙提親，可是發生了何事？」

據他聽說，宣王早就想來提親了，是因為媒人至今還沒有找好，這才一直拖延著，可如今他隻身前來，還帶了只裝了六個箱子的聘禮，外加一份庫房單子，就不得不讓人多想了。

蔡奴和安沛兒一同擔心地看向王玄瑰。

王玄瑰沈默片刻後，對著二人道：「實不相瞞，我生母陸國太妃，替我向聖上求娶燕息霓裳公主。」

陸慕凝和沈舒航紛紛一驚。

沈舒航想得要更多些。「聖上何意？」

「聖上欲在兩位沒娶妻的皇子中，挑選一人娶霓裳公主為妻。」所以，跟他王玄瑰沒有關係，但他還是有私心，遂坦白道：「我有私心，想盡快與七娘定下婚事，這樣在朝堂上，無人會再要求我娶霓裳公主，而我也實實在在想要與七娘在一起，我想了許久了。大兄是知曉的，七娘曾救過我的命，是以，我將以命去愛護七娘。」

他說得句句誠懇，又跟著沈文戈叫沈舒航「大兄」，讓沈舒航的臉色逐漸變暖，溫和笑意再次重現。

可陸慕凝卻截然相反，越聽，臉色越沈。

安沛兒見陸慕凝面色不對，就暗道一聲不好。

果然，只見陸慕凝將庫房單子放在了手邊，碰到茶杯，這一響，驚動了正在就燕息和談一事說話的王玄瑰與沈舒航。

還以為她是不滿又跟幾年前雪夜相救一事有關，上次沈文戈嫁給相救了的尚滕塵，這次又被另一位相救之人提親。王玄瑰背脊上的汗毛都豎了起來，直覺不妙，趕緊說道：「七娘相救之恩，我銘記於心，不敢相負，我可向夫人承諾，今生只會有七娘一位妻子，永無妾！」

這話確實令人感動，可陸慕凝卻輕嘆一口氣，問王玄瑰。「宣王，你未曾與你母親商議過求娶娉娉一事嗎？你母親是不贊同娉娉嫁你？那娉娉若是嫁過去，你母親不喜她、刁難她又如何？」開口便是宣王，連長樂都不喚了。

聽到陸國太妃，王玄瑰下意識升起煩悶之意，卻也沒迴避。「回夫人，陸國太妃的意見不甚重要，我與她不會住在一起，我也不會讓她找七娘麻煩。」他就差直接說，他和他母親關係不好，所以連成婚這樣的大事都不用通知她。

若是聽在不了解他事情的人耳中，反倒像是他不孝，可他沒有對陸慕凝隱瞞。

「可是宣王，你的母親替你求娶燕息霓裳公主了，儘管聖上不同意，但她是太妃，你如今都控制不了她插手你的婚事，你婚後又如何能做到不讓她欺負嫮嫮？」陸慕凝十分失望。

安沛兒想要開口為王玄瑰辯解一二，陸國太妃根本就不管阿郎的！但王玄瑰瞟了她一眼，她便退後不言了。

王玄瑰道：「陸國太妃眼裡只有權力，她一心想讓我造反，自己好去坐那高高在上的位子，此次求娶燕息公主也是基於這樣的心思，甚至沒有與我商議過。但我，不會反的。」

沈舒航都來不及揮退屋中的下人，就這樣聽他說什麼反不反的話，驚出一身冷汗。

陸慕凝與王玄瑰對視，王玄瑰沒有閃躲迴避。

她問道：「你可知我為何要問你母親？嫮嫮嫁你後，面對最多的人就是你的母親，孝字在上，她若不喜嫮嫮，你讓嫮嫮如何自處？」

王玄瑰罕見的沈默了，周身壓抑上灰霾綢帶，將他緊緊束縛，無法掙脫。他挑起嘴角，露出了一個在陸慕凝看來像是認命了的笑容，讓人心驚。

「我永生不會與陸國太妃和解，夫人所言極是，我尚且不能擺脫孝字，我亦無法承諾她會喜歡七娘，這是事實。但我保證，我不會讓七娘受她所擾。」這是沈文戈嫁給他，會面對的唯一難題——陸國太妃。

陸慕凝抬手揉了揉額角。「那也怨我，今日不能同意宣王的提親。」

作為見證過沈文戈與王玄瑰感情的沈舒航，不禁想開口幫勸。「母親——」

陸慕凝抬手阻止，一副累極的樣子。「不必多言。你不在後宅，不知女子有位不喜她的婆婆的艱辛。」

王玄瑰像是被關在熱鬧、幸福的一家人門外的小流浪狗，眼巴巴地看著他期待已久的門在他面前關上了。那搖著的尾巴，都蔫巴巴地垂了下去。

他靜默一瞬，舔了下唇，內裡軟肉都快要咬見血了，方才站起身道：「如此，叨擾了。」

安沛兒瞧見阿郎眼裡那快要抑制不住的傷心。「夫人，我家阿郎……」

「走吧，嬤嬤。」王玄瑰不讓她再多說。

蔡奴也是一步三回頭，想說又不敢說的模樣。

可當三人快要走出房門時，陸慕凝又開了口。「聘禮便先留在府上吧。」

這便是沒有完全拒絕的意思！蔡奴激動地喚了聲。「阿郎！」

王玄瑰回頭。

陸慕凝起身道：「王爺不曾以身分逼迫，那我也會與嫂嫂商議過後，再給王爺答案，還望王爺多些耐心。」

他無法形容這種跌落谷底後，又被人用一雙手拽起的感覺，只能僵著身子拱手道：「靜候夫人佳音。」

待將他們送出府後，陸慕凝不給沈舒航說話的機會，催著人推他回房休息，她則慢步到院中的六個紅木箱子前，吩咐道：「打開我瞧瞧。」

裡面一個盒子一個盒子裝的珠寶光彩奪目，細細看去，便能發現沒有沈文戈不愛戴的金首飾。甚至和頭面搭配了衣裙，拿出一身打開來看，用的是宮中才有的雲綢，顏色貼合沈文戈喜好，都是淺色的，唯二的兩身濃墨重彩的衣裙，也是出席宴會才會穿的。

「夫人，都是用了心的。」她身邊的嬤嬤如是說。

陸慕凝沒回她的話，將衣服疊好，冷不防問道：「雪團在何處？」

「此時應還在七娘院子裡。」

她「嗯」了一聲，到底還是道：「告訴那兩個嬤嬤，今日不用守著牆了。」

「是，夫人。」

「喵嗚！」聞著味醒來的雪團，仔仔細細地將自己舔了一遍，嗅著音曉給牠準備的早食，小鼻頭碰來碰去，一口都沒吃，扭頭朝著宣王府跑去。

音曉剛要追，就被已經打探清楚夫人沒同意宣王提親的倍檸叫住了。

「夫人都讓兩個嬤嬤撤了，就讓雪團去宣王府玩吧！」

蹲在牆根處，用扇子搧著鮮魚的蔡奴，瞧見出現在牆頭的雪團，立即站起。「哎喲，雪團你可來了！」

雪團不理蔡奴，直奔什麼佐料都沒加、煮得奶白的魚湯而去，可蔡奴卻直接將其端起，害雪團急得在他腳邊轉圈。「喵、喵喵？」

「好雪團，今日和阿郎一起吃啊！」

在蔡奴腿邊繞來繞去的雪團，一路跟到王玄瑰寢房。

蔡奴輕輕扒開個門縫，向內張望，裡面安安靜靜，沒有砸東西的聲音，他便閃身進去，輕手輕腳地將魚湯放在了屋內。

雪團的小肉墊踩在地上無聲，可喝魚湯的時候小舌頭一捲一捲的，弄出了不小動靜。

王玄瑰呈大字型趴在床榻上，微微側頭，黑髮在絲滑的裡衣上傾瀉而下。

除了不能吃的魚刺，雪團已經將自己的小碗吃得一乾二淨。牠舔舔嘴後，向著王玄瑰的方向弓起了身子。

王玄瑰挑起眉，在牠起身躍起的那一剎那猛地坐起，將貓兒抱個滿懷。

「喵嗚！」

摸了一把雪團，摸掉一手毛，他居高臨下地睨著牠。「你怎麼過來了？」

「喵喵喵！」

雪團在他手中掙扎，很快就跳了下去，而後又從床榻上往他身上跳，他便不厭其煩地與牠玩起接貓貓的遊戲。

「怎麼，還想裝啞巴到什麼時候？」王玄瑰突然問向立在一旁，當自己不存在的蔡奴。

蔡奴便道：「阿郎安心，娘子還不知阿郎今日提親，待娘子回家後，與夫人交談一番，夫人定會同意的。」

王玄瑰矜持地「嗯」了一聲，好似剛才又煩又憂、直接回房的人不是他一般，而後又道：「要是夫人不同意，我便去求聖上賜婚。」

「哎，行！阿郎，嬤嬤已經進宮去尋皇后娘娘了，有娘娘幫襯，聖上必然同意。」

他點點頭。

蔡奴又道：「那我給阿郎準備早膳？」

「嗯。」

蔡奴笑了笑，下去命人端上一直溫在廚房的菜來，想著阿郎變嘍，若是以往，但凡涉及到陸國太妃，阿郎都會控制不住自己的脾氣，更遑論吃飯？可今日都能冷靜地去鎮遠侯府提親了！

雖是下了早朝、天剛亮起沒多久，宣王就回府提親去了，但崇仁坊住的多是官員，起得是一個比一個早，因此不只一人瞧見宣王府抬著紅木箱子去了鎮遠侯府。

大家上衙時肆意猜測，這宣王難不成是提親去了？可陸國太妃不是說要與燕息聯姻？

「我看啊，這是宣王不想與燕息公主成婚，所以先行一步，給自己定下個親事，正巧隔壁不就有個和離了的七娘？」

眾人議論紛紛，暫且留在長安，受到陶梁與燕息戰事影響還沒有外放的林望舒聽聞此事，手中的筆一下子就脫了手。一上午心神不寧，到了午時下衙時間，林望舒辭別同僚，未與他們共同用膳，便趕去了鎮遠侯府。

正想著王玄瑰提親一事的陸慕凝，聽到表郎君來了，當即一嘆，著人擺上飯菜，趕緊招呼還一身官袍未脫的林望舒就座。

如今也就年輕官員們圖新鮮，會每日勤勤懇懇穿官袍，等過陣子，他們不耐煩地脫去官袍，便是又一屆新人換上了。

「你外放之事如何了？你母親日日給我寫信，盼你歸家。」

林望舒氣質如松柏，冷冽如霜，此刻卻難得有些急躁。「我聽聞今日宣王來府上提親了？姨母可有答應？」

陸慕凝示意他嚐嚐藕湯，自己也低頭去喝了兩口，正好在腦中思量好說辭，方才放下碗開口道：「暫且尚未。」

喝湯的林望舒鬆了口氣，被陸慕凝捕捉到了，她便連湯都喝不下了。

躊躇片刻，林望舒還是遵循了自己內心所想，開口說道：「姨母，表妹乃是伊人，我——」

陸慕凝打斷了林望舒的話，沒讓他說出口。「你可萬不用操心你表妹，她都和離過一次的人了，你卻是連個夫人都沒有，你母親急得讓我在長安城給你找小娘子呢！你跟姨母說說，你喜歡什麼樣的小娘子？趁著如今鮮花茂盛，姨母為你舉辦幾次賞花宴，替你掌掌眼。」

林望舒望著陸慕凝，似有所覺，但他還是想將話說完。「我兩耳不聞窗外事，經年備考，知道表妹有了心上人，如願嫁給他，實在替她開心。待來到長安城，她和離了，我又見識到了與記憶中不太一樣的表妹，姨母，我——」他的話再一次被陸慕凝打斷了。

她望著過五關斬六將，將有大好前程的年輕狀元郎，不想讓他將剩下的話說出口。有些東西一旦說了，就再無轉圜餘地。若是娉娉與他當真有些情誼，她覺得他爭上一爭，是不錯的選擇，可如今看來，兩人終究有緣無分。「我知你操心娉娉二嫁之事，我亦然，但誰讓她與王爺互相動了心呢？情之一字最是難解，之所以沒立即同意宣王的提親，也是想問她想清楚沒有。」

林望舒手中的筷子險些沒有拿穩，他重複了一遍。「他二人已定情了？」

陸慕凝一副沒有辦法的表情。「宣王雖名聲不大好，卻是個靠得住的，家中這一年來大大小小的事情，他幫了不少忙，尤其是……哎呀，你都不知道，」她搖搖頭，繼續笑說：「宣王也是當年被娉娉救過的人呢！你說巧不巧？這可不就定情了。」

了。

鮮甜爽口的藕湯如今在嘴裡變成了酸苦的味道。正所謂一步慢，步步慢，便再也追不上了。

「七娘，從婆娑帶回的書單給我一份，我需要找本書。」

沈文戈從低頭的狀態抬起頭來，果不其然發現了同僚們悄悄打量她，見她望去，又倏地避開她的目光。

她將書單翻出遞給柳梨川，直覺發生了些同她相關的事情，裝作不經意地問道：「近日鴻臚寺可是有事發生？」

柳梨川迷茫地看向她，作為和她關係稍近的同僚，他也被鴻臚寺的官員們踢出了可以共同議論「宣王到底娶不娶霓裳公主，拋棄七娘」的話題行列，因而他什麼都不知道地反問回去。「不就是讓我們設計霓裳公主的行程，好方便兩位皇子與其相遇？」

見他什麼都不知道的樣子，沈文戈未再多言。

可每每她起身離屋，身後同僚們就會湊在一起小聲說話，她一回來，他們就停下話頭，讓人十分不適。氣氛便一直這樣維持到快下衙時，番館傳信，說霓裳公主要見她。

她暗暗呼口氣，最後掃了一眼自己的眾多同僚們，去了番館。

確認她已經走遠後，屋內爆發出巨大的聲音。

柳梨川與張彥莫名其妙地抬頭看向突然活泛起來的同僚們。

一個人道：「憋死我了！七娘時不時就看我們一眼，我還以為露餡了呢！」

一個催促。「快說快說，你剛才說你從工部探聽到什麼消息了？」

「今兒下了早朝，宣王就上鎮遠侯府提親去了！」

「說宣王會娶霓裳公主的，給錢給錢！」

「誰說我們相信了？我們沒人相信好嗎？就是擔心七娘而已。」

聽了一耳朵的柳梨川震驚道：「娶霓裳公主？」

「陸國太妃提議讓她兒子宣王迎娶霓裳公主，以解諸位皇子之困。可據最新消息，宣王直接去鎮遠侯府提親了！」

「果然還得是宣王！」

柳梨川和張彥對視一眼。「什麼？」

「什麼？」番館內，沈文戈下意識回完話，忙遞出汗巾給霓裳公主拭淚。

摘了面紗的霓裳公主終於露出了真容，除了一雙小鹿般忽閃的柔情大眼，她近乎和燕淳亦是一個模子刻出來的。燕淳亦長相本就英俊，換到霓裳公主臉上，便是個十足十的美人胚子。

此時美人落淚，泣不成聲。「我也不知為何會提議讓我嫁給宣王，可兄長似乎認為宣王也不錯的樣子，我……我與他大吵了一架，說我不嫁。」

沈文戈驚詫，燕息公主這膽小怕兄長的性子，竟敢同燕淳亦爭吵了？

霓裳公主委屈道：「來到陶梁後，我就妳這麼一位好友，明知妳與宣王有情，我怎能做出嫁給宣王的事情呢？讓我日後如何見妳？」

「別哭了。」沈文戈已經從王爺可能會與霓裳公主聯姻的消息中緩了過來，初時心情複雜酸澀，此時又被她哭得心軟，遂肯定道：「王爺不會娶妳的。」這話說得似是不妥，便又道：「妳不會嫁給王爺的。」好像補這句也不太好？她便只好親自為霓裳公主擦淚，一邊擦一邊道：「妳猜我今日在負責什麼事？我啊，在安排妳與二位皇子同遊的事情。」

霓裳公主眼睫上掛著淚滴，傻愣愣地看著她。

「二位皇子的脾氣秉性，我也不甚清楚，但我會向王爺打探一二，再回來告訴妳。妳大膽地與他們出行，試著相處，若有心儀之人，儘管同我說。」

「我……我可以自己挑選夫君嗎？」霓裳公主擔心地看著燕淳亦房間的方向。

沈文戈堅定地道：「自是可以。我說這話有些挑撥之嫌，公主入耳聽聽便罷。兩國聯姻只是東風壓倒西風，靠的是雙方國力，不是靠公主這一嫁的。公主聯姻後便要在陶梁生活一輩子，若是夫君不順心，妳家人又遠在燕息，便是受了委屈也只能忍著，倒不如，為自己爭取一二。」

霓裳公主的眼眸裡漸漸聚起星光，重重點頭。「我會將七娘的話放在心上，也盼七娘別因為王爺可能娶我一事，同我生分了。」

「不會的。」她信王爺。想到王玄瑰，她便連眉眼都溫柔下來，臉上滿是笑意。心結解開後，霓裳公主沒能留下沈文戈用膳，因為沈文戈說她要回去找王爺一道吃。

霓裳公主便和自己身邊的婢女感慨道：「七娘與王爺感情真好。」

「公主也會和自己的夫君兩相恩愛的。」

「但願吧。」

待沈文戈匆匆趕回家中，迎面碰上了林望舒，笑著與他打了聲招呼。「表兄。」

林望舒望著她，依舊如松柏挺立，如竹子高潔。「表妹可知今日王爺來府上提親了？」

沈文戈自是不知情的，可卻沒有任何慌張、震驚、害怕的情緒，反而是臉泛粉紅，眼神躲閃，不敢看他，露出了嬌羞的神色。

他便知，自己再無機會了，收斂了心中種種不該存在的感情，說道：「可姨母拒絕他了。」

「嗯?!」

她的震驚不似作假，他深深地看了她一眼，道：「去同姨母說清楚吧，姨母似是對陸國太妃替王爺求娶霓裳公主一事頗為不滿。」

沈文戈作揖。「多謝表兄，我這就去尋母親，便不送表兄了。」

她走得那般快、那般急切，林望舒望著她的背影匆匆轉過了身。看來，他也該去吏部詢問外放之事了。

「母親。」沈文戈徑直去拜見陸慕凝。

陸慕凝看她同樣未脫官袍，便嘆了口氣。「可有用膳？」

沈文戈小小地撒了個謊。「已經在鴻臚寺用過了。」

「嗯。」

「母親，」沈文戈湊到她身邊，示意嬤嬤們先出去，然後伸出手攏住她的手臂。「今日王爺是不是來提親了？」

陸慕凝瞥了她一眼。「知道了？」

「知道了。母親為何……」

「要問我為何拒絕了王爺的提親？」

沈文戈點頭，也小小地嘆了口氣。她好不容易才等來王爺認清自己的心意，雖有些怕，但還是忍不住想嫁給他。「女兒已是嫁過人、和離過一次的人了，知母親為我擔憂，怕我遇人不淑，但王爺不會讓我再受一次傷的。」看陸慕凝一副不信的眼神，她微微垂眸，說道：「母親知道的，我因救過尚滕塵，所以會忍不住計較他對我的好有沒有達到我救他的恩情，最後便失了心。」她抬眸認真地看著陸慕凝。「可是王爺不同，我與他在一起時，時常會忘記自己曾經救過這個人，不會再計較所謂的恩情，因為他給我的，遠比我給他的多得多。」

「妳就在母親這兒為王爺說好話吧！」

「女兒只是剖析自己嘛！」

陸慕凝伸手摸著女兒的臉，看她整日在鴻臚寺忙碌，還依舊容光煥發，便知她是過得真好。「妳可想清楚了？那陸國太妃，母親年輕時也有所耳聞，不是個好相處的人。」

這回沈文戈沒有直接回答，而是沈思片刻後，方才說：「女兒知母親顧慮，但好在王爺與太妃不住一起，我便不用日日請安面對她，所以應還好。」

「應還好？」

沈文戈沒有像未嫁過人的小娘子一般，對未來的一切都充滿了憧憬，她冷靜道：「女兒曾經想過這個問題，她終究是王爺的親母，便也只能兵來將擋、水來土掩罷了。不過好在，我知她對王爺不善，也不會去討好她，真的將她當成婆母。若是各自相安無事便罷，倘若她手伸得太長，女兒也不是泥塑的，會任由她欺負了去。」

陸慕凝聽出她話裡意思，便跟著說：「妳如今倒是充滿信心，也不知是誰當年被王氏欺負了！」

因她一句話，沈文戈回想起當年自己獨守空房，卻要面對王氏刁難的情形。「當年是女兒太年輕、沒經驗，又愛慕著尚滕塵，不想他為難，才處處退讓罷了。如今女兒啊，今非昔比了！」

陸慕凝被她逗得笑了出來。

沈文戈心下一鬆，打鐵趁熱道：「母親有所不知，王爺幼時陸國太妃對他非打即罵，若非嬤嬤和公公照料，可能都活不下來了。後來還是聖上發現，將他帶走養著，才能長這麼大。與其說陸國太妃是我婆母，不如說在王爺心裡，他的皇兄、皇嫂才是他的父母，所以對於陸國太妃，母親不必太擔憂。」

生養了三個兒女的陸慕凝聽此，眉頭都蹙了起來。「她是王爺生母，怎會對王爺打罵？」

「總有些人愛將自己的錯怨懟到孩子身上，打罵都是輕的，她還會故意懲罰王爺，不讓王爺吃飯、睡覺。想想那時的王爺，小小一團，當真是可憐死了！」

陸慕凝氣道：「真是枉為人母！」而後她又打量起沈文戈。「妳莫不是騙我？」

只是想讓母親更疼愛王爺一點的沈文戈信誓旦旦地說：「我可沒騙母親！這事在宮中應也不是什麼秘密，母親若不信，隨意打聽去。」

陸慕凝似是信了，便舉起茶杯喝了口茶。

沈文戈見狀，連忙上前，殷勤地給陸慕凝新倒一杯茶水。

陸慕凝沒喝，拿在手中，只是看著她。

她便懂了，鄭重地說：「母親，女兒與王爺相處多日，知他就是女兒要尋的良人。未遇見他時，女兒從無二嫁想法，可遇見他後，女兒對未來的擔憂皆在他的愛護下散去。女兒願嫁他，還請母親同意。」

陸慕凝接過茶，喝了，對她道：「那便去尋王爺吧，在王府用了膳再回來。」

沈文戈抿著的唇驟然鬆了，唇角上翹，下意識摸了摸空癟的肚子。「那母親是同意了？」

「同意了。但王爺的提親也過於草率了些，妳去告訴王爺，讓他請個媒人來，我總不好與他商量妳二人的婚期等事吧？」

「母親！」沈文戈伸手擁住陸慕凝。「多謝母親體諒。」

「去吧。」

「嗯！」

沈文戈步履輕盈地往自己院子的牆邊走去，而後想起那兩個嬤嬤，腳步一頓，剛想喚倍檸過來引走嬤嬤，就見倍檸已經過來了。

「娘子，夫人今日讓兩個嬤嬤不用守著牆，雪團已經過去了，奴婢幫娘子扶梯子，娘子去尋王爺吧！」

剛剛與母親表白心跡都沒臉紅的沈文戈，聽自己身邊的小婢女正正經經地說著讓她翻牆去尋王爺的話，瞬間緋紅了臉。

第三十章

沈文戈坐在牆頭時，臉上的熱度還沒散去。

院中安沛兒與蔡奴見她出現，連忙上前接她下來。

「王爺呢？」

蔡奴道：「回娘子的話，王爺在泡湯池呢！」

瞧了眼湯池房，她低聲問道：「他今日被我母親拒絕，心情可還好？」

安沛兒拍著她的手道：「娘子放心，有雪團在，阿郎想不開心都難。」

沈文戈點頭。「那便好。雪團不會也跟著進去了吧？」湯池水深，小東西別溺水了。

「娘子看那兒。」安沛兒手一指。

沈文戈便瞧見了在貓墊子上，乘著樹蔭睡得正香的雪團，可真是會享受。

蔡奴觀察著沈文戈沒有愁苦之色的臉，又看看身後的湯池房，突地道：「娘子可是要尋阿郎？阿郎已經進湯池房許久，早泡完了。娘子若不嫌棄，待奴換過水，娘子也泡一泡？」

沈文戈原本只是略微緋紅的臉，被他這樣一說，陡然升紅。

安沛兒瞪了眼蔡奴。「娘子別聽他亂說，奴這就讓他喚阿郎出來。」

「壞了！奴突然想到，阿郎交代了奴事情，奴還沒辦完呢！嬤嬤，快一起走吧！」說著，蔡奴拽著安沛兒，招呼院裡的小廝就撤了出去。

遠遠地，還能聽見安沛兒問蔡奴做什麼去？

蔡奴輕聲說：「娘子定是得了夫人同意才過來的，如今兩人總算要議親了，也要讓他們有些獨處的時間。」

安沛兒氣道：「那也不能……」

「走吧，嬤嬤，阿郎心裡有數。」

一時之間，院子裡一個人都沒有了。沈文戈站在原地，踟躕半晌，終於還是向湯池房行去，輕輕將其推開了。

熱氣撲面而來，輕紗無風自動，她停在屏風後，上次醉酒的記憶紛雜入腦，她記得屏風後便是湯池，湯池旁還有一張美人榻……手指虛虛搭在屏風上。

王玄瑰聽見外面有動靜，知是沈文戈過來王府了，此時已經在穿衣服，聽見腳步聲，還以為是蔡奴進來了，便張著手臂道：「更衣。」

他身上只著了裡衣，因出水急切，水珠未能擦淨，白色綢衣便貼在了身上。

沈文戈透過屏風，模糊地看著他。

「你今日是怎麼……」等了半晌沒等到人，王玄瑰邊說著，邊轉過了身。屏風上透著的淺青色倩影映入眼簾，倩影上還有一個反綰髻，嬤嬤往常不會梳這樣的髮髻。

兩人一時間均沒開口，湯池裡的水流源源不斷地注入著，嘩嘩聲連綿不絕，霧氣繚繞在二人身側。

「王爺，抱歉……」

「對不起……」

兩人紛紛開口，卻全是道歉之語。

沈文戈微微揚起頭，透過屏風與他黝黑的眸子對上，又道：「王爺先說。」可與她一同響起的，還有他的話。

「妳先說。」

眼角彎起，兩人隔著屏風互相笑了起來。

沈文戈翹著唇角道：「是我不好，我應先同母親說好，再讓王爺來提親的，結果害王爺被拒絕了。」

王玄瑰低垂著頭，能看見屏風上的山水之繡，亦能看見她恬靜的臉龐，跟著道：「該是本王先向妳道歉才是，陸國太妃……是本王提親提得匆忙，怎能怪夫人和妳？」

她在屏風另一側，一本正經地說：「陸國太妃如何做，也怨不到王爺。我與母親談過了，王爺……」沒讓他等太久，她語氣揚了起來。「母親她同意了！」

他眸子微動，那從早朝起聽聞陸國太妃替他求娶而一直憋悶的心，此時化在了她一句「我與母親談過了」上。似天邊出現七彩長虹、似聞到雨後清新的泥土香，有人會惦記著他，也會為他主動向自己的母親求情，讓他彷彿又置身在溫暖的湯泉中。

他啞著嗓子說：「那本王想過的種種對策豈不是都沒用了？」

「王爺想了什麼對策？」她好奇地追問。

他已按捺不住，大步繞過屏風，邊走邊說：「本王想這就進宮，向聖上討旨求娶妳；想催著皇嫂，讓她尋的媒人趕緊再登一次門；想著夫人一日不同意，本王便日日拜訪，終能磨得她同意；想著押上本王全部的身家性命，也要求得妳母親點頭。以前還道那些求娶小娘子的郎君蠢笨，如今換成本王，一樣笨如雪團。」與她四目對視，他眸中蘊藏著風暴過後的平靜，天藍水清，透澈到底，他說：「而本王現在，想親妳了。」

她抬步朝他走去。「雪團可不笨呢！」

僅差一步之遙，他伸手攬過她，她的驚呼被他堵住，雙手沒有來得及勾住他的脖子，便只好按在了他厚實的胸膛上。

口腔中的空氣被掠奪一空，她暈乎乎的腦子還能再轉一圈，覺得手下觸感不錯，下意識貼緊了。這個時候，任何一個動作都很致命，她剛覺得掌心下的肌膚如火一般灼人，他便像雪團撲人一般，準確地撲住了她。

美人榻被踢得歪斜，落上兩個人的重量，發出「吱呀」一聲。他擁著她，同她酒醉那日賴在他懷裡的姿勢相差無幾，只是上次他雙手抱著她，這次卻將她放了下來。

她安穩地窩在他的懷中，不用仰著脖子靠近他，就可以盡情地傾訴近些日子無法親昵的思念——用熱烈的回應告訴他，她的心意。

一隻手扣在他的肩頭，一隻手摸上他的喉結，她微微坐直身體，不自覺向他傾過去。

她的回應，對他而言勝過千言萬語，他盡全力地向她索取。

他撤下她頭上步搖、髮簪，烏髮垂落，只覺她的髮都如她人一般柔弱順滑。

喉結滾動，他不再滿足於此，繫帶繃直。

她駭得睜了眼，對上他那雙眼裡只有她的眸子，便心軟道：「我還穿著官袍呢……」官袍不能弄出褶皺。

他閉上眸子，又倏地睜開。美人榻上很快便多了一件疊得整齊的淺綠色官袍，她的手就撐在官袍附近，只覺得水氣繚繞，讓榻都變滑了，有些撐不住。

明明湯池房內有著源源不斷的熱水注入，可沈文戈還是覺得肩頭一涼。很快地，她的眸子便蒙上了層淺淡霧氣。扣在美人榻上的手掌打滑，被他執起，十指緊握，她人隨之而動，烏髮沾著水氣，重新覆到背上，涼得她忍不住瑟縮。

只剩一根繩子吊著的肚兜搖搖欲墜，王玄瑰眸中深得近乎看不見底，翻湧著種種執念，而後，在他進行下一步動作時，「咕嚕嚕」的聲音響起——所有的旖旎氣氛全被打斷。

他停住，用一種委屈控訴、又極忍耐的眼神注視著沈文戈。

沈文戈不敢瞧他，將臉埋進他懷中，伸手悄悄捂住肚子。

又一聲「咕嚕嚕」，在這安靜到只剩呼吸聲的湯池房中響起。

她默默繫好帶子，撩好垂落在臂彎的上衫，咳嗽兩聲，清清喉嚨，猶猶豫豫地道：「要不……忽略它？我們繼續？」咕嚕嚕……她抿住唇，察覺到他生無可戀地將下巴抵在了她的肩窩中，然後伴隨著肚子咕嚕嚕響，吃吃地笑了起來。

王玄瑰用沙啞的嗓子幽幽地道：「妳還笑。」

她故意用嬌嬌媚媚的聲音說：「王爺，我心急來尋你，還沒來得及用午膳呢！」

「妳好好說話，捏著嗓子做什麼？」他惡狠狠地說了一句，耳根都紅了。「本王腿都快讓妳坐麻了。」說完他隨手撈起官袍罩住她，而後趁她頭被蓋住之際，將她抱起放在美人榻上，自己繞過屏風到另一面，難耐地閉上眸子，深呼吸數口氣，才帶著一股狠勁穿起衣裳。

沈文戈就坐在榻上，不斷地笑著，笑得自己都要倒在榻上了。

他磨牙似的問：「午膳想吃什麼？」

「你。」

「沈文戈！」

咕嚕嚕……

宮中陸國太妃寢殿。

陸國太妃身邊的嬤嬤擔憂道：「娘娘，奴今日聽聞王爺去鎮遠侯府提親了。」

陸國太妃伸手欣賞著自己剛塗好的鮮紅指甲，不以為意。「自古父母之命，媒妁之言，他自己提親，算得了數嗎？」

金光透過雲層罅隙，將整座長安城籠罩在它的照拂之下，崇仁坊中兩家朱門打開，人群魚貫而出，人人臉上都帶著笑。

柳枝隨風而動，落在每一位在它枝條下經過的人們身上。

在這個不用上早朝的日子裡，崇仁坊的官員們終於可以睡個懶覺了，可他們沒被宮中傳出的悠揚鐘聲驚醒，反而被大雁的鳴叫喚了起來。

大清早的！誰啊？大門相繼打開，一望——喔，原來是宣王，那沒事了！又相繼關上門。等等，宣王怎麼帶了那麼長一個隊伍？於是，門又被偷偷拉開一條縫。

他們向外看去，那跟在宣王身後的嬤嬤手上捧著的是降福的清酒？還有米，那是象徵養食的梗米。另兩個通體金黃的鈴鐺，是音色和諧的合歡鈴啊！再結合那一對活雁……宣王這是再次提親了？

王玄瑰恭敬地候在白銅馬車旁，伸手扶著滿頭銀髮的老婦人下馬車。

老婦人精神奕奕，通身富態金貴。笑起來時，圓潤的臉上道道褶皺清晰可見，卻也能讓人一窺她年輕時的風采。

鎮遠侯府的朱紅大門被敲響，其後彷彿有人在等著他們敲門似的，唰地就將門給拉開了。

陸慕凝站在門後，瞧見老者，率先行禮。「見過戚老夫人。」

戚老夫人年過六旬，身子骨硬朗得很，笑道：「叫什麼老夫人？可莫要將我喚老嘍！」

「極是，自我家大郎成了侯爺，府上人改口喚我老夫人，也是喚得我渾身不舒服呢！快，請進！」陸慕凝滿意地看了一眼王玄瑰，上前扶著戚老夫人進了屋。

戚老夫人乃是當今皇后娘娘的母親，王玄瑰能請動她這位尊貴的老夫人來當媒人，可謂給足了鎮遠侯府的面子。

兩個夫人有話要談，讓人將帶來的所有東西都先放在陰涼處，便打發王玄瑰去尋沈舒航。

戚老夫人為人開朗直率，不說什麼彎彎繞繞的話，開門見山就道：「今日啊，我是來替宣王提親的，想求娶貴府的七娘。」她笑呵呵道：「宣王這孩子，別看外界傳言脾氣乖戾，實則能力出眾，這一身的壞名聲，不少都是當了聖上手裡的刀，替聖上擔的！」見陸慕凝面色不對，她擺手道：「莫怕，這話我說得。宣王是個好孩子，對聖上與娘娘極孝順，我不希望夫人誤會了他。那陸國太妃，不提也罷。夫人放心，他們二人的婚事，自有聖上與娘娘作主。」

陸慕凝被她這樣一說，心定了下來，卻也不忘為女兒鋪後路。「我家七娘啊，再嫁就是二嫁了，我這心裡啊，也是怕。王爺身分尊貴，娶個和離女，說出去不好聽。」

戚老夫人大風大浪都見過，怎會不知她的意思？當即便道：「二嫁又如何？可不是哪個小娘子都能跟隨使團出使的。七娘之才，足以擔得起王妃的身分。」

這回，陸慕凝臉上揚起了真摯的笑來。

「那夫人，妳看，陸國太妃畢竟提出了讓宣王迎娶燕息公主一事，這婚事啊，還需盡快定下來。」

「自然，我理解。」

兩位夫人相視一笑，紛紛拿出名帖，上面分別寫著王玄瑰與沈文戈的生辰八字。

戚老夫人老臉一紅，不好意思地道：「這宣王啊，提前問過七娘的生辰了，我們已合算過了，配得很。」

陸慕凝點頭，交換過兩人的帖子，戚老夫人便又遞給了她一份全新的聘禮單子。用庫房單子充當聘禮單子，固然能讓人感受到誠意，但終究不合禮數。陸慕凝這回接過，卻連看都沒看，一副極信任的姿態。

戚老夫人笑著道：「這回老身算是完成了娘娘交代的任務，可與夫人喚一聲親家了。」

「哎，親家！」

如此，收下聘禮，就算兩家徹底訂親了，前後只用了不到一個時辰。

陸慕凝再次攙扶戚老夫人離府的時候，見王玄瑰頻頻向內張望，遂笑著道：「王爺送完老夫人回來後，便來接嬤嬤一道去鴻臚寺吧。」

一直板著臉隱藏自己緊張情緒的王玄瑰，被打趣得耳根都紅了，強自鎮定地拱手道：「那便讓七娘抱上雪團，一道兒帶過去吧。」說完，他去扶戚老夫人。

戚老夫人扭頭與陸慕凝雙雙對視，為郎君和小娘子的感情發自內心而笑。

白銅馬車不緊不慢地行駛著，沈文戈抱著雪團不讓牠亂跑，明明不是第一次單獨相處了，甚至更親密的事情都做過，可今日不知為何，她與他雙雙有些羞，連對視都有點不太敢。

「喵嗚……」

在她懷中鬧騰不休的雪團換了個人抱，鴻臚寺門口，王玄瑰單隻手托著雪團，另一隻手卻等在馬車旁。

正在陸陸續續往鴻臚寺進的官員們，瞧見了白銅馬車，當即停下步子拱手等著，而後便瞠目結舌地看見馬車中伸出一隻嬌小的、一看就是小娘子的手，這隻手明目張膽地搭在王玄瑰的手心裡！他們愕然扭頭看向鴻臚寺裡，想要尋找沈文戈的身影。王、王爺他牽了小娘子的手，七娘妳快出來看！

「七、七娘?!」

順著柳梨川的喊聲再看回白銅馬車，那搭著王玄瑰的手下車的人，不是穿著官袍的沈文戈又是誰？這是怎麼回事？王爺為什麼牽著七娘的手？大家眼中異彩紛乘。

有那消息靈通的，跟在二人身後進鴻臚寺，就開始講了起來。一大清早，王爺就去鎮遠侯府提親了，如今不避人，這是訂親了吧？

沈文戈點頭，對特意過來問詢她的蔣少卿，以及共同出使、結下深厚友誼的同僚們說：「是，我已正式同王爺訂親了。」

柳梨川連連拱手。「恭喜七娘、恭喜七娘，你們早該訂親了！」

蔣少卿也欣慰地點頭。「如此，若與王爺成婚，可不要忘記通知我們。」

「自是不會忘的，蔣少卿放心，我一個都不會落下。」然後她又道：「大家到時候都要來啊！」

「一定、一定！」

沈文戈眉眼都彎了起來，相較於平日裡特意在鴻臚寺裡冷沈著臉以提高自己專業度的樣子，現在她整個人都透著水嫩的羞粉。

出使時，天高海闊任她飛，回到長安反而被世俗捆住了手腳，彷彿被關進籠中。

王爺為她求得一官半職，掙斷了一隻腳上的鏈子。現在另一隻腳上的鐵鏈也已被砸出豁口，讓她不得不期待起往後的日子來。

啪！宮中的陸國太妃聽聞戚老夫人替王玄瑰提親成功，兩家開始正式議親，就差定日子了，氣得摔碎了她心愛的白瓷！

「蠢貨！」陸國太妃氣得起身要往外走。

她身邊的嬤嬤攔下她。「娘娘，聖上已不再讓娘娘插手燕息公主一事，萬不能去尋聖上了！」

陸國太妃高聳的胸脯起伏不定。「哀家才是那畜生的親母，皇后的手伸得是不是太長了？」

「娘娘，慎言啊！」

陸國太妃跌坐回榻上，鮮紅指甲險些拗斷。「哼，成親這樣的大事都不用告知哀家，他翅膀還真是硬了！哀家擺弄不了他，還擺弄不了那個和離過的？」

燕息霓裳公主與兩位皇子同遊的事情已經被定了下來，為支開燕淳亦，王玄瑰與他一同去長安城附近的獵場打獵，一較高下。此時已經出了城，進入密林。

沈文戈自然要陪伴在霓裳公主身側。

「這樣可行？」霓裳公主緊張得不住問她。

「公主放心，自然是可行的。」她低聲與霓裳公主耳語道：「我已問過王爺，兩位皇子都是好相處的脾氣，如今便看公主對誰更加投緣了。左右也是試試，公主不必太過憂心，在我們陶梁，小娘子出行騎馬都是使得的，何況——」

「哪位是沈家七娘？」

沈文戈話一頓，抬頭一看，便瞧見了一位不苟言笑的嬤嬤，通身的氣派與安沛兒如出一轍，唯獨不同的是看見她時，表現出一副來者不善的樣子，一瞧便是宮中出來的。她眉頭蹙起，一旁已有鴻臚寺的同僚替她問話。

「敢問嬤嬤尋七娘何事？」

那嬤嬤一雙眼在沈文戈身上來回掃視後，說道：「陸國太妃傳喚沈家七娘。七娘子不會不知陸國太妃是何人吧？不知也無妨，進了宮自然就清楚了。」

陸國太妃誰人不知？提出讓王爺娶霓裳公主的王爺親母啊！如今王爺同七娘剛訂了親，她就要傳喚七娘入宮？柳梨川與張彥第一時間站了出來，擋住那嬤嬤陰冷的視線，一前一後說道：「七娘乃是鴻臚寺常客，如今有職責在身，恐不方便進宮。」

「還請嬤嬤回吧！」

有兩人開口說話了，其餘鴻臚寺的官員們也紛紛反應了過來。開玩笑，要是讓她將七娘從他們眼皮子底下帶走了，等王爺回來，他們如何交代啊？

那嬤嬤皺著眉，用一種像在看姦夫淫婦般令人不適的目光，將沈文戈及替她說話的鴻臚寺官員們看了個遍，而後才開口道：「七娘子，娘娘在宮裡等著呢，莫要讓娘娘等急了。」

這是不帶沈文戈走不罷休了！

沈文戈不願牽連同僚，垂眸思考片刻後，當即作出決定——她去。

陸國太妃特地挑王爺不在的時候派人來，可見是做足了準備的，與其在下衙後再被她攔住，不如當著眾人的面被帶走，因此便向同僚拱手道：「既然陸國太妃相邀，七娘只好進宮一敘，諸位不用擔憂。」

大家紛紛開口。「七娘！」

她再拱手，目光輕輕掠過柳梨川，柳梨川向她拱手示意他會去尋王爺，接著她就又同霓裳公主道了別，孤身一人跟著那嬤嬤上了馬車。

一路無言，在腦中想著安沛兒同她說起過的，王爺幼時曾遭受過陸國太妃百般虐待，導致至今還有入睡困難的癥狀，沈文戈便生不出任何忐忑的情緒，有的只有對陸國太妃絲毫不關心王爺的不忿。這種替他難受的情緒，一直伴隨著她入了宮。

陸國太妃人沒有見到，沈文戈就先被給了個下馬威。

「娘娘如今剛小憩，七娘子先在外等著吧。」

沈文戈便站定，拂了拂身子。

可嬤嬤接下來又道：「七娘子不會這般沒規矩，不知見娘娘需要跪著吧？」

「嬤嬤說得是。」沈文戈也不辯白，稍稍一挑眉尾就乾脆俐落地跪了下去，她是絕不會讓陸國太妃在禮數上挑她毛病的。

夏日驕陽烘烤得青石地面灼熱，膝蓋一碰到，當即便燙得一哆嗦，可緊接著卻是熱烘烘烤腿的舒適感。她這雙在冬日受過寒的腿，實則最愛這熱，以往她不願在太陽下曬腿，今日反倒是有機會了，就是這陽光曬得眼睛有些睜不開。

不一會兒的工夫，額頭、鼻尖就有了汗滴，而陸國太妃卻還沒有起的意思。

沈文戈閉上眸子。本就知道陸國太妃喚她來是為了懲治她，就是沒想到，手段竟同普通後宅女子一般，按理不應該啊！

果然，陸國太妃讓宮女修著自己的指甲，見沈文戈這般不卑不亢的覺得沒甚樂趣，將人曬了小半個時辰後，就叫了起來。

沈文戈此時被曬得兩頰粉紅，髮絲黏在臉側，瞧起來有些狼狽，可眼神卻沈靜得叫人不喜。

陸國太妃被宮女攙扶著出了屋，她年過四十，卻保養得當，瘦一分嫌少，胖一分嫌多，一舉一動都透著風情。王玄瑰容顏極盛，想必就是遺傳了她，她確實是個不折不扣的美人。

沈文戈打量陸國太妃的時候，陸國太妃同樣也在打量她，而後雙雙錯眼。

第一眼見面，她們均覺得對方與自己合不來。

穿著一襲碧綠色寬袖長袍的陸國太妃，有些嫌棄地看著沈文戈身上的官袍，陽光下一晃，兩人衣裳顏色相近，便更確認了對方不合眼緣之事。

她站在臺階上，居高臨下地望著沈文戈，開了口。「妳就是沈家七娘，那個被休了的小娘子？」聲音婉轉嬌媚，可偏偏叫人生起寒意。

陸國太妃這是在打壓她。沈文戈掀起睫毛，道了聲。「回娘娘的話，是某休了夫。」是她先提出和離的。

嗤笑聲響起，陸國太妃道：「那不依舊是個讓人拋棄的和離女！」而後不給沈文戈張口反駁的機會，舉起手像模像樣地遮了下陽。「這日頭太大，在外面待一會兒，哀家會被曬黑的，回屋說吧。」

沈文戈跟著進了屋，眼不往那些奢華擺設上看，只垂眸盯視著擺在自己面前的棋盤，陸國太妃讓自己與她一同下棋。

可兩人的心思全然不在下棋上，棋盤上一會兒是黑棋壓倒白棋，一會兒是白棋吃掉黑棋的子。

黑子落下，陸國太妃按在那顆棋子上，說道：「妳已經嫁過一次人了，而哀家的兒子尚未娶過妻，妳覺得自己嫁他合適嗎？」

沈文戈手中白子落下，手指正正好挨在陸國太妃鮮紅的指甲旁。「我覺得合適。」

「妳一個二嫁女憑甚覺得合適？說什麼陶梁第一位鴻臚寺女官，據哀家所知，妳這官職，也是哀家的兒子用功績換來的吧？」黑子再落，吃掉一片白子，陸國太妃斜睨著她。

若非她沒有丹鳳眼，真會讓人恍惚以為王玄瑰過來了，這般一想，沈文戈便有些想他了。沈文戈執起白子，看似隨意地放在棋盤上，同陸國太妃對視，說道：「憑我是鎮遠侯府七娘，憑我嫡親兄長是鎮遠侯，憑我最親的阿姊是西北大將軍，憑……王爺願意。娘娘，您輸了。」

陸國太妃低頭一看棋盤，可不是輸了？寬袖一拂，棋子顆顆落地，驟然響起的動靜足以驚嚇住任何沒做準備的人，尤其是她還橫眉冷對。

可沈文戈只是緩緩眨了眨眼，對陸國太妃的行為無動於衷，甚至還說道：「今日燕息霓裳公主將與兩位皇子同遊，娘娘這裡若是無事，還請放我返回。」

沈文戈會不知道陸國太妃為王玄瑰求娶霓裳公主的事嗎？她當然知道。她便是故意這樣說，告訴陸國太妃——妳替兒求娶是沒有用的，燕息霓裳公主將與皇子聯姻！而王玄瑰，會娶我！

陸國太妃徹底被激怒了！王玄瑰與沈文戈的婚事，由皇后娘娘之母戚老夫人上門提親，她被警告不能再插手，但她可以逼迫沈文戈這邊悔婚！只要沈文戈悔婚，那王玄瑰就還能娶霓裳公主，獲得燕息支持！

「哀家倒是小瞧妳了。」陸國太妃緩緩站起身。「如此，哀家是否也不用問妳，願不願意離開宣王了？」

沈文戈道：「我自是不願的，娘娘確實不必再問。我與王爺心意相通，餘生皆認定彼此，要與彼此白頭偕老。」

「哀家喜歡妳的嘴硬，希望妳能繼續硬下去。」陸國夫人抬步往外走。「跟上。」

兩個嬤嬤一左一右地站在沈文戈身旁，她只好邁步跟隨。抬頭看了眼天，金烏依舊高懸，並無半分想要挪動之意。

陸國太妃坐在肩輿上，而她只能在一旁跟著走，走得腳底都有些痛了，才到了地方，上書「豹館」。她眼睛微瞇，仔細感受了下，似有腥臊味傳來，隱隱還有獸吼，陸國太妃這是？

「怕了？」坐在肩輿上的陸國太妃回頭睨她。「妳若現在同意悔婚，還來得及。」

「娘娘說笑了。」她定了定神，踏過門檻跟了進去。

「很好。」陸國太妃回過頭，招過負責豹館的宦官。「哀家那頭豹子呢？帶我們過去。」

「是，娘娘。」

豹館雖取了豹字，裡面卻不只養著豹子，另有猞猁、波斯貓、細犬等動物。

她們一路往裡進，沈文戈便瞧見了諸多立著耳朵、性情溫順的波斯貓在喵喵叫著，讓她緊繃的神情不由得緩了下來。她猜測著陸國太妃想做什麼？而她又該怎樣反擊才好？

片刻後，她們停在了約一間房屋那麼大的鐵籠前，裡面有一頭趴在地上的豹子，伸出舌頭舔了舔那鋒利得足以咬斷沈文戈脖頸的尖牙。

牠一身黃色皮毛上布滿了黑色實心圓點，是一頭成年有力、不折不扣的草原獵豹。

抖著自己的一身毛，牠從陰涼處邁了出來，衝著她們齜牙，喉嚨裡發出警告的嗚嗚。

就在這時，沈文戈的肩膀被兩個嬤嬤扣住，徑直將她推到了籠子前，眼看著要貼在鐵籠上，方才停了下來，陸國太妃的聲音適時傳來——

「這豹子哀家已經叫他們餓了兩天，妳若識時務，答應與宣王解除婚約，哀家便叫她們放了妳。可妳要是執迷不悟……那哀家只好叫人打開籠子，將妳扔進去了。如何做，七娘好好想想吧。」

沈文戈與獵豹互相對視，她近得似乎能聞到從獵豹嘴裡呼出的腥味，不自覺繃緊了身體。牠四隻爪子牢牢抓在地面上，然後牠叫了，是一聲極具「威懾力」，比雪團的聲音還要嬌軟的——「貓嗚！」

被獸瞳直勾勾盯著，足以讓人汗毛直立，哪怕牠叫聲再嬌軟，也是一頭貨真價實、可以將沈文戈撕裂的猛獸。

整個身子又被往前推了一下，沈文戈瞳孔緊縮，只覺得但凡籠中獵豹想，牠現在就可以伸出一隻爪子撓花她的臉。心臟因緊張撲通撲通跳個不停，冷汗不受控制地從鬢角滑落。

偏偏陸國太妃的聲音，如一遍遍催促的鐘聲響在耳邊，擾人生煩！

「如何，考慮清楚了嗎？」

有宦官聽令走近，拿出了鑰匙，將鎖頭打開，虛虛掛在門上，只需抬手就能取下。

陸國太妃道：「萬不要敬酒不吃吃罰酒，七娘，妳是聰明人，知道如何選。」

沈文戈閉上眸子，又猛然睜開，與籠中獵豹對視，將牠那懾人的尖牙看在眼中。有鮮紅的肉絲掛在牙上，且呼吸中伴有血的腥臭味，可見牠並不是餓了兩天，應是剛剛才餵過飯。

再看向牠的爪子，她養過雪團所以知道，肉墊爪縫中，牠們會有鋒利的指甲鉤子。牠喉嚨中發出呼嚕嚕的威脅警告聲音，整個身體也是呈現要跳躍起來撲她的姿勢，那沒道理，尖尖的指甲會不露出。除非，牠的指甲被人剪掉了。

再瞥向一旁已經打開籠鎖的宦官，他臉上沒有任何恐懼、擔憂的神色。作為負責豹館的人，她要是真在這裡出了什麼事情，他也脫不開干係，那他為什麼聽見陸國太妃說要將她扔進籠中，還不當回事？

心中如撥雲見日，這裡是宮中豹館，有危險性的豹子會看管得更嚴，不會讓其做出傷人之舉。再看牠毛色發亮，明顯剛成年不久。據她所知，近三年內沒有國家上貢過豹子，所以這頭豹子只會是宮中培育而出，整日和人打交道的。

只是看著危險性大，實則可能都沒自己捕過獵。

心裡有了底後，她動了動肩膀，說道：「放開我。」

陸國太妃以為她怕了，示意兩個嬤嬤鬆開她。說什麼情比金堅，在生死面前，還不是退縮了？「哀家果然沒有看錯妳，回家後妳便主動提出退婚吧，左右你們也只是交換了名帖，還未成婚，影響不了妳再嫁。」

沈文戈活動了一下肩膀，那獵豹就跟隨她淺綠色的官袍轉著眼珠，她盯著牠，說道：「娘娘可能算錯了一件事情，我並非普通小娘子。」她半轉過身子看向陸國太妃。「我乃聖上親封的常客，雖只是個九品小官，卻也是朝中官員，可不是餵到猛獸口中後，能讓娘娘全身而退的人。而我進宮時，同僚均看到了，所以，別說私自殺人是犯了《陶梁律》，單就欺辱朝中官員，娘娘，您就會被彈劾的。」

陸國太妃怪笑出聲。「一個九品小官罷了，還膽敢威脅哀家？妳人都在這裡了，還是先考慮一下如何出去吧！」

沈文戈不甘落後，說道：「極是！」她回過頭，看向籠中盯著她不放的豹子，笑道：「這回，換娘娘想一想，到底送不送我離宮？」

就見沈文戈出乎所有人意料，一把扯下了掛在鐵籠上的鎖頭，將那扇關著獵豹的門打開了一條縫隙，在眾人驚懼的目光下，她一隻腳踏入！

沈文戈雙手死死攥住鐵籠欄杆，因為用力過大，整隻手都是慘白的。

如今她掛在籠外，籠內獵豹已經朝她走了過去，而她人竟還在往裡傾身！

這回豹館的宦官終於知道急了，他聲音高昂地喊了聲。「娘娘！」

陸國太妃倏而看向沈文戈，厲喝。「妳做什麼?!」

沈文戈不敢和籠中之豹對視，便只能看向陸國太妃，送給了她一個笑容。「娘娘不是要拿我餵豹子嗎？我這是遵從娘娘的想法啊！」

「沈文戈！」

沈文戈驟然冷下眉眼。「娘娘！朝中官員被您迫害，喪命於豹口的事，您做好解釋的準備了嗎？今日我但凡在宮中出一絲問題，鎮遠侯府不會放過娘娘，我二姊手中亦有萬萬軍隊！娘娘猜，陛下會在為您說情和給我個公道間，如何選？」有氣流吹在腿上，是那豹子已經踱步過來，低頭嗅她。沈文戈嚥了下口水，察覺到牠伸出爪子，在自己鞋上劃拉，腿軟了一瞬，又更加用力地攥緊鐵欄。「娘娘說讓我退婚，那我今日便鄭重地告訴娘娘，不可能！」

與此同時，那宦官再也堅持不住，瞧見豹子在嗅聞沈文戈，幾乎肝膽俱裂地喊道：「娘娘，快讓這個小娘子鬆手啊！」

沒有人敢上前拉她，都怕一拉之下，鐵門打開，放出了豹子。

沈文戈緊緊盯視著陸國太妃，二人目光交會，均灼灼如日，誰也不肯向後退。

這麼長時間了，豹子只是嗅聞扒拉，就像雪團想找她玩一般，於是沈文戈深吸了口氣，在眾人驚慌失措的叫喊聲中，身子緩緩朝籠中俯去，眼見著半個身子都快進去了。

本只是要嚇唬她的陸國太妃突然出聲。「好！沈家七娘妳好得很！哀家送妳出宮，不再逼妳退婚！」

贏了，她賭贏了！沈文戈先撤回身子，而後飛快地將腳抽了出去，「啪」地關上了鐵籠門。籠內獵豹也只是伸爪扒拉兩下，確實沒有進食的心思，輕而易舉將她放走了。

宦官一把拿過鎖頭，將鐵籠鎖上，嚇出了一身冷汗。

待人出來後，所有人都鬆了一口氣。

沈文戈自己也不例外，她現在整個人都是虛軟的，強撐著一口氣站著罷了。幸而在吐蕃時，娜萌與自己介紹過，草原上的動物，諸如獵豹一類，只要吃飽喝足，全然當你不存在。生活在宮中的豹子，不用面臨在外餓肚子的風險，又是被人餵養長大的，這才給了她機會。

她回頭看了眼又對著她叫了一聲的豹子，笑了笑。待手有些力氣了，拂袖整理衣冠後，她才說道：「不早了，娘娘，我該出宮了。」

陸國太妃被她剛剛那一齣駭到了，回過神來發現自己妥協了，便更氣了，胸脯起伏著，轉頭就想翻臉。

沈文戈看她要變卦，便又抬頭看了眼天上的太陽。管她有何招數，自己都接著。

此時，陸國太妃身邊嬤嬤，得了突然進來的宦官的信，向陸國太妃稟道：「皇后娘娘身邊的沈嬤嬤過來了。」

沈嬤嬤在宮中時常替皇后娘娘辦事，是以人板著臉，顯得不通人情，很有威嚴。她眼睛一掃，確認沈文戈還全鬚全尾好好站著，便直接說：「奴奉皇后娘娘之令，請沈常客一敘，商討婚事。」既點出沈文戈有官職在身，又道出她與王玄瑰的婚事由皇后娘娘操辦，這是明明白白不給陸國太妃面子！

陸國太妃剮了一眼沈文戈，甩袖道：「走！」

直到此時，沈文戈才覺得渾身血液重新流動，她終於等來人了。

將剛剛蹭到鐵籠上沾的髒污拍了拍，與沈嬤嬤見禮，婉拒了與皇后娘娘一起喝茶的事，並說婚事她全聽母親的，最後提出自己要出宮去。

她在宮中一刻都待不下去了，她想見王玄瑰了。

沈嬤嬤也只是找藉口將沈文戈從陸國太妃那兒帶出來而已，聞言便一路送沈文戈出了宮，甚至在宮外為她準備了一輛馬車。

暖。

沈文戈道過謝，站在馬車旁，任由陽光灑在她身上，驅散一身陰霾，冰涼的指尖逐漸回

遠遠瞧見一個騎著馬的人影朝她奔來，所有的恐懼害怕統統都消失不見了，她露出了一個燦陽般的笑容，彷彿剛才自己什麼都沒有經歷過。

「王爺，七娘出事了！陸國太妃喚她進宮，您快去宮裡救她！」

在獵場，為了不讓燕淳亦起疑，王玄瑰帶著人一路縱深而去，柳梨川尋他費了許多功夫，還是蔡奴最先注意到他，才得知消息。

「駕！」騎在馬上的王玄瑰險些握不住韁繩，他讓蔡奴留下牽制燕淳亦，自己當即往回趕。她怎麼敢？要是沈文戈出了事，他定和她同歸於盡！

眼前似乎又浮現出那隻只會「喵喵喵」叫的貓仔，被她一把摔死的場景，而後那隻貓便替換成了沈文戈，讓他的呼吸幾乎驟停。

眸中壓抑著陰沈、晦暗的情緒，黑霧張牙舞爪覆上，讓他一雙眸子黑得滲人，所過之處，人群自發避讓。

他腦中只有一個念頭盤旋著，他不能失去沈文戈！

這比在婆娑時雙雙被抓進牢中還要讓他膽寒，沈文戈不在他的視線範圍內，她在他恐懼源頭的手中！

幾乎是不可避免的，他被拖拽進埋藏在心底、他以為自己已經長大，強大到無堅不摧，再也不會記起的幼時記憶中……

二十六年前。

王鈺妍寵冠後宮，一顰一笑勾得聖上心動不已，生下二十四皇子後更是囂張到不可一世，終引得皇后與眾多娘娘不喜，合力之下，讓其惹了聖上厭棄。

她棋差一著，從貴妃跌落至妃嬪，只能在昭園殿等待聖上的再次垂青，可宮中隨即就又入了眾多年輕貌美的妃子們，聖上很快就將其忘了。

曾俯視過螻蟻的人，不能接受自己的落魄，懊悔、自責、憤恨，不斷席捲在王鈺妍的心中。

「母妃！」三頭身的小王玄瑰，邁著小短腿，費勁地翻過門檻，將自己得到的草編蚱蜢舉起給她看。「母妃，看、看！」

不過一個小玩意兒罷了，也值得專門拿給她看？王鈺妍一把將蚱蜢打到了地上，紅唇一張一合便是一句。「髒死了！今日誰當的值？自行下去領罰！」

心愛的小蚱蜢被丟到地上，小王玄瑰委屈極了，眼裡冒出兩泡淚來，蹲在地上將草編蚱蜢捧起來。

僅兩歲大的孩子哪懂什麼是非對錯？他拿著蚱蜢尋到為他編的宦官身邊，可那宦官卻不敢再為他編這種東西了，不光不敢編，大家還一致地疏遠了他。

他們只會按時給他餵飯、給他穿衣，再也不會抱著他玩了。

孤零零的小王玄瑰便托著腮坐在臺階上，聽著身後的屋子裡又傳來母妃請父皇，父皇卻不來，因而生氣的怒吼聲。

直到某天，往日裡不喜他往身邊湊的母妃，看他的目光像是一匹餓狼看到了久違的肉，然後他的母妃突然會陪著他一起睡覺了。

只是夜半想噓噓的他不明白，為什麼要將窗戶開開呢？好冷喔……可是能和母妃在一起睡，他很開心，冷點就冷點吧！

小孩子身體嬌弱，夜夜晚間被冷風吹著，很快地他就病了，小臉慘白，難受地躺在床榻上。而他的母妃，這時露出一個笑來，撫著他的額頭對他道：「二十四郎，說，你想見父皇。」

委委屈屈、眼裡含著淚花的小王玄瑰，弱弱地道：「我想父皇了……」

王鈺妍神情激動，美麗的臉龐都笑得變了形。「快去請聖上！二十四郎恐得了風寒，他想他父皇了！」

孩子都很容易夭折，且畢竟是自己最小的兒子，聖上很快便趕了過來，看見床榻上那小小一團、長得白白淨淨的孩子，生出了不忍之心。縱使他已決定不會再讓王鈺妍重獲恩寵，但他依然會派身邊的宦官過來看看二十四郎。

此後，他們的日子漸漸好過了起來，小王玄瑰也能得到母妃更多的關注。母妃讓他識字他便識字，讓他給父皇背書，他便給父皇背書。

可惜好景不長，父皇畢竟年事已高，他病了，而王鈺妍風頭強盛之際得罪的妃嬪們，不想這個睚眥必報的女人重新坐穩貴妃之位，因為她若重掌權力，必定饒不過她們。

所以王鈺妍再一次失去了聖上的關注，不管她如何想去看望聖上，都會被擋回來，甚至被皇后娘娘勒令禁足。

啪！她打碎了昭園殿的花盆，側頭之際瞧見在院內玩耍的小王玄瑰，便走了出去。

小王玄瑰被他的母妃抱了起來，從來沒被母妃抱過的他揚起了一個大大的笑臉，覺得好開心、好開心。「母妃、母妃！啊，痛痛！」卻是王鈺妍用勁打在了他的身上，還用她那長指甲去擰他藕節似的胳膊，將之擰得青一塊、紫一塊，還帶著血絲！他哭得震天響，在母妃懷中不斷掙扎。

王鈺妍卻是欣喜地喊道：「快，快去請聖上！就說二十四郎突然哭鬧不休，定要見聖上！」

已經昏迷不醒的聖上自然是不能來的，來的是皇后娘娘派來的嬤嬤。那嬤嬤一抱小王玄瑰，發現他痛得躲她，擼起袖子一看，當即沈下臉來，那身上密密麻麻的青紫傷痕密布！皇子豈容人欺辱？何況才四、五歲大的小孩子！嬤嬤當即將這事稟告給了皇后娘娘，皇后娘娘直接作主，換了昭園殿負責照看皇子的宮女和宦官。

這一次換人，年輕的安沛兒與蔡奴便雙雙進了昭園殿。

而他們眼睜睜地看著那時的王鈺妍彷彿魔怔了一般變本加厲，會限制時間讓小王玄瑰在一個時辰內背完啟蒙書，背不完就不許吃飯。

她說：「只要你聰明、你有出息，我們就能見到你父皇！」

可是不管他背得有多好，都不行、都不夠，父皇就是不來。

她還會故意不讓小王玄瑰蓋被子，非要讓他著涼，然後一次次地請太醫過來診治。

小小的孩子，以最快的速度沉默、消瘦了下去。

然而王鈺妍始終沒能等來聖上，最後等來的是聖上駕崩的消息。

她跌落在地，裙襬如殘破的花瓣堆疊在一起。她的兒子拿什麼跟當今聖上拚？她的兒子才五歲！

小孩子也是懂趨利避害的，小王玄瑰平日裡都是繞著母妃走，這回見她自己一個人在屋中又哭又笑，嚇得邁著小短腿跑回房間，藏在被褥裡，怎麼叫都不出來。

「殿下？殿下不怕，奴剛才看過了，娘娘還在房間裡，殿下出來吃飯好不好？」尚且有一臉嬰兒肥的安沛兒邊抱邊哄，將小王玄瑰挖了出來，而後餵了他一碗麵條。

「喵……」

小王玄瑰突然抬起眼睛，看著被蔡奴抱在懷中的小橘貓，興奮地來回看著兩人。

蔡奴走近，讓他摸摸只有手掌大小的橘貓，壓低聲音道：「這是奴們一起從豹館領出來的小貓仔，給殿下解悶可好？」

他不敢應，支支吾吾道：「母、母妃……她不會讓我養的。」

安沛兒與蔡奴對視一眼，說道：「殿下放心，奴們會偷偷養在住處，不叫娘娘發現的。」

「嗯！」

瞧著小殿下終於笑了，他們兩人便也跟著笑了。

小橘貓仔一天天長大，喜歡淘氣地到處亂跑，昭園殿所有負責照顧小王玄瑰的宮女和宦官，就你上值時我看著，我上值時你看著，每一天都能讓小王玄瑰偷偷和小貓仔相處一段時間。

然而王鈺妍不知怎麼的，某天突然轉了性子，開始愛美起來。她讓人去裁新衣裳，重新控制飲食，並練起舞來。她的腰肢越發纖細，皮膚吹彈可破，整個人散發著嬌媚的氣息，比之年輕時還要美豔三分。

這種狀態的王鈺妍，讓昭園殿的人瑟瑟發抖。

唯小王玄瑰不知情，他以為他的母妃病好了，又重新膩回母妃身邊，看得安沛兒和蔡奴焦心不已。

那一日，王鈺妍將小王玄瑰推出了昭園殿，她吐氣如蘭道：「乖，你往你父皇的太極殿跑去，邊跑邊哭知道嗎？」

小王玄瑰不懂，但他面對母妃總會下意識遵從，所以他跑了，又因恐懼，自然而然哭了出來，而後撞到了聖上的小腿上，便哭得更凶了。

聖上抱起哭得上氣不接下氣的小王玄瑰，問道：「你是誰家小郎？」問完，他自己先苦笑兩聲。險些又忘了，這裡是宮中，能出現在宮中的小孩子，還會是誰家的？

小王玄瑰抱著他的脖子，抽抽噎噎道：「父皇……找父皇。」

「父皇啊……」聖上重新抱起他，恍惚地說：「父皇已經不在了。孤知道了，你是小二十四是不是？」心裡對這個還惦記著父皇的幼弟升起憐憫，聖上抱著他往昭園殿走去，自然要和丟了孩子、正著急的陸國太妃王鈺妍打招呼。

陸國太妃一副因為小王玄瑰跑丟了而後怕不已的模樣，端的是我見猶憐。然而她特意著素，卻酥胸半露，一給聖上行禮，便能叫人瞧見胸前溝壑。

聖上皺眉，本不想進屋，可小王玄瑰在母妃的盯視下不敢鬆手，聖上也只好進屋將孩子還給她。

陸國太妃抱起小王玄瑰，一手暗暗擰著他的軟肉，一邊一副對他無可奈何，他掙扎太過厲害、她抱不住，只好放他走的模樣。她給聖上賠罪，聲音婉轉低媚。

屋裡暗香浮動，聖上覺得神智有些模糊……

而跑出去的小王玄瑰，揉著自己被掐疼的地方，到處找小橘貓，最終在安沛兒的房間找到了牠。牠小小一團，躺在軟墊上，腹部腫脹，還時不時抽搐一下，痛苦地喵喵叫。安沛兒等人守在牠身邊，一個個眼眶通紅。

瞧見他來了，安沛兒趕緊擋住他的視線。「殿下，牠生病了，不看牠好不好？」

生病了？小王玄瑰打了個寒顫，想起了自己得過的大大小小的病，要喝的苦苦藥汁，第一次用命令的語氣道：「都讓開！」

他來到小橘貓身邊，將輕飄飄的小橘貓抱了起來，撒腿就往母妃的屋子跑。

「殿下！殿下不可啊！」安沛兒他們急得追在他身後，百般阻攔都沒有攔住他。

他靈巧地從母妃身邊嬤嬤的抓捕下撲到房門上，大聲哭道：「母妃、母妃！嗚嗚……母妃妳救救牠，讓太醫來救救牠！」

這一聲哭，驚醒了險些昏過去的聖上，他猛地推開衣衫不整的陸國太妃，怒不可遏。

「王氏！」

陸國太妃被推倒在地，指甲掐進掌心，還企圖蒙混過關。她攏著衣襟，哭泣道：「聖上，是你動手的啊……」

「母妃！母妃開門啊！」門外幼兒的哭聲直入心底。

聖上低喝出聲。「妳當孤是傻子不成！」要是他沒醒，只怕也只能認了，可現在他衣袍微亂，分明什麼都沒有發生！「日後妳昭園殿，連一隻蒼蠅都不許給孤飛出去！」

陸國太妃面色一變，沒想到他竟會選擇將他們囚禁在這兒，她跪著爬到他腳邊。「聖上，你不能如此不念情分啊！妾……」

咚！聖上一腳將她踹了出去。「無恥！」他猛地拉開房門。

小王玄瑰跌了進去，他哭著抱著橘貓去尋母妃。

陸國太妃絕望地看著皇帝消失的背影，看著昭園殿的門被鎖上。

「啪」地給了小王玄瑰一巴掌，她狀若癲狂，一把搶過他懷中的橘貓，當著他的面將其狠狠摔在了地上！

「喵——」

「你為什麼要這個時候過來？為什麼？一隻破貓而已，你哭牠哭得像我死了似的！啊！」

小王玄瑰呆愣愣地看著剛才好歹還有氣的小橘貓，此時身下流出鮮紅的血來，一動也不動了。他顫了一下，又顫了一下，彷彿被嚇傻了似的，就這麼任由母妃在他身上瘋狂地打著……

王玄瑰閉眸晃了晃頭，將過往種種皆晃出來，瞧見沈文戈正好生生地站在宮門口等他，他下了馬將她抱進懷中，狠狠地抱著。

宮門口紅牆綠柳，花香襲人，兩個相擁的人靜靜貼合在一起，用盡全身力氣感受著彼此真實的存在。

半晌後，沈文戈踮腳踮累了，輕輕掙了一下。「王爺，我沒事。」

王玄瑰如夢初醒，放開她，瞧她鬢角濕髮黏臉，眼裡戾氣浮現，丹鳳眼一瞇，人便要氣勢洶洶地進宮去。

沈文戈輕輕拉住他的手。「王爺，我腿疼。」

只一句，便叫住了他，他滿腔害怕爭先恐後冒了出來。「腿疼？她還有沒有對妳做什麼？身上可還有其他傷？」

她搖頭，向著他伸出兩隻手。「我疼得走不了了。」

他立即上前一把抱起她。

她便指著停在身邊的馬車道：「皇后娘娘給派的馬車。」

低頭看了她一眼，他二話不說就帶著她上了馬車。「回鎮遠侯府！」

車夫回道：「是，王爺。」

馬車內，他將她妥貼地放下，又脫了她的鞋襪，捲起褲腿，撩起一看，原本白皙的小腿上紅痕遍布，最嚴重的當屬膝蓋，已經透出了青紫。他頓時陰沈下臉，唇繃成直線，用掌心輕輕托起她的一條小腿，傾身而下，在她微微睜圓的眸中，伸手從車廂暗格中翻出早就備下的藥，而後伸手在她額前敲了一下。縱使她腳趾圓潤可愛，如今因羞澀蜷縮起來，更易讓人心動，可他現在哪有什麼旖旎的心情？他都快心疼死了！

從瓷瓶中挖出淡綠色、半透明的膏藥，為她抹在膝蓋上。

涼意侵襲，她忍不住瑟縮，便被他托著腿的手固定住，不容退縮地從上一直抹到下，而後輕輕用手掌蓋住，用掌心的溫度為她搓揉。

也不知是掌心灼熱，還是起了藥效，她覺得自己的腿燃了起來，看他只顧著低頭抹藥，人越發沈默。

在他換另一條腿抹時，她刻意用極輕鬆的語氣道：「只是些皮外傷罷了，說來也是巧，娘娘讓跪的地方極熱，將我這腿烘烤得甚是舒坦，沒準能將我這寒腿治個七七八八呢！」

王玄瑰抹藥的手一頓，如何不知她是在開解他？上完藥後，再將她的褲腿拉下，鞋襪穿好，握住她的腳踝問道：「除了罰跪，她還讓妳做了什麼？」

「沒什麼了，就和我下了盤棋，話裡話外說我配不上你，讓我離開你的話，但我哪裡有那麼傻，不會同意的。」

他追問道：「真的沒什麼了？」

沈文戈搖頭，眼睛彎起。「真沒有，皇后娘娘身邊的沈嬤嬤及時出現，將我帶走了。」

他垂眸掐著她的腳踝，眼底是欲毀天滅地的陰霾。剛為她脫鞋時就發現了，上面沾著幾根黃色毛髮，短而粗，不是貓的毛。她沒說實話。

鬆開她的腳踝，他定定地望著她道：「下次……沒有下次了，若是再有人讓妳離開本王，妳只管當面同意，不要讓對方有機會傷害妳。」

「這怎麼行！便是假裝應和，我也是不願的！」沈文戈話落，再次被他擁進懷中，她伸手撫著他的背脊。「我真的沒事，你總該相信我的能力才是。」

他閉上眸子，藏起那些暴戾的情緒。「本王會為妳作主的，不會讓妳平白受這些委屈。」

有人說要為她出氣，讓她忍不住在他頸彎蹭了起來。「王爺……」

「妳萬不要跟本王說，不讓本王去找她之類的話，本王不會聽的。」

她笑了起來。「怎會？王爺肯為我出氣，我高興還來不及。」

「真的？」

「嗯，真的！但是……」

他就知道會有「但是」。伸手從後虛虛摁著她的脖頸，不想讓她將話講出來。

她卻已經在他耳畔輕聲道：「望王爺能多想想我，想想你我二人以後。」

以後嗎？馬車停下，他輕輕捏了捏她頸後軟肉，在她眉心落下一吻。「回府吧，本王會記得妳說的話。」

沒敢在鎮遠侯府門前將她抱下馬車，他牽著她的手，目送她淺綠色的官袍消失在門後，而後臉上笑容盡失，翻身上馬，直奔宮中而去！

——未完，待續，請看文創風1188《翻牆覓良人》4（完）

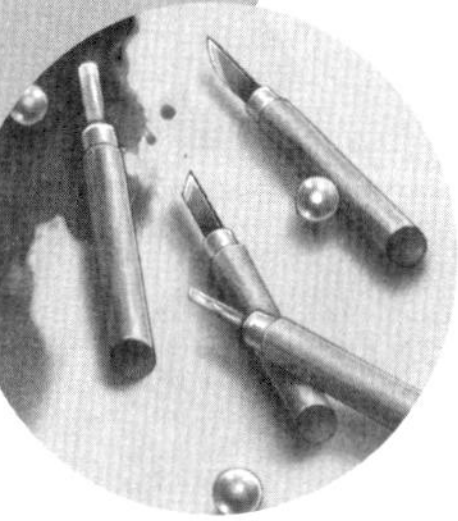

觀雁㊗著

馴夫大吉，
妻想事成

8/1
出版

莫名其妙嫁進山村，又被夫君當成抓犯人的誘餌，
她氣得連跟不跟他睡同張床都要考慮了，何況圓房？
哼，想嚼舌根的儘管嚼去。他行不行，可不是她的問題啊～～

文創風 1183-1184《飾飾如意》全二冊

一穿越就捲進騙婚的軒然大波，現成夫君還是縣衙的前任神捕譚淵，
蘇如意的小膽子要嚇爆了，雖然她將功補過，和譚淵一鍋端了那群騙子，
但欠債還錢天經地義，為了向譚家贖回賣身契，她只好努力賺銀子啦。
身為手工網紅，做點小工藝品難不倒她，卻因小姪子的生日禮物出糗——
她打算刻個彈珠檯，搬來木板想請譚淵幫忙鋸，竟不慎手滑而抱住他，
嗚……這下除了騙婚，居然還調戲人家，她簡直想挖個洞把自己埋了。
彈珠檯讓小姪子跟小姑玩得欲罷不能，看樣子手作飾物確實商機無限，
可譚淵不著痕跡的誇獎和曖昧，卻讓同居一室的她莫名心跳起來——
這腹黑傢伙對她到底有什麼企圖？她一點都不想在古代當人妻耶，
等存夠了錢，她就要跟他一拍兩散，包袱款款投奔自由嘍～～

8/8
8/15
出版

琉文心 著

百年修得同船渡，
千年修得共枕眠

他自小受盡母妃的虐待，不給吃喝、動輒打罵都是常態，
最令他痛苦的是，母妃極愛趁他睡著後將他嚇醒，
為此，他即便遠離母妃多年、長大成人了，依然飽受失眠之苦，
可說也奇怪，每每在救命恩人沈家七娘身邊，他都能熟睡到天明，
救命之恩大過天，他無以為報，想來只好以身相許了……

文創風 1185-1188《翻牆覓良人》全四冊

沈文戈乃鎮遠侯府的嫡女，在家中是被父母及六位兄姊疼寵的寶貝，
奈何情竇初開，只一眼就瘋了似地愛上那縱馬奔馳的尚家郎君，
即便家人反對，她依舊毅然決然地嫁入尚家，可還沒洞房他就出征了，
因為愛他，她堂堂將門虎女在夫家被婆婆搓磨、苛待三年都受了，
好不容易盼到他返家，他卻帶回一楚楚可憐的嬌柔女子，要她接納，
於是，她只能獨守空閨，眼睜睜地看著他倆恩愛數年，直至死去，
幸好，上天給了她重生的機會，這回她絕不再活得這般卑屈了！
為了和離，她開創先例將夫家告上官府，一如當初非君不嫁的轟轟烈烈，
大不了不再嫁人，她都死過一次了，還怕壞了名聲這種小事嗎？
自從回娘家後，她養的小貓就老愛翻牆去隔壁鄰居宣王家蹭吃蹭喝，
害得她這個貓主人也不得不三天兩頭地架梯子爬牆找貓去，
結果爬著爬著，她甚至翻過牆去和鄰居交起朋友，一顆心也落在他身上，
後來她才曉得，原來他竟是當年與她前夫一同在戰場上被她救下的小兵，
他的嬤嬤說，他是個別人對他好一點，就恨不得把心都掏出去的人，
所以他對她好，全是為了報恩？還以為他是良人，原來是她自作多情了……

流浪貓狗介紹所

為流浪貓狗加油 和貓寶貝 狗寶貝

廝守終生(一定要終生喔！)的幸福機會

對人來說，貓寶貝狗寶貝只是生活的一部分，但妳（你）對牠們來說，卻是生活的全部，領養前請一定要考慮清楚——

▲ 被上天眷顧的孩子——立可白

性　　別：男生
品　　種：米克斯
年　　紀：2～3歲
個　　性：待人親和、親貓親狗、愛乾淨
健康狀況：已施打三劑預防針、狂犬病疫苗，四合一過關！
目前住所：彰化縣線西鄉

本期資料來源：黃嘉慧小姐

『立可白』的故事：

會和立可白結緣，是在看收容所公告時見到的，因為在路上遊蕩而被通報入所，志工到收容所幫狗狗們拍照求曝光時，牠總是隔著籠門把手手伸出來，懇切的舉動彷彿就是想抓住一個希望。

立可白是一隻很有個性的狗，對人很溫和，非常知所進退，從來不敢逾矩。捏牠的臉，還會哈哈笑，非常享受與人的互動！平常可以跟狗狗們和平相處，但只要一到吃飯時間，若有狗狗想要去吃立可白碗裡的飯，牠會發出低吼聲警告對方不准搶。

立可白曾坐機車，所以不難想像牠之前也曾經有過家，而且很愛乾淨，習慣外出大小便，主人不用擔心會把家裡弄得一團糟。目前有意安排牠秘密受訓，要給未來的主人一個特別的驚喜。

擁有可愛柯基身材的立可白，模樣是否萌到您的心？登入FB搜尋黃嘉慧，大頭照雖是替一黑一棕狗狗繫牽繩，但立可白的大小事通通都在這兒。若有意認養的您，除了去信bb0955036367@gmail.com，也可使用Line ID：0955036367（或撥打手機，號碼亦同），立可白的下半場故事就等著您來撰寫！

認養資格：

1. 認養人須年滿25歲，全家人都要同意新成員的加入，也願意一起照顧。
2. 立可白生病時須就醫治療，不可任其風吹日曬雨淋，也要備足乾淨的飲水與食物，尤其喜歡吃雞胸肉，飼料吃得很少。
3. 每天早晚能帶立可白出門各遛一次，外出散步時一定要繫上牽繩。
4. 每年須定時施打預防針與狂犬病疫苗。
5. 領養前請先分享家裡的生活環境照或影片，到現場和立可白互動時，至少須有一位家人陪同，決定帶狗狗回家的當天，希望我們有幸陪牠一起回家。
6. 須同意簽認養寵物切結書。
7. 須同意送養人日後之追蹤探訪，對待立可白不離不棄。

來信請說明：

a. 個人基本資料：姓名、性別、年齡、家庭狀況、職業與經濟來源等。
b. 想認養立可白的理由。
c. 過去養寵物的經驗，及簡介一下您的飼養環境。
d. 若未來有結婚、懷孕、出國或搬家等計劃，將如何安置立可白？

文創風 1187

翻牆覓良人 3

國家圖書館出版品預行編目資料

翻牆覓良人 / 琉文心著. --
初版. -- 臺北市 : 狗屋出版社有限公司, 2023.08
冊 ; 公分. --（文創風 ; 1185-1188）
ISBN 978-986-509-448-5（第3冊 : 平裝）. --

857.7　　112011057

著作者	琉文心
編輯	黃淑珍
校對	吳帛奕
發行所	狗屋出版社有限公司
地址	台北市104中山區龍江路71巷15號1樓
電話	02-2776-5889～0
發行字號	局版台業字845號
法律顧問	蕭雄淋律師
總經銷	知遠文化事業有限公司
電話	02-2664-8800
初版	2023年8月
國際書碼	ISBN-13　978-986-509-448-5

本著作物由北京晉江原創網絡科技有限公司授權出版

定價280元

狗屋劃撥帳號：19001626

網址：love.doghouse.com.tw　E-mail：love@doghouse.com.tw